> 追梦之路
> 潮涌珠江向大海

为了公平正义

广州依法治市纪实

曾祥书 著

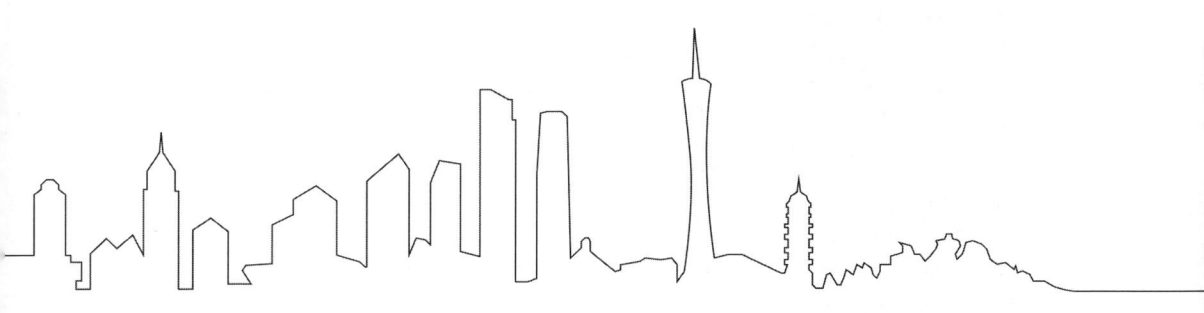

花城出版社
中国·广州

图书在版编目（CIP）数据

为了公平正义：广州依法治市纪实 / 曾祥书著. -- 广州：花城出版社，2021.11
（追梦之路：潮涌珠江向大海）
ISBN 978-7-5360-9479-6

Ⅰ. ①为… Ⅱ. ①曾… Ⅲ. ①报告文学－中国－当代 Ⅳ. ①I25

中国版本图书馆CIP数据核字(2021)第178030号

出 版 人：肖延兵
策划编辑：张　懿　陈宾杰
项目统筹：陈诗泳
责任编辑：黄玉雯　王铮锴
技术编辑：凌春梅
封面设计：荆棘设计

书　　名	为了公平正义：广州依法治市纪实 WEILE GONGPING ZHENGYI GUANGZHOU YIFA ZHISHI JISHI
出版发行	花城出版社 （广州市环市东路水荫路11号）
经　　销	全国新华书店
印　　刷	深圳市福圣印刷有限公司 （深圳市龙华区龙华街道龙苑大道联华工业区）
开　　本	787毫米×1092毫米　16开
印　　张	19.5　2插页
字　　数	250,000字
版　　次	2021年11月第1版　2021年11月第1次印刷
定　　价	66.00元

如发现印装质量问题，请直接与印刷厂联系调换。
购书热线：020-37604658　37602954
花城出版社网站：http://www.fcph.com.cn

追梦之路
潮涌珠江向大海

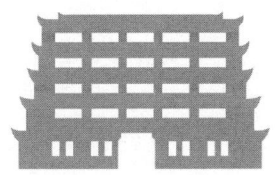

本书编委会

编委会主任：徐咏虹
编委会副主任：胡训军
编委会成员：（按姓氏笔画排序）

丁志强　付　予　皮　健　刘　鉴　李　毅　杨　勇
杨　雪　何　龙　陈　思　陈运则　张文扬　周　虹
钟亚雅　彭　勇　谢　洁　谭鹤欣

总序

在百姓生活中感受自信

中共中央总书记习近平在庆祝中国共产党成立100周年大会上庄严宣告："经过全党全国各族人民持续奋斗，我们实现了第一个百年奋斗目标，在中华大地上全面建成了小康社会，历史性地解决了绝对贫困问题，正在意气风发向着全面建成社会主义现代化强国的第二个百年奋斗目标迈进。"

当今世界正处在百年未有之大变局。伫立云山珠水，面向浩瀚的海洋，在实现全面小康社会迈步向建设现代化国家征程的大道上，探寻其奋斗与梦想的实践逻辑和文学逻辑，是一件很有意义的事情。报告文学是一个很好的表达方式。

文学作品是一种价值创造。一个社会的发展，往往充满了曲折、坎坷、苦难，坚定就成为一种重要的力量。当面对黑暗，寻找那一缕星光，梦想就成为一种重要的力量。任何一种文明的发展，肯定会出现这样或那样的问题，任何问题都有其多面性，但向上的力量永远是其主要价值。这也是文学作品的一个价值取向和重要功能。一切的形式都要服务于作品的内容，好的形式深化了好的内容，这就是价值创造。有价值就有灵魂，有灵魂的东西能让人走远，能让人看到希望。

文学作品的含金量就是这个时代的含金量。当面对纷繁复杂的世界，聆听时代的声音，揭示社会本质，寻找发展规律，让人看到内心的光芒，让温暖成为一种强大的力量。文学是追寻大道的脚步，是人类文明的音符。

文学作品能看见未来。上接"天气"，下接"地气"，是人与自然的邀约。从出发的地方看初心，从改革开放的大潮中看远方，写的是现在，看到的是明天，走过一道道坎坷，遇见的是美好，成就的是未来。

文学有根才能见到魂。苦难从这里开始，辉煌从这里起步。在这里，感受广州，读懂中国。风云激荡后留下的满天霞光，都将成为人类所仰望的美景。

广州是中国民主革命的策源地，具有红色文化的独特气质。中国民主革命的思想建设、组织建设、人才建设、武装力量建设、农民运动、工人运动、青年运动、妇女运动、武装起义和发生在近代史上的一系列重大事件，很多是在广州发生发展的。广州，对中国革命产生了深远的影响。

广州是中国改革开放先行地，具有开放、创新的独特气质。"敢为天下先""杀出一条血路"的勇气与担当成为这座城市又一独特的精神标志。市场经济的发展，吸引成千上万的人南下务工。"东西南北中，发财到广东。"从产权确认、价格闯关、商品流通到全面开放，从个体到民营、合资、独资，各种不同类型的企业在这里创业、融合、激荡、成长。在短短四十年的时间里，广州就成为世界制造中心，走完资本主义国家几百年才能走完的路。从计划经济、商品经济、社会主义市场经济到十九大报告进一步明确，市场在资源配置中起决定性作用，广州更好地发挥了政府的作用，形成改革开放建立市场经济的基础理论架构，创建一种前所未有的、科学的经济结构和运行体制，运用中国理论、中国方案、中国实践解锁了一个时代的禁锢。广州，为中国特色社会主义制度的形成与成熟提供了生动的实践，为推动深化全国改革开放提供了重要经验，见证了国家整个工业化发展的进程，成为人类发展史上的奇迹，对中国和世界都产生了深远的影响，成为中国特色社会主义改革开放的重要窗口。

广州是粤港澳大湾区文化中心城市，具有多元文化的独特气质。"粤港澳大湾区"不仅是一个地理概念、经济概念，同时也是一个文化概念。香港、澳门与珠三角文化同源、人缘相亲、民俗相近。鸦片战争以来，大湾区人民一起历经苦难，一起斗争，一起流血，一起奋斗，共同成长，在国家民族争取独立解放的过程中，做出了不可磨灭的贡献。特别是改革开放以来，共同创造、共同发展、共同富裕，岭南文化在不断吸收国际文化元素中碰撞、融合、创新，焕发出新的无限的魅力。创造性转化、创新性发展，逐步形成了大湾区人民的国家认同、民族认同、文化认同等多元文化特质。

一个时代有一个时代的主题。建党百年全面建成小康社会，这是人类文明发展史上的大事件。十四亿人口摆脱绝对贫困，成为世界第二大经济体，完备的工业体系、强劲的科研态势，成为人类发展的奇迹。这次蔓延全球的新冠肺炎疫情给人类带来了灾难，也引发了思考。哪种制度机制更有效，哪里的人民生命财产更安全，哪里的幸福更多、更长久，在老百姓的生活里都能得到答案。没有对比的生活，很难让人找到坐标。眼前没有硝烟，觉得和平很平常；没有饥饿，感到温饱很平常；没有灾难，感到团聚很平常。几十年的和平、几十年的发展，让人们心里淡化了危机。小康社会是党的功劳，也是人民的功劳，在分享这份荣光的同时，人民感受到的是小康生活背后的制度优势。数字化、全球化、市场化是我们这个时代的必然生态，社会主义制度的体制机制是引领时代的内在逻辑和根本主题。

一个崛起有一个崛起的密码。追求梦想，实现全面小康，我们为什么能成功？是什么基因？有什么密码？奔跑的每一个人都清楚，从出发到现在的成就，都超出了自己的想象。从一个文盲大国到一个人才大国，从一个农业大国到一个制造大国，从一个贫穷大国到一个经济大国，从一个制造大国到一个科技大国，短短几十年，中国让世界震撼。在回顾历史，感受辉煌中，我们很容易找到"四个自信"的理由和逻辑。我们走过的路、做成的事，没有哪一件是容易的，但中国人做成了，广州人是先行者。中国的发展用西方理论解释不通，中国自己也没有教科书，是摸着石头过河蹚过来的。中国特色社会主义有两个让人们看得到的逻辑：一个现实逻辑就是每一次大的改革、大的阵痛之后，人们都能过上更好的日子；一个理论逻辑是只要以人民为中心，一切的矛盾都可以化解，一切的敌人都可以战胜。这是共产党人成功的密码。

一个生态有一个生态的滋养。全数字化时代，有什么样的需求就有什么样的传播，有什么样的传播就会形成什么样的舆论。生态的核心是受众。全数字化时代的全球化，人们的视野是世界的，但不一定看得清；人们的信息是海量的，但不一定都有用；人们的工作和生活离不开物质享受,但其品质需要精神追求。人们在浮躁后的冷静中,对精神文化产品的需求会有一个很大的提升。用读者喜欢的方式做传播,用读者成长所需的内容做连接,用读者正向需求做引导才会有一个好生态。生态的动脉是时代。社会转换中的矛盾点、人们精神需求的提升点、产品呈现方式的吸引点,就是时代的脚步声。生态的感动是故事。故事是焦点性、支点性的,具有创新性和深刻性。读者在故事中感动,在故事中思索,用一种舒服的方式聊天,和心中的迷惑和解,让内心光明,充满力量,在寻找故事的本真中发现更好的自己。

站在世界看广州,站在广州看未来。"追梦之路:潮涌珠江向大海"丛书,讲述的故事鲜活、深刻、有力量。我国全面建成小康社会,让我们有了足够的自信和底气,昂首阔步迈向社会主义现代化国家新征程。只有经历风雨,走过坎坷,才能遇见美好,看见未来。

目录

序　章　历史之问　001

第一章　科学立法　夯实法治根基　007

　一　奉法者强　008
　　　大国治理　机杼万端　008
　　　流之长者　其源也远　011
　　　源头活水　大河奔流　013

　二　立法所应　019
　　　以法筑堤　权力制约　019
　　　人民所盼　立法所应　022
　　　简政放权　能免就免　025
　　　重义轻利　以法为凭　027

　三　法治政府　031
　　　依法行政　权责法定　032
　　　守法诚信　法治政府　033
　　　执法为民　依法复议　037
　　　司法公正　司法鉴定　040

第二章　无不平之法　无法外之人　045

一　穗岁平安　046
　　社会治理　协同推进　047
　　统筹政务　一号响应　053
　　舌尖安全　拳拳为民　055

二　飓风行动　058
　　反诈天空　旌旗猎猎　058
　　百日攻坚　直击"两抢"　062
　　雷霆出击　打黑风暴　067
　　打磨刀锋　穷追不舍　071

三　勇立潮头　075
　　改革深入　催生创新　076
　　光中停留　历史回望　082
　　自然属性　社会属性　085

四　国之基址　092
　　认罪认罚　从宽先例　092
　　检察抗诉　彰显公正　096
　　日月经天　江河行地　100

第三章　挥法律之剑　持正义天平　103

一　司法能动　104
　　实践探索　开拓进取　104
　　铮铮誓言　审判强院　108
　　审者裁判　裁者负责　111
　　改革之要　先于用人　114

二 见微知著 118

　　正义之剑　公平之音　118

　　雄关漫道　砥砺前行　121

　　大鹏之动　人民陪审　123

三 民惟邦本 127

　　有案必立　有诉必理　127

　　利民之事　丝发必兴　130

　　厉行法治　执法必行　134

第四章　创新机制　回应人民群众新期待 141

一 定分止争 142

　　舜调争坻　和者为贵　142

　　化解矛盾　预防犯罪　144

　　握手言和　东方经验　146

　　法安天下　德润人心　150

　　大道至简　衍化至繁　153

二 公益之盾 155

　　青山绿水　法治福佑　156

　　吃在广州　吃得安全　160

　　道阻且长　行则将至　163

三 弱者尊严 166

　　法律援助　法制红利　166

　　劳资纠纷　成功化解　168

　　广州精神　律师形象　170

　　司法救助　解围济困　173

四　智慧司法 179

　　规范文件　数据平台 179
　　科技兴警　护航羊城 181
　　掌上法庭　容缺受理 185
　　高墙内外　阳光执法 193

第五章　羊城护法人之歌 195

一　铁血警魂 196

　　哀乐低回　风范永存 196
　　生命履职　永久造型 199
　　守护生命　捍卫信仰 202
　　蛛丝马迹　锐眼寻踪 205
　　一片真情　走过四季 208

二　阡陌诗行 212

　　学养铸就　梅品检魂 212
　　情系民生　司法温情 217
　　思维敏捷　护法无憾 222
　　大道而行　向阳而歌 223
　　善身锋芒　直达远方 226
　　尘世安详　礼赞乐章 229
　　一腔忠诚　一心呵护 231

三　法理人情 234

　　洗尽铅华　冰为骨骼 234
　　失之毫厘　差之千里 238
　　法无定法　情有悲悯 242
　　知识赋能　使命如磐 245

四 群英镜像 250

　　仗义执言　扶弱扬善 250

　　爱心接力　帮教回归 254

　　警医协同　爱心满满 256

　　若非挚爱　何以使然 259

第六章　循法而行　依法而治 263

一 服务湾区 264

　　汲取营养　择善而用 265

　　立己达人　兼济天下 268

　　平出于公　公出于道 272

　　国之重器　崇法善治 276

二 客乡温情 280

　　木棉竞放　梦圆广州 280

　　红烛点燃　给心安家 283

　　民之所望　施政所向 289

后　记　时代之问 291

| 序 章 |

历史之问

小康，一个汉语词汇。早在西周时《诗经·大雅·民劳》中即有"民亦劳止，汔可小康"的句子。后来儒家把接近"大同"思想的一种社会形态称为小康。据《礼记·礼运》中记载："今大道既隐，天下为家。各亲其亲，各子其子，货力为己。大人世及（贵族世袭）以为礼，城郭沟池以为固。礼义以为纪，以正君臣，以笃父子，以睦兄弟，以和夫妇，以设制度，以立（设置）田里……是谓小康。"

如果说，《礼记·礼运》描绘的是在夏禹、商汤，周代的文王、武王、成王、周公治理下出现的小康盛世的话，那么宋人洪迈所著《夷坚志》中言及的"……久困于穷，冀以小康"则是指百姓家庭经济比较宽裕。

中华民族具有几千年的小康梦想及探寻历程，文人墨客对小康社会的向往，引起了帝王对百姓生活的重视，明成祖朱棣曾有"如得斯民小康，朕之愿也"的治国理念。在他看来，"家给人足""斯民小康"是天下治平的根本。

有专家指出，小康是指介于温饱和富裕之间的一种殷实生活状态。而小康社会不仅要解决温饱问题，更要从政治、经济、文化、社会、生态等方面满足城乡发展的需要。

我们党追求的发展是造福人民的发展，全面小康是全体中国人民的小康。早在1984年3月25日，邓小平同志在会见日本首相中曾根康弘时说："翻两番，国民生产总值人均达到800美元，就是到本世纪末在中国建立一个小康社会。"

继邓小平同志描绘小康社会的发展蓝图、构想建设小康社会跨世纪的发展战略后,1997年,江泽民同志在党的十五大报告中提出"建设小康社会"的历史新任务。党的十六大报告则将这一新的历史任务细化,从经济、政治、文化、可持续发展的四个方面界定了全面建设小康社会的发展能力。要求:"经济更加发展、民主更加健全、科教更加进步、文化更加繁荣、社会更加和谐、人民生活更加殷实。"

翻开中华民族五千多年的厚重历史,既有强汉盛唐的雄风、大国盛世的荣耀,也有外敌铁蹄下的山河破碎、军阀割据中的民不聊生。全面建成小康社会之路该怎么走?如何跳出"历史周期律",实现长期执政?如何实现党和国家长治久安?习近平同志在党的十九大报告中指出,解决人民温饱问题、人民生活总体上达到小康水平这两个目标已提前实现,当前是全面建成小康社会决胜期,是完善社会主义市场经济体制和扩大对外开放的关键阶段。

一张蓝图绘到底,一代接着一代干,是我党的战略选择和对人民群众的庄严承诺。如果将全面建成小康社会比作一幅壮美的画卷,那么公平就是最温暖的底色,公正则是其中最厚重的主题。小康社会建设的鲜明指向在于促进社会的公平正义。

何为公平正义?现代意义上的公平指的是一种合理的社会形态,它包括社会成员之间的权利公平、机会公平、过程公平和结果公平。所谓权利公平,是指公民的权利不因职业和职位的差别而有所不同,其合法的生存、居住、迁移、教育、就业等权利得到同等的保障与尊重。所谓机会公平,是指公民能普遍地参与社会发展并分享由此带来的成果。所谓过程公平,是指公民参与经济、政治和社会等各项活动的过程公开透明,不允许某些人通过对过程的控制而牟取不当利益。所谓结果公平,则主要指在分配上兼顾全体公民的利益,防止过于悬殊的两极分化,以利于全体人民共同富裕的实现。正义则是社会是非观、荣辱观的体现，是人们衡量理想社会的标准之一，也是人类社会发展进步的价值取向。

就当下中国经济社会而言，公平正义在构建社会主义核心价值观的和谐社会进程中处于十分关键、重要的地位。没有公平正义，社会的诚信友爱、安定有序、充满活力等小康社会建设都无法实现。

还应当看到的是，不同的历史时期，不同的思想认识，不同阶层的人们，对社会公平正义的认识和诉求也不尽相同。随着我国经济社会的发展，人民群众的权利意识、民主意识、参与意识、公平意识不断增强，对社会不公问题反映越来越强烈。

当社会不公问题屡屡出现在经济、政治、文化、社会和生态领域且长期得不到解决时，不仅会影响人民群众对改革开放的信心，而且会影响社会和谐稳定。习近平总书记指出：全面深化改革必须以促进社会公平正义、增进人民福祉为出发点和落脚点，如果不能给老百姓带来实实在在的利益，如果不能创造更加公平的社会环境，甚至导致更多不公平，改革就失去意义，也不可能持续。

就政治与行政层面而言，公平正义的治国理念主要体现在党和政府的各级组织方面，其中最重要的是充分尊重法律赋予公民的各项权利，认真听取和妥善处理人民群众的利益诉求；在谋发展、进行经济建设时必须综合考虑群众的长远利益和现实利益，找准大多数人的共同利益和不同阶层、不同群众具体利益的平衡点，妥善协调社会各方面的利益关系，正确处理人民内部矛盾和其他社会矛盾，使社会的公平正义得到切实维护和实现。

就法律层面而言，充分体现人民利益和意志的莫过于法律制度。这是因为，在所有维护公平正义的制度中，法律最具有普遍性和强制性。马克思说"正义"是一个法权概念或法定概念，是一个与法律和依法享有的权利相联系的概念，是判断法律的最高理性标准。早在2013年1月全国政法工作电视电话会议上，习近平总书记就指出，要努力让人民群众在每一个司法案件中感受到公平正义。在中央政法委工作会议上，习近平总书记特别强调司法机关是维护社会公平正义的最后一道防线。

基于法律是维护社会公平正义的最后一道防线，基于公正是法治的生命线，基于广大司法机关肩负着坚守公平正义的神圣职责，更基于广州有一支在维系社会公平正义中走在全国先进行列的司法队伍、政法力量，我前往广州，走进这座有着国际大都市、国际商贸中心、国家综合性门户城市、中国改革开放前沿城市等称谓的英雄城市。此行旨在用探寻的视角去记录那些构建平安广州的公安干警、书写那些有着"立检为公、执法为民"铮铮誓言的人民检察官；旨在用情感的笔触讴歌那些不畏权贵、捍卫法律尊严的人民法官，长年奋战在基层教育改造一线的监狱、戒毒所民警，长年奋战在政法战线上的人们。

走吧，让我们一起走进广州，共同分享广州依法治市的累累硕果！

第一章

科学立法　夯实法治根基

一　奉法者强

公平正义，是一个美好社会应有的价值，是铭刻在人民群众内心深处的坐标。建立一个公平正义的社会是人类永恒的理想，是五千年中华文明积淀传承的精神基因，是中国共产党带领中国人民矢志不渝的崇高追求，更是中国共产党人治国理政的一贯主张。党的十八大以来，在以习近平同志为核心的党中央坚强领导下，全面依法治国蹄疾步稳，法治风帆始终高扬。党中央从保证党和国家长治久安、增进人民福祉的战略高度，开辟了全面依法治国的理论和实践先河。

大国治理　机杼万端

冬天，一个告别的季节，上演着更替、复活、重生，迎接着温暖、希望、兴盛。2012年12月4日，对首都北京来说，这个冬天格外温馨。履新刚刚20天的习近平总书记出席首都各界纪念现行宪法颁布施行三十周年大会并发表重要讲话，向全党全国各族人民发出了全面推进依法治国的动员令。

在习近平总书记关于治国理政的深邃思考和不懈奋斗中，"法治"始终是令人瞩目的关键词。它代表了中国共产党人一直以来对法治矢志不渝的追求，也是对中国历代治乱循环的睿智洞察。

党的十八大强调,依法治国是党领导人民治理国家的基本方略,法治是治国理政的基本方式,要更加注重发挥法治在国家治理和社会管理中的重要作用,全面推进依法治国,加快建设社会主义法治国家。

法者,治之端也。法治,就是用法律的准绳去衡量、规范、引导社会生活。一个现代国家,必须是一个法治国家;国家要走向现代化,必须走向法治化。一个经济快速发展的城市,必须是一个法治城市、一个让人民群众感受到公平正义的城市。

2018年12月2日至8日,同样是在一个冬季,以"弘扬宪法精神,传播法治力量"为主题的2018年广东省"12·4"国家宪法日"宪法宣传周"主题活动在广州市举行。时任广东省委常委、政法委书记的何忠友出席活动并做讲话。省人大常委会副主任罗娟,省委政法委专职副书记陈岸明,省委宣传部巡视员顾作义,省政府副秘书长逯峰,省司法厅厅长、省普法办主任曾祥陆参加该次活动。

参加主题活动的1400余人分别为省市有关单位代表,以及教师、大中学生、法律服务工作者、民营企业代表。何忠友在讲话中指出,隆重举行国家宪法日主题宣传活动,是全面贯彻党的十九大精神、深入学习贯彻习近平总书记视察广东重要讲话精神的重要举措,是认真落实党中央有关工作部署、深入推进法治广东建设的重要活动,对全省营造"尊崇宪法、学习宪法、遵守宪法、维护宪法、运用宪法"的良好氛围,具有十分重要的意义。

在省委政法委、省委宣传部、省普法办等部门的总体安排下,广州市委政法委、市委宣传部、市法宣办组织开展了系列宪法日主题宣传教育活动。在"百名法学家百场报告会"宪法专场培训会上,有专家指出,必须要树立宪法信仰,坚定宪法自信,尊崇宪法法律的至上权威和地位,树牢"四个意识",坚定"四个自信",自觉做到"四个服从",坚决维护习近平总书记在党中央、全党的核心地位。要切实尊崇宪法、严格实施宪法,加强宪法宣传教育,把学习修改后的宪法与学习习近平新时代中国特色社会主义思想和党的十九大精神紧密结合起来，同满足人民群众获得感幸福感安全感结合起来。涉及到具体做法时，要突出"关键少数"，进一步发挥示范引领作用。各级领导干部要率先垂范，要因信仰而遵宪守法，要因习惯而遵宪守法，要因敬畏而遵宪守法，切实带头厉行法治，提高运用法治思维和法治方式深化改革、推动发展、化解矛盾、维护稳定能力，努力推动形成办事依法、遇事找法、解决问题用法、化解矛盾靠法的良好法治环境，深入推进科学立法、严格执法、公正司法、全民守法，把全市各项工作全面纳入法治轨道，把依法治市工作提高到一个新水平。

在广州市教育系统宪法日主题教育活动中，大家都对全市教育系统扎实推进宪法学习"活起来""落下去"的措施和成效表示肯定。青年一代的理想信念、精神状态、综合素质，是一个国家发展活力的重要体现，也是一个国家核心竞争力的重要因素。只有尊法、学法、守法、用法，才能做新时代有作为好青年。宪法是国家的根本法，宪法日是宪法"教育日、普及日、深化日"，新时代推进全面依法治国，必须更加坚定维护宪法尊严和权威。会上强调，要牢固树立"四个意识"、坚定"四个自信"，深入宣传贯彻习近平新时代中国特色社会主义思想和党的十九大精神，贯彻落实习近平总书记关于宪法学习宣传的重要指示精神，贯彻落实中央和省关于深入学习宣传和贯彻实施宪法的有关要求，坚持正确政治方向和舆论导向，正确阐释新时代依宪治国、依宪执政的内涵和意义，使宪法精神深入人心，以宪法精神凝心聚力。要深入学习贯彻习近平总书记视察广东重要讲话精神，深化"大学习、深调研、真落实"工作。要强化规则意识，学好知识，练好身体，养成良好的习惯，"勿以恶小而为之，勿以善小而不为"。发挥广州契约意识、规则意识强的优势，充实宪法宣传的载体，从细微处宣传贯彻宪法，服务于现代化国际化营商环境建设。要创新宣传形式，持续开拓宪法宣传教育内容和方式，集中开展丰富多彩的宪法系列主题教育活动，将宪法教育有机融入升旗仪式、主题班会、社团活动等活动中，运用主题板报、知识竞赛、法治辩论赛、模拟法庭、情景剧、专题讲座等形式，不断增强宪法教育的生动性、参与性和体验性。青少年要从小事做起，与法同行，尊崇宪法、学习宪法、遵守宪法、维护宪法、运用宪法，不断提升自身法治思维和法治素养。

流之长者　其源也远

时代呼唤法治，奔走在小康大道上的人民期盼法治。全面依法治国，依法享受太平盛世的广州人民需要法治。从法治国家到法治政府再到法治社会的一体建设，是全国人民的共识，也是广州市各级政府深入学习领会习近平法治思想，创新法治建设的生动社会实践。

2018年12月5日，在省市两级政法委的大力倡导、支持、指示下，一场别开生面的"让青春致敬宪法"的宪法宣传进校园系列活动在白云区的颜乐天纪念中学举行。在活动现场百名中学生向宪法庄严宣誓，"青少年法治教育实践基地"揭牌仪式也在这一天同时举行。据悉，该基地设有模拟法庭、法治展览室、法治阅览室、法律咨询室等多个功能教室，将面向青少年开展"法律体验"实践活动。

为了丰富普法形式，广州市司法局、市法宣办启动了五辆法治宣传大篷车，送法进村（社区），沿途播放法治宣传动漫视频、宣传短片和法治标语，并在部分村居、广场、地铁入口等人员密集区域停留，为过往群众提供法律咨询，派发法治宣传资料，并要求各区根据区情灵活多样地开展普法宣传活动。

为增强广大干部群众的宪法意识，牢固树立依法执政、依法行政和依法办事的法治理念，广州市花都区开展了2018年"12·4"国家宪法日主题宣传活动暨国家机关工作人员宪法知识竞赛，掀起了机关工作人员学习宪法的热潮。

家庭是社会的基本细胞，是促进社会文明进步的重要基石。再伟大的事业，也从家庭起步；再美好的人生，也离不开亲情滋养。如何让广州市的广大妇女在家庭文明建设中发挥独特作用，让她们积极投身"健康家庭""平安家庭""最美家庭"等创建活动，促进家庭和社会文明和谐发展？天河区针对妇女在维权时存在的法律盲区，开展了婚姻家庭服务进社区活动，专门成立了区妇联婚姻家庭志愿队伍。这支队伍中，有全国妇联特聘家庭教育咨询专家，还有省法学会婚姻分会副会长，以及市星级家长学校校长等，并承诺随时为受助对象服务。

番禺，广州市辖区之一，全区总面积约530平方公里，下辖11个街道、5个镇。截至2019年末，常住人口达182.78万人。自2018年6月始，番禺龙美村打破传统思维模式，率先在全国启动"雪亮工程"，增强治安、交通、保洁、人口等专业化服务管理效能，创建了干净、整洁、平安、有序的乡村环境，为全国乡村治理积累了经验。

敢为人先，为全国积累乡村治理经验的不仅是龙美村，更有深入开展宪法教育，在全区树立宪法权威，弘扬社会主义法治精神的番禺区委、区政府。多年来，番禺区委宣传部、区委依法治区办、区司法局、区法宣办、区法学会，每年都要组织以"尊崇宪法、学习宪法、遵守宪法、维护宪法、运用宪法"为主题的多种形式的宪法主题宣传活动，在宣传期间，还制作了以"'12·4'国家宪法日"为主题的法治宣传公益广告短片、图片和短语，在大型电子显示屏上播出；此外，还举办了法治宣传教育专题讲座，深入学习宣传宪法、监察法等法律法规，提升全区领导干部新形势下运用法治思维和法治方式解决问题的能力；并依托青少年法治教育基地，举办法律进学校系列活动，提高青少年的法治意识；组织村（居）法律顾问在"12·4"国家宪法日及法治番禺宣传教育周活动期间开展法治讲座和"以案释法"活动。除区中心会场外，各镇街分会场也开展了各种主题宣传活动，突出对宪法精神的宣传，突出培养群众法律意识，体现宣传教育的时代性、针对性和实效性,充分利用各种活动平台,营造全区尊重宪法、宪法至上、用宪法维护人民权益的社会氛围。

坚持法治为了人民、依靠人民、造福人民、保护人民。劳动保障、婚姻家庭、食品药品、教育医疗等多个民生领域得到依法治理,群众合法权益得到更严密的维护和保障,法治观念进一步深入人心,是从化区高度重视法治宣传教育工作的结果,自"七五"普法规划实施以来,该区通过开展系列宪法宣传活动,普及宪法知识,弘扬宪法精神,维护宪法权威,让宪法家喻户晓、深入人心,促进全面依法治国基本方略的落实。2018年12月4日,由从化区人大常委会、中山大学南方学院会同区司法局、鳌头镇建设的西塘宪法馆正式开馆。据悉,西塘宪法馆是全省乃至全国首个建设在乡村的宪法馆,将为乡村振兴战略实施注入法治力量。馆内布局合理,既有历史厚重感、宪法庄严感,又具有时代性和生活气息。

"西塘宪法馆的建成,为我们提供了学习法律、了解法律的平台。"村民陈先生介绍说。自从西塘宪法馆动工建设后,他就十分关注施工进展,在他看来,宪法是一个国家的根本法,是每一个公民都必须遵守的最高法律准则,"大家的法律意识提升了,村里的大小事务将更加规范,村集体的发展也将更加有活力"。

为弘扬宪法精神,让宪法走进千家万户,广州市开展了一系列宪法宣传教育活动。据不完全统计,自2012年至2020年,广州市开展各类宪法宣传专项活动1.8万场次,制作印发宪法宣传资料220余万份,更新宣传栏1.3万多个。

源头活水　大河奔流

人类社会发展的事实证明,依法治理是最可靠、最稳定的治理。善于运用法治思维和法治方式进行治理是习近平总书记关于依法治国的重要思想,代表了中国共产党人一直以来对法治矢志不渝的追求，也是对中国历代治乱循环的睿智洞察。

站在过去和未来的交汇处，为全面建成小康社会、实现"两个一百年"奋斗目标和中华民族伟大复兴，在党中央和中共广东省委的领导下，广州市委在全面开启建成小康社会、平安广州、法治广州的新征程中，创举迭出、成效显著，诞生多个"全国率先"，并取得了前所未有的骄人业绩。

2016年至2018年，广州市在省依法行政考评中获评优秀。2018年、2019年在法治广东建设考评中名列全省第一。中国政法大学《法治政府蓝皮书：中国法治政府评估报告》显示，广州在2013年、2014年名列全国第一，2015年名列全国第二，2016年名列全国第五，2017年、2018年名列全国第三，是唯一连续6年位列前五名的城市。先后6次荣获"中国法治政府奖"或提名。2017年被评为"法治政府建设典范城市"。2019年，广州市南沙区获评全国法治政府建设示范区，是首批40个获评的全国法治政府建设示范市（县、区）其中一员，也是广东省内唯一获评的行政区。

一项项骄人的业绩，诠释了广州市委、市政府忠实履行习近平总书记法治思想的具体实践。

一个个接踵而至的荣誉，彰显着法治国家、法治政府、法治社会一体建设的广州经验。

党的十八大以来，广州市本着"职能科学、权责法定、执法严明、公开公正、廉洁高效、守法诚信"的24字法治社会建设方针，创新机制，全面谋划全市法治政府建设工作。先后制定了《广州市人民政府关于加强法治政府建设的若干意见》（以下简称《意见》）和《广州市法治政府建设规划（2015—2020年）》（以下简称《规划》）。《意见》针对法治政府建设评估报告中发现的主要问题，突出重点，明确措施和责任分工，目标是用两到三年的时间，解决好法治政府建设中的重点问题。《规划》突出规划的引导作用，注重从整体上全面部署法治政府建设，打造职能科学、权责法定、执法严明、公开公正、廉洁高效、守法诚信的法治政府。2016年，《广州市依法行政条例》经市人大会议高票通过，这也是全国首部全面规范依法行政工作的地方性法规范本，较好地提升了全市法治政府建设的法治保障。

流之长者，其源也远。在坚持民主立法的同时，广州市全面推进科学立法，充分运用"互联网＋"大数据，着力提升立法质量。如今，全国首个智慧立法管理系统已在广州建成，该系统集立法全流程在线操作和监控、法律法规的智能搜索和文本比对、立法资讯的实时推送、广州市地方性法规的智能统计分析、公开征集意见等多种功能于一体。

在制定与人民群众利益关系密切的法规时，广州市开启在著名门户网站上进行立法民意调查之先河，至今已就十余件法规在大洋网、腾讯网、网易上开展了立法民意调查。

在法规立项论证制度上，广州市率先制定了地方性法规立项办法，明确了可以立项、优先立项、不予立项和废止法规的具体标准和条件，增强了立法项目的针对性。此外，广州市还在全国率先开设立法官方微博、立法官方微信，提高公众参与地方立法的便利性和实效性。

"天下之事，不难于立法，而难于法之必行。"广州市在认真贯彻落实全面依法治国新理念新思想新战略过程中，依托前沿城市改革实践优势，秉持法治理念深入推进体制创新，严格规范权力边界和运行轨迹，使广州法治政府建设水平持续稳居全国前列，先后6次荣获"中国法治政府奖"或提名，是唯一连续6年地方法治政府评价稳居前五名的城市，也是全球最安全城市之一。

安全来自广州市委、市政府对民生的高度重视，更源于广州司法队伍的先知先觉。早在20世纪80年代初，广州市即开通全国第一家"110"报警服务台，接着率先构建"六位一体"社会治安防控体系、率先组建打击电信网络新型犯罪专业队……与此同时，广州大力推进覆盖城乡公共法律服务网络体系，制定关于推进公共法律服务实体平台建设的实施意见，建成1个市级、

11个区级公共法律服务大厅，176个镇（街）公共法律服务工作站，2754个村（社区）公共法律服务点，全力建设全国公共法律服务最便捷城市。

法律的生命力在于实施，法律的权威也在于实施。为保障广州市地方性法规得到有效遵守与执行，广州市人大常委会制定出台了《广州市人民代表大会常务委员会监督地方性法规实施办法》，明确规定法规实施准备情况汇报、法规实施情况专项工作报告和法规实施突出问题汇报等多项制度。该办法施行几年来，对广州市地方性法规的有效遵守与执行起到了积极的保障作用。

为维护参与"一带一路"建设的各类市场主体的合法权益，更加公平高效地审理涉"一带一路"沿线国家的跨国民商事纠纷，为"一带一路"建设提供更加优质的司法服务和法治保障，广州法院在全国法院系统首开先河，成立涉"一带一路"建设案件专业合议庭。2017年10月，我国首个专门审理涉"一带一路"建设案件专业合议庭在广州市中级人民法院挂牌成立。该专业合议庭由审判经验丰富、综合素质过硬的资深法官组成，凡案件主体、标的、内容具有涉"一带一路"沿线国家的因素的，都由该庭统一审理。

为了实现基层治理，广州市已建成市、区、镇（街）、村（居）四级公共法律服务实体平台2942个并实现城乡全覆盖，全市形成"线上30秒、线下半小时"的公共法律服务圈，满足了人民群众一站式、综合性的法律服务需求。

法治建设，全民守法不可或缺。为实现"全民守法"的良好局面，广州市积极推动法治宣传与大众媒体、现代信息技术、法治文化建设同步。

为增强青少年学生学法守法意识，广州市落实学校法治教育"四落实"（落实教材、课时、师资和经费）制度，将道德与法治课成绩纳入考试总成绩，按20%计入学生的学年思品课/政治课总成绩，基本形成从小学到中学的渐进、科学、合理的法治教育体系。自2016年以来，广州市在校中小学生违法犯罪率为零。

为加大来穗人员法治宣传教育力度，广州市将来穗人员法治宣传与积分制入户入学、出租屋整治、入户走访等来穗人员日常服务管理相结合，通过手机短信、网站、微信、移动传媒等平台向来穗人员精准推送相关政策法规，举办"融合服务周"等专题活动100多场，面向来穗候鸟儿童举办有奖法律知识问答、禁毒教育宣讲、法治夏令营等活动，广州市各街（镇）来穗人员和出租屋服务管理中心普法工作覆盖率达到95%。

小康社会、平安广州建设必须有一支政治可靠、作风优良的政法队伍，在广东省委政法委发布的群众安全感和政法工作满意度调查分析报告中，广州市法院、检察院工作满意度在全省均名列第一。

2018年10月，一场"法治秀"盛会在广州市上演，现场发布了当选的20名杰出中青年法学家和法务专家名单……这次"法治秀"盛会，被外界称为改革开放以来广州市法治建设成就的一个集中展示，其中评选杰出中青年法务专家在全国尚属首次，而举办"法治秀"盛会，也开创了全国先河。

类似的先行先试之举，在广州市的法治建设历程中不胜枚举。积极探索、大胆实践，不断总结提炼出具有广州特色的新理念、新举措、新经验，推动法治广州建设往深里走，往实里抓，奋力谱写新时代广州法治建设新篇章已成为广州经济社会发展的底色。

法治，不仅是广州市的一大高频词汇，更是经济发展的守护神。2019年地区生产总值数据表明，广州以同比增长6.8%的发展速度高于全国的6.1%、广东全省的6.2%。从这个意义上来说，经济高质量发展的背后离不开法治政府建设的助推。党的十八大以来，广州市以习近平总书记全面依法治国新理念新思想新战略为指导，落实省委、省政府的工作部署，依托一线城市改革实践优势，深入推进体制创新，严格权力边界和运行轨迹，全面推进依法行政，优化营商环境，提升服务能力，以走在前列、力争一流的决心与担当，坚定不移加快建设法治政府，依法行政工作持续开花结果，不断出新出彩。

宏伟的目标、壮阔的蓝图，激励着广州人民坚定信心、团结奋斗，共同建设一个成就辉煌的广州，共同建设一个充满生机的法治中国！近年来，广州市认真贯彻落实全面依法治国新理念新思想新战略，大力推进科学立法、严格执法、公正司法、全民守法的总体进程，以先行者的勇气，因地制宜，开拓创新，法治力量进一步彰显；一大批基层矛盾纠纷纳入法治轨道并妥善解决，"办事依法、遇事找法、解决问题用法、化解矛盾靠法"的氛围进一步形成；社会信用体系建设步伐不断加快，全社会厉行法治、诚信守法的积极性主动性进一步增强，取得了一系列法治建设新成就，形成多项"广州经验"，并在全省全国推广，法治广州建设不断迈上新台阶，法治精神已"飞入寻常百姓家"。

二 立法所应

我国幅员辽阔,各地经济社会发展、历史文化传统、地理风土人情各有不同,许多情况下,全国性立法这把统一的尺子难以衡量地方性的特殊问题,这给立法体制的完善和立法权的配置提出了新的课题。如何进一步完善以宪法为核心的中国特色社会主义法律体系,提高立法质量,使法律法规更加充分反映客观规律和人民意愿,更加准确适应经济社会发展需求,更加有效解决实际问题,成为广州立法工作者工作中的重中之重。

以法筑堤 权力制约

"法律是治国之重器,良法是善治之前提。"自1986年具备地方立法权至今,30多年来,广州地方立法无论在法规制度设计还是在立法工作机制建设上,始终坚持科学立法、民主立法,在立法上创设一系列首开先河的制度机制,打造了地方立法的广州品牌。

2018年10月28日,第五届"中国法治政府奖"终评评审与颁奖典礼在北京举行,《广州市依法行政条例》项目获得"中国法治政府奖"。这是广州市先行先试、大胆探索,出台的全国首部全面规范依法行政的地方性法规,打造了以法治手段和法治方式全面推动依法行政的"广州范本"。

于2017年5月1日开始实施的《广州市依法行政条例》，率先将法治政府建设的若干政策性要求上升为法规的义务和责任，改变了依法行政工作长期以来以文件推动、以政策落实的状况，对行政决策的程序、行政执法的规范、依法行政的监督和保障机制等做了具体规定，为加快建成法治政府指明了前进的方向和具体的路径，具有鲜明的时代特色和广州特色。

规范政府行政行为，营造法治化营商环境，是《广州市依法行政条例》的要义。据广州市司法局工作人员介绍，《广州市依法行政条例》主要解决三大问题。一是政府依法行政。政府及其公职人员行使权力必须依照宪法和法律，做到"法无授权不可为，法定职责必须为"。二是构建公平公正的制度体系。法律制度充分体现权利公平、机会公平、规则公平。立法决策和改革决策相衔接，做到重大改革于法有据。三是营造全社会尊法学法守法用法的氛围，使民众养成办事依法、遇事找法、解决问题靠法的思想自觉和行为自觉。

翻开《广州市依法行政条例》，您会发现在这个共七章、七十一条的条例中，提出了法治政府建设的基本要求，明确了一般行政决策程序和重大行政决策的范围及其程序，规定了保障严格规范公正文明执法的制度措施，建立行政行为的监督机制，完善了推进依法行政工作的保障机制。

长期以来，是法大还是权大的问题始终是人民群众关注的焦点，言及此话题时，负责行政立法工作，组织起草有关市地方性法规和市政府规章草案的广州市司法局党委委员、副局长张建山说，《广州市依法行政条例》具有五大亮点。一是将权责清单、执法全过程记录等经过广州实践检验的、行之有效的新做法制度化、法定化。二是首次以地方性法规的形式将行政决策程序做了规定，特别是将公众参与、专家论证、风险评估、合法性审查和集体讨论决定作为重大行政决策的法定程序，并且进一步规定重大行政决策应当在实施后进行评估。三是进一步规范行政执法行为，对行政执法的基本要求、裁量权基准、执法情况公告、执法协调等做了明确规定，特别是对行政执法重心下移做了规范，要求执法权和执法资源同步下移，保障基层执法主体具有承接执法权下移的必要条件和能力，确保执法权的有效行使。四是强化对行政行为的监督，根据广州的实际情况，规定了依法行政专项工作报告制度，完善了地方性法规实施前准备情况报告制度，建立了预算和政府投资重大项目单项表决机制等。五是保障依法行政工作的推进，建立了依法行政考核等制度，为推进依法行政工作提供制度保障。

除《广州市依法行政条例》外，《广州市全面推进依法行政建设法治政府五年规划（2010—2014年）》《广州市法治政府建设规划（2015—2020年）》则是全面布局法治政府中长期建设的纲领性文件。2010年，广州市依法行政工作联席会议成立；2012年，制定出台了《广州市依法行政考核办法》，这是一个将执法评议考核升级为依法行政考核的纲领；2015年，依法行政考核结果被纳入市委法治广州建设考评体系和广州市机关绩效考核体系。与此同时，广州市还制定《广州市人民政府任命的国家工作人员宪法宣誓实施办法（试行）》，建立起广州市领导干部宪法宣誓制度。市、区政府主要领导严格落实党政主要负责人履行推进法治建设第一责任人职责。

2013年1月22日，习近平总书记在中国共产党第十八届中央纪律检查委员会第二次全体会议上强调要有腐必反、有贪必肃；同时要加强对权力运行的制约和监督，把权力关进制度的笼子里；要以踏石留印、抓铁有痕的劲头抓工作作风。无论是《广州市依法行政条例》还是《广州市法治政府建设规划（2015—2020年）》，抑或是《广州市依法行政考核办法》，无一不说明广州市在践行习近平总书记关于"将权力关进制度的笼子里"的决心、信心、力度。

长期以来，人们对党政干部的腐败深恶痛绝，殊不知没有约束的权力就是腐败的根源。什么是腐败？为什么腐败？腐败就是权力的异化，权力的变质，权力的滥用。

"将权力关进制度的笼子里"是紧扣现实，契合民心民意的金句，而且形象生动、平易通俗且便于传诵。同时，这是一个关于界定和恪守权力边界，如何制约和监督公权力的鲜活比喻。毋庸讳言，公权力必须划定边界并加以制约和监督，200多年前，法国启蒙思想家孟德斯鸠就一语破的："有权者易滥权，此乃自古不易之教训。擅权者用权恒常无度，非遇界限而不能休止。"100多年前，英国历史学家阿克顿更是一针见血："权力趋向腐败，绝对权力导致绝对腐败。"换言之，没有边界的权力，即为特权，亦即绝对权力，它犹如嗜血怪兽，一旦挣脱制度的樊笼，必将肆意妄为，导致腐败丛生而最终祸国殃民。

人民所盼　立法所应

市场经济必然是法治经济，如果我们细心观察，会发现法律无处不在。就政府而言，保障、改善民生，加强和创新社会管理需要法律，保护生态环境、把权力关进笼子需要法律，社会每前进一步都会对立法提出新的要求。

为了创建广州市法治化营商环境，近年来，广州市司法局立足"一个统筹、四大职能"，对标世界一流营商规则，推动出台了《广州市优化营商环境条例》《广州市科技创新促进条例》《广州市公共法律服务促进办法》等，受到了社会各界广泛关注。在对标国际先进营商规则的基础上，对广州市涉及营商环境的154份已出台政策文件进行系统梳理，提出文件分类处理和调整优化建议，及时清理、修改地方性法规、政府规章和规范性文件中不利于营商环境优化的规定，专项清理妨碍统一市场和公平竞争的法规、规章、规范性文件。

2020年，广州市以清单的形式，在多领域推行对市场轻微违法经营行为，依法实施免处罚或者免强制举措，其中免强制举措属于全国首创。这一率先在全国推出的以新技术、新产业、新业态、新模式为主的各类市场领域,轻微违法经营行为依法免处罚、免强制的"双免"工作举措,自2020年3月份启动以来,广州市累计通过清单形式合计发布245项市场轻微违法经营行为免处罚免强制事项,涵盖交通运输、文化、旅游、电子商务、广告、建设、能源、燃气、矿产冶金等重点行业,涉及市场监管、交通、文化、城管等综合执法领域以及商务、价格、计量、安全生产、消防等执法领域,既包括对违反市场经营一般性、普遍性规定的轻微违法经营行为的"双免",也包括对违反具体行业领域的特别规定的轻微违法经营行为的"双免",基本实现了监管纠错容错机制的"立体式"覆盖。

2019年10月23日,世界银行公布《全球营商环境报告2020》,中国总体排名跃居全球第31位,比上一年度提升15位。北京和上海作为两个样本城市,推行的若干优化营商环境法治保障措施发挥了重要作用。2020年1月,广州制定印发《广州市对标国际先进水平全面优化营商环境的若干措施》,提出"打造法治化营商环境高地"。

针对民营企业在市场准入、产权保护、投融资、公平竞争等方面遇到的难题,2019年1月,广州市司法局牵头完成涉及《政府投资条例》《中华人民共和国外商投资法》工程招投标领域和涉及综合行政执法改革的专项规章清理工作;按照"放管服"改革要求,对涉及户籍管理、产权登记、人才入户、劳动就业、项目审批、资质确认等多个方面的证明事项集中清理。

改革和法治相辅相成、相伴而生。在法治下推进改革,在改革中完善法治。坚持改革决策和立法决策相统一、相衔接,立法主动适应改革需要,积极发挥引导、推动、规范、保障改革的作用,牢固树立依法执政、依法行政和依法办事的法治理念。做到重大改革于法有据,改革和法治同步推进是广州市的又一经验。

就立法而言,近年来,广州市司法局围绕市委、市政府中心工作,强化制度创新,发挥制度的引领、规范和保障作用。坚持科学立法、民主立法、创新立法,着力健全地方性法规规章体系。目前,全市现行有效的地方性法规和政府规章共200多项，初步形成与国家中心城市相适应的、具有广州特色的法规规章体系。

为促进中新广州知识城、南沙新区的开发建设，先后制定《广东省中新广州知识城条例》《广州市南沙新区条例》，赋予中新广州知识城、南沙新区先行先试的权限；为进一步推进广州市商事登记制度改革工作，制定《广州市商事登记办法》，实行注册资本认缴登记制度、将"先证后照"改为"先照后证"、推行"一址多照"和"一照多址"等。在立法过程中，坚持开门立法，完善规章制定的公众参与机制，开展立法网络听证和政治民主协商，建立基层立法联系点，同时，创新行政规范性文件管理制度，建立了规范性文件前置审查、廉洁性评估、有效期、统一编号、统一公布等制度，有效维护了法制统一。

为规范政府决策行为，广州先后出台《广州市重大行政决策程序规定》《广州市重大行政决策听证试行办法》《广州市重大行政决策目录管理试行办法》等一系列配套制度，将公众参与、专家咨询、风险评估、合法性审查和集体讨论确定纳入重大行政决策的法定程序。

自2014年开始，广州在全国率先推行重大行政决策目录管理制度，积极探索基层协商民主，建立公众咨询监督委员会制度，推进公众深度参与重大民生决策，提高决策的科学性和民主性，确保了行政决策在科学化、民主化和法治化的轨道上有序运行。在规范各级政府事权方面，广州大力推动行政管理重心下移，市一级累计下放审批权限300多项，在全国率先进行建设工程领域审批事项流程优化，重点开展非行政许可审批事项的清理、行政审批中介事项的清理、公共服务事项的清理和居民办证制度改革，在全市推广"一窗受理、后台审批、统一出件"的集中审批模式，实现省、市、区三级目录同步和跨部门、跨层级信息共享，95%的行政审批备案事项可以网上办理。这些正是贯彻落实习近平总书记提出的"各级政府一定要严格依法行政，切实履行职责，该管的事一定要管好、管到位，该放的权一定要放足、放到位，坚决克服政府职能错位、越位、缺位现象"指导思想的具体措施，提升了政务审批效能。

全面深化改革，需要通过立法做好顶层设计、引领改革进程、推动社会发展。自从中央赋予地方立法权后，广州市针对经济社会发展过程中的一些重点、难点问题，通过立法做出决策，通过制定规则，跟踪监督，使地方性法规更加全面深入服务经济社会的发展。

为了促进公共信用信息管理和使用，提升信用广州建设法治化规范化水平，广州市政府规章《广州市公共信用信息管理规定》（以下简称《规定》）于2019年8月1日起施行。《规定》按照"全面归集、促进共享、推广使用、确保安全"的立法思路，对公共信用信息的归集、披露和使用全过程进行了规范，着力打造以信用为核心的监管体系，推动构建诚实守信的营商环境和社会环境。

《规定》的出台和施行极大地保障了信息主体的知情权，特别是保障了被列入严重失信主体名单以及被采取失信惩戒措施的信息主体的知情权。

长期以来，人们对个人信息泄露深恶痛绝，《规定》的出台还有助于加强隐私保护，明确自然人的公共信用信息原则上不对外公示。

简政放权　能免就免

2014年5月26日，在中共中央政治局第十五次集体学习上，习近平总书记指出，各级政府一定要严格依法行政，切实履行职责，该管的事一定要管好、管到位，该放的权一定要放足、放到位，坚决克服政府职能错位、越位、缺位现象。法治政府的核心内涵是依法行政，确保权力行使不能恣意、任性。

怎么证明"我妈是我妈"，曾一石激起千层浪。各类"奇葩证明""循环证明"，给人民群众造成诸多不便。国务院办公厅印发《关于简化优化公共服务流程方便基层群众办事创业的通知》，努力解决群众办证多、办事难的问题，凡是没有法律法规依据的证明和盖章环节，原则上一律取消。

在广州，"奇葩证明"正在成为"过去时"。为切实解决群众企业办事难、办事慢、多头跑、来回跑等问题，广州市司法局于2018年8月开始牵头启动全市证明事项清理工作。至2019年2月，共公布取消证明事项351项，占全省32%，其数量之多、力度之大、范围之广、成效之显著，全国首位当之无愧。

除了在"证明事项清理"上迈出一大步，广州市司法局还在打造"全国公共法律服务最便捷城市"上创造多条广州经验，通过法律惠民服务，助弱小，促公平。

取消证明事项将为市民、企业带来什么变化？证明事项取消后，如何避免出现管理和服务真空？在"打造全国公共法律服务最便捷城市"新闻发布会上，广州市司法局工作人员指出，此次证明事项清理工作，广州市按照"放管服"改革的要求，对能直接取消的证明事项，立即停止执行，不再要求办事人提供；对不能直接取消的证明事项，通过法定证照、书面告知承诺、政府部门内部核查和部门间核查、网络核验、合同凭证等方式办理。本轮取消的证明事项主要集中在群众重点关注的民生领域，涉及家庭户籍、产权登记、困难群众救助、养老医疗、子女入学、交通出行、劳动就业、项目审批、资质确认等多个方面。

按照广州市委、市政府的决策部署，居民办证用证制度改革是2014年广州市十大重点改革事项之一，由广州市发展和改革委员会、原广州市人民政府法制办公室负责牵头推进，对市直部门报送的86项办证事项逐项进行汇总、审核、分析，经过反复研究协调，多次修改完善，2015年3月27日，广州市人民政府办公厅正式印发实施《广州市推进居民办证用证制度改革实施意见》。推进办证用证制度改革的最大受益者是群众，最大的好处就是方便群众办事，降低社会运行成本，推进城市治理能力和治理体系的现代化。据统计，2019年广州对85件地方性法规、117件政府规章、1300余件规范性文件开展清理，集中修正地方性法规32件、政府规章54件；推动市政府一次性公布取消证明事项351项，并对涉企涉民办事证明文件"其他材料""有关材料"等兜底规定进行全面清理，彻底铲除不合理证明事项滋生的温床。

重义轻利 以法为凭

在古代"重义轻利"的观念下，中国的私权保护相当薄弱。从《大清民律草案》到《中华人民共和国民法典》，中国的私权保障走过了怎样的探索之路？

2020年5月28日，十三届全国人大三次会议表决通过了《中华人民共和国民法典》。这部维系小康社会保障人民权益，仅次于宪法的大法自2021年1月1日起施行。也就在2021年1月1日，经广州市第十五届人大常委会第四十二次会议表决全票通过的《广州市物业管理条例》正式施行。这是继民法典颁布之后，全国第一部规范物业管理的地方性法规。

广州市人大法制委员会主任委员邓成明接受媒体采访时表示，《广州市物业管理条例》是广州有史以来难度最大、历时时间最长，也是立法成本投入最高的一部法规。它与每一个市民密切相关，充分体现了广州的特色、亮点。

《广州市物业管理条例》把物业管理纳入到社会治理体系中，并强化基层治理能力，较好地发挥了基层政府社区治理主导作用和基层群众性自治组织作用。赋予镇人民政府、街道办事处和居民委员会依法履责，协调处理物业管理纠纷等职能。为破解业主委员会"成立难、决策难、换届难"，物业服务企业"监管难"等物业管理提供了法律依据。

2020年3月31日，广州市十五届人大常委会第三十五次会议表决通过了《广州市禁止滥食野生动物条例》，为维护生物安全和生态安全，从源头防控重大公共卫生风险、维护人民群众生命健康安全提供法治保障。

保护民事主体的人身和财产权利，强化规则意识，倡导契约精神，为民事活动提供基本遵循；将社会主义核心价值观融入法律，确立价值导向，维护公序良俗，引导人们崇德向善；进一步完善社会主义市场经济和社会生活的法律规范，为人民群众生命安全打下坚实基础是《广州市禁止滥食野生动物条例》的要义。

法治之本，在于立法，良法是善治的基础。广州市地方立法积极回应社会关切，急用先行，34天出台《广州市禁止滥食野生动物条例》，将重大公共卫生风险化解在源头。据媒体报道，《广州市禁止滥食野生动物条例》虽然起草时间短，但是严格按照科学民主依法立法的要求，在广泛征求社会各界意见的同时进行科学论证，针对滥食野生动物问题补短板、堵漏洞，对禁食范围、监管机制、法律责任以及与其密切相关的行为做出规范，确保《广州市禁止滥食野生动物条例》既与国家和省有关规定相衔接，又力求贴合广州实际，体现广州特色。

礼法并施，德法兼容，是中华民族长期以来探索形成的社会治理之道。习近平总书记指出，治理国家、治理社会必须一手抓法治、一手抓德治，既重视发挥法律的规范作用，又重视发挥道德的教化作用，实现法律和道德相辅相成，法治和德治相得益彰。

多年来，广州在推进新型城市化发展过程中，坚持以社会主义核心价值体系为引领，积极宣传实践新时期"广州精神"，扎实开展道德领域突出问题专项教育治理活动，深化拓展文明城市创建，大力加强公民道德建设。2011年荣获"全国文明城市"称号，2012年取得全国城市文明程度指数和未成年人道德建设工作测评省会、副省级城市第四、第七名的好成绩，市民素质和城市文明程度显著提升。

伴随广州经济社会的飞速发展，广州市司法局党委领导班子意识到，打造广州精神，加强广州市的道德建设，培育公民社会主义新型道德风尚，是广州建设社会主义现代化国际大都市的一个关键环节。于是，一个加强广州市的道德建设的蓝图在广州绘就。

2020年6月30日，广州市第十五届人民代表大会常务委员会第三十八次会议通过了《广州市文明行为促进条例》，经广东省第十三届人民代表大会常务委员会第二十二次会议于2020年7月29日批准并予公布，自2020年10月1日起施行。

"道德是法治的基石。法律只有以道德为支撑，才有广泛的社会基础而成为维系良治的良法。"坚持依法治国和以德治国相结合，体现出社会主义法治的鲜明中国特色。在我国历史上不乏盛世，盛世的形成有一个基本特征，那就是道德法律共同治理。道德引导民心、导民向善，法律规制社会、调整行为。习近平总书记提出，中国特色社会主义法治道路要体现法律和道德相结合，体现法治和德治相结合，扎根中国现实，弘扬民族优秀传统，既是对历史规律的科学总结，也是当代中国实现民族复兴的必由之路。

为破解"垃圾围城"困境，2016年8月，广州市人民政府在总结各个地方政府规章实施经验的基础上，启动了《广州市生活垃圾分类管理条例》的制定工作。为落实民主立法、科学立法要求，在立法工作中多次征求、听取各区政府机关、专家学者、人大代表以及市民群众的意见和建议，对草案反复修改、完善。2018年3月，经广东省第十三届人大常委会第二次会议批准，该条例向社会颁布实施。

社会万象，纷繁复杂；立法所向，千头万绪。行进在实现"两个一百年"奋斗目标和中华民族伟大复兴中国梦的征途上，广州市立法工作正在回应时代命题，引领城市发展。

2017年8月，《广州市停车场建设和管理规定》网上立法听证会举行。一连4天的听证会，以网络听证和现场辩论相结合的方式全程直播，同时搭建公众参与听证的"无障碍"通道。作为网上立法听证会的创始地,广州市近年来已举办多场紧贴民生、社会密切关注的网上立法听证会。在立法上,广州市人大常委会千方百计了解民情,问需于民、问计于民、问效于民,得到人民群众的积极回应,确保每一件法规都能够较为客观、广泛地体现和反映民意。

据统计,截至2020年12月,广州市现行有效的地方性法规共有83件,现行有效政府规章110件,基本覆盖了广州市经济社会生活的各个主要方面。其中,多件法规规章具有鲜明的先行性、先进性和地方特色。例如,《广州市依法行政条例》是全国第一部对依法行政进行全面规范的地方性法规;《广州市生活垃圾分类管理条例》被中央媒体做专题报道推介;《广州市募捐条例》《广州市公共图书馆条例》中的不少制度、章节为其他省市乃至全国的立法所借鉴。

"立善法于天下,则天下治;立善法于一国,则一国治。"一部部顺应广大人民意愿、维护广大人民利益的良法善法,正构筑起广州全面依法治市的坚固基石,凝聚起民族复兴的制度伟力,为实现"两个一百年"奋斗目标、实现中华民族伟大复兴的中国梦想,为广州的经济社会发展提供了更加坚实有力的法治保障!

三 法治政府

河南内乡，中原腹地。一个有着2000多年历史的县城，至今完整地保存着一座古代县级官署衙门。这座始建于元代的肃穆衙邸，历经700多年开合闭启，留下一副警醒世人的楹联："穿百姓之衣，吃百姓之饭，莫以百姓可欺，自己也是百姓；得一官不荣，失一官不辱，勿道一官无用，地方全靠一官。"这副流传至今的对联，蕴含官为表率、官自民来的朴素道理。

2013年11月26日，习近平总书记在同山东省菏泽市及各县区主要负责人座谈时，给市、县委书记们念完这副对联后说，对联以浅显的语言揭示了官民关系。封建时代官吏尚有这样的认识，今天我们共产党人应该比这个境界高得多。

中国自古就有"身正为范"的传统。"其身正，不令而行"，法治政府建设对于社会风气的引领作用十分关键。在全面推进依法治国的今天，法律能不能得到遵守，法治政府能不能切实推进，广大人民群众首先把目光投向司法队伍。

应该说来，法治政府建设主要解决的是政府职能越位、缺位、错位问题，使司法与行政职能边界日益清晰、权力配置更趋合理、治理水平不断提升，为社会经济环境注入新活力，不断释放法治建设新红利。

地处我国改革开放前沿的广州，在法治中推行改革、在改革中完善法治，用法治思维转变经济发展方式，扩大社会主义民主，推进行政体制改革，为地方经济社会发展注入了新的活力。

依法行政　权责法定

2015年12月，中共中央、国务院印发《法治政府建设实施纲要（2015—2020年）》，明确提出法治政府建设的奋斗目标后，广州市即把新时期法治建设的目标和要求作为深化行政执法体制改革的"抓手"，这只"抓手"牢牢锁定的是依法行政。

在市委、市政府领导下，广州市司法局认真贯彻落实《法治政府建设实施纲要（2015—2020年）》和省、市相关要求部署，把强化法治引领，完善体制机制作为工作中心，把依法行政工作与业务工作部署有机结合，根据工作需要，及时研究解决推进依法行政工作中发现的问题。确保决策制度科学、程序正当、过程公开、责任明确。

一段时间内，由计划经济体制沿袭下来的我国政府投资项目管理存在着投资失误、违反基本建设程序、投资控制不力、财政风险加剧等诸多问题。其主要原因是政府投资项目决策机制不完善、投融资体系不健全、管理模式落后、监管水平不高等。对此，人民群众反映强烈。尽管广州市法治政府建设走在全国的前列，广州各级政府也有着依法行政的高度自觉，但其行进步伐难以与快速发展的经济模式同行。2019年，广州市政府痛定思痛，再次将法治政府建设纳入议事日程，要求所属职能部门针对所属行业全面履行法治政府建设职责，在政府项目立项上做到公正透明。

就公正透明而言，曾先后6次参加《广州市中心六区城市道路临时泊位使用费标准方案》《关于加快服务贸易和服务外包发展的实施意见》等重大行政决策专家论证会的丁剑说，听证制度是听取社会意见的一种方式和程序，即国家机关在做出影响行政相对人合法权益的决定前，由国家机关告知决定理由和依据，由行政相对人表达意见、提供证据以及行政机关听取意见、接纳证据的一种制度。作为现代民主政治、现代行政程序支柱性制度的听证制度，在维护社会正义、保障公民权利、改善国家管理、提高行政效率等方面发挥着巨大的作用。这是因为，社会的发展离不开大众的参与。民众参与社会建设的前提是民众必须知情，有当家做主的感觉。只有自己的声音与意志得到了合理的体现，群众在接受并遵守政策法令时才有主动性，政府才能政行令通。

就如何用法治思维贯穿业务工作而言，广州市司法局2019年起草核改市主要领导各类稿件超900份，在起草市委全会会议文件，市政府主要领导在各类会议上的讲话、致辞、汇报、内参等各类文稿的过程中，始终以法治政府建设目标为导向，始终贯彻"法"字当头的写作原则，始终体现依法治市、法治广州的工作思想。

将权力关进制度的笼子，加大腐败易发多发领域的监管惩治力度，是广州市司法局创新工作机制的又一抓手。他们在加大司法监督的同时，十分注意典型的引领作用和示范效应。自2012年伊始，广州市即开展法治政府示范区和依法行政示范单位创建工作。共有7个区先后获"广州市法治政府示范区"称号，59个市政府部门、区政府部门和镇街获"广州市依法行政示范单位"称号。

守法诚信　法治政府

严格依法行政、依法办事，是一场治理的革命，也是理念的革命。当全面深化改革有了法治思维和法治方式，当用法律化解矛盾、解决问题成为自觉选择时，法治的引领和规范必将提高我党的执政能力和执政水平，人民群众也将获得实实在在的福祉。

广州市在法治政府建设中，一系列先行、先试经验不胜枚举。这不仅让广州市荣获了"法治政府建设典范城市"的荣誉称号，也让人民群众最直接地感受到法治建设带来的便利。

行政执法是法治政府建设的"最后一公里"。广州市作为全国首批推进行政执法公示、执法全过程记录，重大决定、法治审核制度试点的城市之一，有着先行先试、深入探索重点领域、关键环节率先突破的先决条件，故在实践中很快形成了一批可复制、可推广的经验成果，这些经验成果多次获得国务院和司法部的肯定并向全国推广，为进一步推动全国依法行政、规范执法贡献了"广州智慧"。

一般说来，法治政府建设的本质在于对公权力的制约。习近平总书记指出：要把权力关进制度的笼子里，就是要依法设定权力、规范权力、制约权力、监督权力。如果法治的堤坝被冲破了，权力的滥用就会像洪水一样成灾。

历史证明，"法治优于一人之治"，法治作为一项使"人类行为服从规则治理的事业"，其基本原则之一便是"官方行为与法律的一致性"。故法治建设从领导干部抓起就是要掌权者树立法治的权力观，突出权力行使的有限性与程序性，凡事必须在既定程序及法定权限内运行，这是法治国家的基本内涵，也是广州市制约和监督行政权力，建设法治政府，优化岗位设置、流程控制、层级监督、纠错问责机制的重要组成部分。继在全国率先开展规范行政自由裁量权工作之后，2013年广州又出台了《广州市规范行政权力公开运行总体方案》，率先"晒"行政权力清单，累计公布4975项行政职权事项。2014年，针对燃气、水务、环保、食品药品4个重点领域执法难的问题，大力开展专项执法监督检查的同时，对全市46个市直部门和12个区的年度行政执法数据进行统计分析，形成专题报告，为市委、市政府提供决策依据。

继全国"首晒"权力清单、财政账本之后，广州市还成为全国"首晒"行政执法数据的城市。在全国率先制定《广州市行政执法数据公开办法》，形成了"9+1+9+N"的执法门类公开机制，确立了"统一时间、统一范围、统一模板、统一平台"的公开原则，实现了行政执法数据公开工作的法治化、规范化、常态化。

2017年，广州市在全国率先执行《广州市行政执法数据公开办法》，社会公众通过阅读公开数据，可以清楚了解到全市各级行政执法部门上一年度的各类行政执法行为的数量、涉及的金额、复议撤改率和诉讼败诉率等全部情况。此项创新举措受到全社会关注和好评，获得"改革创新榜：提升营商环境十大创新案例"等多个媒体奖项，被写入《国务院办公厅关于全面推行行政执法公示制度执法全过程记录制度重大执法决定法制审核制度的指导意见》并向全国推广。

据统计，自建立行政执法数据公开制度以来，广州市执法数量实现连年增长。2017年，广州市行政处罚总数量增长了24%，行政检查总数量增长了84%；2018年，执法重心由市向区下沉后，基层行政执法部门执法数量更是增幅显著。同时，全市行政诉讼一审败诉率持续下降，行政执法数据公开制度在倒逼行政执法部门积极作为、严格履职方面成效明显。

自党的十八大以来，法治政府建设已进入关键时期。广州市全面推进依法行政、建设法治政府工作基础扎实、成效显著。这些成绩来源于习近平总书记关于依法治国系列重要讲话精神，特别是习总书记视察广东的讲话精神。

为全面落实广东省关于在2018年率先基本建成法治政府的总体目标，广州市司法局积极履行市政府法律顾问职责，狠抓行政决策程序制度，构建政府法律顾问体系，不断提高政府决策的民主化和科学化水平，赢得了广大人民群众的信赖和拥护。

一位市政府法律顾问对此感受颇深：党的十八届四中全会进一步明确，积极推行政府法律顾问制度，建立政府法治机构人员为主体，吸收专家和律师参加的法律顾问队伍，保证法律顾问队伍在制定重大行政决策、推进依法行政中发挥积极作用。

为贯彻落实好这一会议精神，广州市政府于2016年成立了法律顾问工作室。在首届36位受聘的兼职政府法律顾问中，既有知名专家、学者，又有资深律师，他们法学专业理论知识精深、法律实践经验丰富，为深度参与政府决策发挥了较好的智库作用。该工作室业已成为政府依法决策、依法行政、化解纷争、服务群众的好帮手。

从"三个层面"构建政府法律顾问"三级网络"，是创新政府法律顾问的举措之一。对此，法律顾问工作处黄清璐解释说，这三个层面分别是，着眼于全市党政机关、公职律师、公司律师的《广州市关于推行法律顾问制度和公职律师公司律师制度的实施方案》，着眼于全市本级政府的《广州市人民政府法律顾问室工作规则》《广州市政府部门聘请常年法律顾问办法》和着眼于全市各级政府的《关于普遍建立和健全政府法律顾问制度的意见》。而"三级网络"指的是全市已建立市、区、镇（街）三级政府法律顾问网络。

在如何推进法律顾问、律师规范化服务党政机关方面，广州市司法局创新了"1＋3＋5＋6"的工作模式。用黄清璐的话就是，"1"是指紧紧围绕、聚焦服务市委市政府中心工作；"3"是指重视对项目数量多、涉及面广、金额特别巨大具有"三大特点"法律事务提前介入、研究论证；"5"是指为常务会议、规委会等"五类会议"中决策事项提供法律保障；"6"是指创新工作模式，对重大投资、招商引资、国资处置、国企上市、重大纠纷、政府采购及招投标"六大方向"提供法律服务，防范法律风险，切实促进科学民主依法决策，有效保障国有资产和财政资金的安全。

依法行政，首先要职权法定。法定职责必须为，法无授权不可为。推进政府机构、职能、权限、程序和责任法定化，厘清权力的边界，是建设法治政府的前提。

为进一步规范政府法律顾问事务合法性审查工作，推进广州市法治政府建设，广州市司法局根据《中华人民共和国民法典》等法律法规规章及现行有效的司法解释、规范性文件，结合近年来工作实际情况和各单位咨询中出现的各种问题，于2020年10月，印发了《广州市政府法律顾问事务重点领域合法性审查工作要点指引（2020版）》（以下简称《指引》）。《指引》涵盖土地出让、土地储备、集体土地征收补偿、留用地事务、国有土地使用权收回和续期、控规调整、城市更新、政府采购、政府投资项目、行政事业单位资产、国有企业资产、政府投资基金、PPP项目、特许经营项目、政府合同事务等重点领域。这些行之有效的举措，对推进政府法律顾问工作制度化专业化规范化具有重要现实意义。

法律，在人类社会治理中发挥着不可替代的作用。"小智治事，中智治人，大智立法。"古往今来，成功的执政者，无不视法律为治国之要务、理政之圭臬。放眼世界，大凡社会治理得好的国家和地区，都拥有比较完备的法律体系。新中国成立以来，特别是改革开放以来，经过长期努力，我国形成了中国特色社会主义法律体系，国家和经济社会生活各个方面总体实现了有法可依。

执法为民　依法复议

法治犹如天平，一边是公共权力，一边是公民权利。在全面推进依法治国的今天，只有政府带头有法必依、严格执法，国家才能在法治的轨道上有序发展。

应该说，政府既然是人民公仆，就要成为守法榜样。在全面建成小康社会的收官之际，人民群众的期待殷切而热烈。如何贯彻落实习近平总书记"要把体现人民利益、反映人民愿望、维护人民权益、增进人民福祉落实到依法治国全过程"的讲话精神？如何在法治政府建设中不忘初心，砥砺前行？以非公企业为主体经济模式的广州市政府职能部门又如何依法行政、履行行政复议职责，处理好政府与市民之间的司法纠纷？广州市司法局在这一连串的问号面前交出了一份圆满的答卷。

1999年10月1日施行的《中华人民共和国行政复议法》，是一部有效解决行政争议、维护人民群众合法权益、监督行政机关依法行政的重要法律制度。该法律实施20多年来，广州市司法局行政复议工作有哪些亮点？

翻阅广州市司法年鉴，会发现，2012年及2017年，司法部对行政复议规范化建设"广州模式"和畅通复议渠道、推进阳光复议等方面的"广州经验"给予了高度肯定。

改革开放以来，随着人们法律意识的增强，其行政复议案件类型由最早的治安管理发展到与人民群众利益密切相关的劳动保障、国土房屋、食品药品、规划等重点民生领域。

在案件办理过程中，如何践行"复议为民"宗旨？司法局党委领导班子认识到，只有不断提高案件办理质量和效率，妥善解决行政争议，切实保障公民、法人和其他组织的合法权益，才能为维护社会稳定、构建和谐社会提供强有力的司法保障。

以一起涉及民生的普通的案件为例。案由是广州市民方女士与邻居们决定加装电梯。然而，就在方女士申请提取公积金时，却被告知没有提取细则，不能提取。方女士就公积金中心的答复提交行政复议申请。

在广州市复议办工作人员看来，旧楼加装电梯的背后是无数家庭改善居住环境的迫切需要，事关千家万户的利益，既是民生工程，也是民心工程。在案件审查过程中，办案人员多次听取申请人和被申请人的意见，在深入细致调查研究的基础上认为，在上位法及地方政府规范性文件有明确规定的情况下，政策执行部门仅以无实施细则为由，不予通过申请人提取公积金的申请，明显不当。该案的意义在于通过个案推动旧楼加装电梯提取公积金惠民政策的落地，为有序推进"城中村"、老旧小区改造，完善旧楼配套设施提供了有力的政策保障。

2019年6月13日，广州某信息科技有限公司诉广州市市场监督管理局行政处罚决定，广州市政府行政复议决定一案一审，在广州互联网法院线上公开审理。时任市政府副秘书长作为市政府负责人出庭应诉，市司法局局长作为市政府委托代理人参加应诉，广州市市场监督管理局局长作为行政机关负责人出庭应诉。

政府也有朝列为被告，说明民不能告官的历史正在被改写。庭审中，各行政机关负责人围绕涉案行政处罚决定、行政复议决定认定的事实、法律程序、法律适用等问题进行答辩与陈述，法院合议庭经评议，认定原告请求撤销案涉行政处罚决定、行政复议决定的理由不成立，遂当庭宣判驳回原告的诉讼请求。

当前，我国社会主要矛盾已经转化为人民日益增长的美好生活需要和不平衡不充分的发展之间的矛盾，人民群众在民主、法治、公平、正义、安全、环境等方面有了更高层次的需求。

政府在维护社会公平、正义方面应该有哪些举措作为？从实施修改后的行政诉讼法破解"民告官"难题，到把信访纳入法治化轨道，努力化解信访积案，到实施立案登记制改革保障人民群众依法表达诉求，等等，彰显了中国社会法治的进步。

立于潮头，方知浪高风急；登临险峰，才见前路艰辛。对于养猪专业户陈某某来说，其"诉某执法机关刑事违法查封、扣押、冻结、追缴国家赔偿案"是一起典型的民告官案件；而对于广州市中级人民法院来说，则是依法纠正执法机关不当的执法行为。

陈某某等人均属老实巴交的养猪户，不料某一天被告知，因涉嫌生产、销售有毒、有害食品被某执法机关立案侦查，随后该执法机关委托农业主管部门销毁涉案的生猪。后因案件事实不清、证据不足，检察机关做出对陈某某不起诉的决定。

2017年，陈某某就猪只、猪场损失和个人医疗费用向执法机关申请国家赔偿，某执法机关决定不予支持，随后陈某某申请赔偿复议。2017年12月，复议机关做出决定予以维持。陈某某仍不服，向广州中院申请做出赔偿决定，请求该执法机关赔偿陈某某因其违法销毁生猪494头的财产损失。

广州中院审理认为，某执法机关在未对涉案生猪进行复检的情况下直接销毁全部生猪的行为缺乏法律依据，应当承担对陈某某造成财产损失的赔偿责任，判令该执法机关向陈某某赔偿生猪经济损失511400元。

随着我国社会主义法治建设的不断完善与提高，各行使国家职权的主体，也需要不断强化和提升法治意识，依法保障当事人合法权益。对于普遍存在于实践中的无法律依据，无事实充分支持的、粗放式的执法行为，对当事人造成不适当、不合理的基本权利损失的，人民法院应当从法理与情理的角度出发，在法律法规与法律原则的基础上，对相关职权行为予以纠正，对造成实际损失的做出合理赔偿的决定。

政府是法律实施的重要责任主体。有研究表明，多达80%以上的法律法规主要由行政机关负责实施。今天，我们能不能有效推进全面依法治国，建设法治国家，关键就在于各级政府能不能严格依法行政、依法办事。让政府工作在法治轨道上开展，把权力关进制度的笼子里，关键要从政府决策的源头抓起，确保政府的行政决策程序正当、过程公开、责任明确，经得起历史和法律的检验。

司法公正　司法鉴定

2006年3月1日起施行的《中华人民共和国公证法》（以下简称公证法）是中华人民共和国成立以来第一部关于公证工作的法律，是我国公证事业改革发展的重要法治成果，它确立了中国特色社会主义公证制度的基本框架，为优化公证资源配置、加强公证队伍建设、提升公证管理水平、强化公证执业监督提供了法律依据，为公证事业的发展奠定了坚实的法治基础。

广州市司法局在贯彻实施公证法的实践中认识到，公证法是推动依法治国的客观需要，是完善公证制度的有效途径，是提升公证队伍素质的重要保障。公证部门必须站在习近平法治思想的政治高度认识贯彻实施公证法的重要意义，增强工作责任感和历史使命感，确保公证法的精神和要求落到实处。

积极稳妥推进农村集体产权制度改革是以习近平同志为核心的党中央做出的一项重大部署，也是实施乡村振兴战略的重要抓手，推进这项改革对完善农村治理、保障农民权益、探索形成农村集体经济新的实现形式和运行机制具有重大意义。在农村集体产权制度改革的过程中，迫切需要法律的保障和引导。将公证机制引入到农村集体产权制度改革中，让公证员以独立第三人的角色对整个表决流程进行合法性审查，不仅能够依法保障改革顺利推进，维护农村经济秩序的健康运转，也为营造共建共治共享的社会治理格局夯实基础。

2019年1月4日至1月14日，广州某区××镇××村集体经济组织通过入户表决的形式展开股份合作制改革工作。广州某公证处在接受××镇政府的公证申请后，迅速调配人手，连续11天上门前往××村的各家各户完成入户表决工作，对表决活动进行保全证据公证。在入户表决过程中，公证人员首先要依法核实表决人员的身份和民事行为能力，在表决簿中登记填写表决人员的姓名、身份证号码，随后交由表决人员签名（或加盖私章）、按指模，同时对表决人员进行拍照。如表决人员不会签字且没有私章的，由公证人员对表决人员按指模的过程进行录像。

公证走进农村，从学龄儿童，到耄耋老人；从采取公证途径解决土地纠纷，到全市公证机构开展服务中小微企业的专项行动，增设公证服务咨询专线；从对需要办理公证的个体从业人员，到为中小微企业开辟绿色服务通道，无不说明，广州市司法公证工作在全国率先扩大覆盖面。

从这个意义上来说，××村集体经济组织通过入户表决的形式开展股份合作制改革工作，是全民守法的特写，是法治社会展现的美好画卷。当法律得到人民的认同、信任和尊崇时，全民守法、遇事找法、办事循法的愿景就会变为现实。

值此，人们不难得出这样的结论：只有将法治观念植根于民心，人人尊法、知法、守法、用法，法治中国才会形神兼具，行稳致远。

作为公共法律服务的司法鉴定，在我国司法实践中同样具有极其重要的地位。2005年2月，全国人民代表大会常务委员会审议通过的《全国人民代表大会常务委员会关于司法鉴定管理问题的决定》，是进一步完善司法鉴定制度、健全统一司法鉴定管理体制的纲领性文件，是法治政府建设不可或缺的部分。

司法鉴定是指在诉讼活动中鉴定人运用科学技术或者专门知识对诉讼涉及的专门性问题进行鉴别和判断并提供鉴定意见的活动。通常包括：法医类鉴定，物证类鉴定，声像资料类鉴定，环境损害类鉴定等。

这是一起南方医科大学司法鉴定中心对"假死"引发的医疗损害进行司法鉴定的案例：

2015年9月27日7∶31左右，邹某因交通事故受伤呼叫中山市某医院120，7∶35左右，医院120到场查看患者后诊断为重型颅脑损伤、院前死亡，遂通知殡仪馆工作人员前来接运尸体，9时许搬运尸体的人员发现患者的手还在动，有生命迹象，再次呼叫120接回该院抢救，当日20∶45患者在上级医院抢救无效死亡。

为此，患者家属向中山市第一人民法院起诉要求医院赔偿，患方认为医院第一次120院前急救存在误诊，延误了最佳抢救时间，是导致患者死亡的重要原因。医院辩称，该院对患者的救治过程符合危急重症救治原则，诊疗过程中没有过错行为，患者系因重度颅脑损伤而死亡。

为明确医院诊疗行为是否存在过错，中山市第一人民法院委托南方医科大学司法鉴定中心进行医疗损害鉴定。鉴定意见认为，医院在对邹某的诊疗过程中存在过失，其过失行为在患者死亡后果中的原因力大小属次要因素，建议参与度拟为21%～40%。

南方医科大学司法鉴定中心完成鉴定并向委托法院出具司法鉴定意见书后，委托法院认为该医疗损害鉴定意见书经法定程序、由具有资质的专业鉴定机构做出，原、被告亦无证据足以推翻该鉴定意见书的结论，对该鉴定意见书的结论，法院予以确认。根据本案中被告的责任大小及当事人的实际情况，法院酌定被告承担患者死亡后果责任的30%。

| 第二章 |

无不平之法　无法外之人

一 穗岁平安

在2018年1月22日至23日召开的中央政法工作会议上，释放出了这样一组令人欣喜的数据：2017年，我国每10万人中发生命案0.81起，是命案发案率最低的国家之一；严重暴力犯罪案件比2012年下降51.8%，重特大道路交通事故下降43.8%；人民群众对社会治安满意度从2012年的87.55%上升到2017年的95.55%，对政法队伍满意度从2012年的69.43%上升到2017年的80.24%。一些国家政要和境内外专家认为，经济高速发展、社会大局稳定是中国向世界展示的两大奇迹，体现了中国特色社会主义制度的优越性。

时隔一年后的2019年1月13日，广州市公安局新闻办公室对广州警方2018年打击犯罪的情况进行通报：2018年，全市刑事立案同比下降13.2%，实际破案同比上升8.6%，破案率同比提升5.7%。刑事打击处理数同比两位数上升，刑事拘留犯罪嫌疑人同比上升14.5%，逮捕犯罪嫌疑人同比上升10.9%。最直接影响人民群众安全感的"两抢"（抢劫、抢夺）案件压减至日均3.8宗，同比大幅下降62.9%；全市命案发案数降为历史新低，破案率达到100%，每宗命案平均破案用时12.6小时，创下广州公安史上年度破命案平均最快用时新纪录。民众关注且痛恨的涉黑涉恶九类警情同比下降8.8%；侦破涉恶九类案件同比上升48.8%，逮捕涉黑涉恶九类案件嫌疑人同比上升51.4%。2018年广州打掉涉黑团伙数、侦办九类涉黑涉恶案件数、打掉黑恶势力犯罪团伙数均在全国前列，受到中央扫黑除恶第8督导组的充分肯定，并多次获得公安部、省公安厅的通报表扬。

社会治理　协同推进

党的十九届四中全会明确提出，要坚持和完善共建共治共享的社会治理制度，保持社会稳定、维护国家安全。为此，广州警方以平安广州建设为载体，以警务改革创新为驱动，全力打造共建共治共享社会治理格局，为营造广州高质量发展及安全稳定的社会环境做出了积极的贡献。

伴随着我国政治经济体制改革的不断深入，一个全新的中国社会结构正在形成，从"国家一元结构"逐步过渡到"国家、市场、社会的三元结构"，各级政府正在通过简政放权等多项举措将治理向社会回归。在促使社会、集体、公民参与的同时，强化社会综合治理已成为当今社会的全新缩影。社会治理的过渡性与普适性，需要社会共同体的多元参与合作，更需要对社会环境治理状况的总体、局部准确研判，协同推进。从而打造"问题联治、工作联动、平安联创"工作机制，确保区域社会治理的整体性和精准性。

从广州社会治理的总体来看，经济的快速发展为社会治安带来了新的变化。一方面犯罪数量减少，特别是暴力性案件呈递减趋势。2017年广州全市刑事发案由2013年的24万多宗下降至12万多宗，降幅达50%。另一方面，以电信网络诈骗为代表的非接触性、非传统的新型网络犯罪数量逐渐增多。犯罪拐点的出现，对传统的侦查、防范等方面工作提出了新的要求。处在拐点期，治安态势向好的情况下，如何针对犯罪结构发生变化采取积极的应对措施，从而达到群防群治的目的？广州警方的做法是：

一是借力治理，充分发挥市场和社会资源优势。成立广州市反电信诈骗中心，科学整合公安内部资源与电信、银行、互联网公司、街道社区等外部资源协作，全力开展打击、破案和追赃挽损工作，破案数、挽损金额逐年递增。在牵头协同31个政府部门、11个区全力开展"四标四实"的专项行动中，实现"四标"全部建成，"四实"全部摸清。较好地摸清了城市家底、补齐了历史欠账、提高了整肃治安秩序工作目标，提升了治理社会化、智能化、科学化、精准化水平。

二是嵌入治理，把安全理念贯穿城市发展始终。制定出台一系列安全城市管理规定，努力构建"以社会化格局为依托、法治化方式为主体、智能化手段为助推、专业化力量为抓手"的城市安全治理体系，牢牢守住发展绝不能以牺牲安全为代价这条不可逾越的红线。例如，依托反恐法、治安管理处罚法等法律工具，梳理确定防范重点目标，出台广州市反恐怖防范管理规范，推动广州地铁全面实行安检进站，全力确保城市安全运行。

三是融合治理，拓展社会力量参与社会治理的途径、方式。将扫黑除恶与"打财"、"打伞"、拆违、治污和基层组织建设融合推进，推动扫黑除恶专项斗争成效走在全国前列。推进机关企事业单位内部安全防控网建设，督促机关企事业单位"看好自己门、管好自己人、护好自己院"。依托行业协会加大对涉枪、涉爆、涉危化行业和物流寄递行业监管力度，主动融合网格员、快递员、"广州街坊"等资源力量，加快形成社会治理人人参与、人人尽责的新局面。

综观广州的社会治理工作，看得见、感受得到的是，由过去的大而全向精、准、专的方向发展。通过开展"标准作业图、标准建筑物编码、标准地址库、标准基础网格和实有人口、实有房屋、实有单位、实有设施"的"四标四实"工程，厘清社会治理基本要素，切实从源头上系统地解决广大群众关注的城市安全治理基础难题。在刑事犯罪案件侦查工作中，组建专业化现场勘查队伍进行勘查，组建视频侦查队伍进行侦查取证；构建专业化社会治安防控体系进行社会面防控，切实依法保护人民人身权、财产权、人格权。在进一步提升人民获得感、幸福感、安全感的基础上取得了较好的效果。

社会治理需要专业化，精准化，更需要先知先觉。广州处于改革开放前沿，各类社会风险和治安问题有着先发性、典型性特点，这就需要政治部门通过专业化手段进行系统治理，在把维护国家政治安全放在首位，全力守护"南大门"的共识上，坚持凡"恐"必打、露头就打。

向精准打击要战斗力，是广州公安创新犯罪财富调查的举措之一。2018年初，广州公安提出的开展犯罪财富调查工作创新举措被广州市委列入市层面的改革重点项目。在扫黑除恶专项斗争中，刑侦部门将犯罪财富调查作为前期侦查的重要手段，对涉黑涉恶团伙成员及其利害关系人的财产状况进行研判，力求全面掌握团伙成员财产状况。在开展收网行动时，安排专门警力组成财产查封组，对涉黑犯罪嫌疑人及其利害关系人的财产依法进行查封、冻结，确保涉案财产不被转移、隐匿。根据案件的需要，聘请专业会计公司对涉黑团伙的公司账目进行审计；邀请国税、地税部门介入核查涉黑组织经营实体的偷逃税情况，依法清查追缴犯罪分子的非法所得。2018年，全市公安机关运用犯罪财富调查共查封、冻结涉黑恶案件财产价值5.1亿元。

在坚持依法"严打"、重拳打击突出违法犯罪活动的同时，以扫黑除恶专项斗争为牵引，强化"打财断血""打伞破网"，坚决铲除黑恶势力滋生土壤。近年来，广州警方以"飓风"系列专项行动为主线，强力打击人民群众反映强烈的盗抢骗、黄赌毒、食药环、网络金融等突出违法犯罪，切实保护人民群众生命财产安全，刑事破案率从前些年的18.8%提升至34.8%，至2020年，人民群众安全感保持在95%以上。

此外，在打防管控并举，加快推进社会治安防控体系建设过程中，广州率先构建"情报、指挥、巡逻、视频、卡口、网络"六位一体社会治安防控体系，深化"公安网+盘查"等勤务，完善打击网络政治谣言和有害信息工作机制。对比2016年，2020年案件类警情下降33.3%，入室盗窃日均发案下降78.3%，"两抢"日均发案下降93%。

平安是人民幸福安康的基本要求，是改革发展的基本前提。党的十八大以来，广州市公安局实施一系列重大改革措施，全面深化公安改革，全面推进从严治警,提升公安机关在广大人民群众中的执法公信力,较好地促进了社会的公平正义,增强了人民群众安全感,确保了广州大局稳定和社会安康。

2020年,在中国历史上是个极不平凡的年份。对于广州公安来说,更是一个挑战:不仅要全力投入疫情防控阻击战,还要完成经济特区建立40周年庆祝活动等各种安保任务,更要为党的十九届五中全会营造安全稳定的政治社会环境。

在新形势、新机遇、新挑战面前,广州公安聚焦影响国家安全、社会稳定、人民安宁的突出问题,全力投入疫情防控阻击战,深入开展"十大攻坚战"和"五大战略",坚决打赢"奋战40天、全力保平安"特别防护期攻坚战,使人民群众的获得感成色更足、幸福感更强、安全感更有保障,为广州实现老城市新活力、"四个出新出彩"引领带动各项工作出新、出彩提供了有力的安全保障,取得了防护期实现绝对安全,社会治安大局持续稳定向好,案件类警情同比下降21.8%,刑事立案同比下降2%,交通事故死亡人数连续17年下降的好成绩。

在助力复工复产,聚焦主责主业,"严打"影响群众安全感的突出违法犯罪方面,以扫黑除恶专项斗争、"飓风2020"等专项行动为牵引,严厉打击各类突出犯罪,先后打掉黑恶势力犯罪集团8个,查封、扣押、冻结涉黑恶资产5.53亿元,涉恶警情、案件连续三年持续大幅下降,成绩持续走在全国前列。

在强力开展网络犯罪打击攻坚战,全力整治黑灰产链条方面,先后破获电诈案件3790宗、完成涉案资金原路返还616笔。扎实推进"断卡"专项试点行动,抓获1084人、破获案件726宗。反诈预警宣传平台推广成效初显,推送防骗警示信息3.7万条。

在强力开展打击整治涉野生动物违法犯罪攻坚战方面,先后破案24宗,巡查野生动物经营场所24304处、立案查处412宗。严厉打击危害食品安全违法犯罪,立案1088宗,侦破广州市首宗中药材非法添加类案件。在强力推进重点积案清理,着力解决人民群众反映信访命案积案问题方面,全面清理经济积案17463宗，侦破命案积案59宗。

在紧盯短板弱项，全力攻克社会治理痛点难点问题方面，持续"严打"整治突出治安问题。保持扫黄禁毒高压态势，全力开展"两打两控"等专项行动，"黄赌毒"警情同比下降16.2%。

在深入推进"国门利剑2020"等专项行动方面，推进番禺区海鸥岛综合整治，侦破案件213宗。"严打"各类传统侵财犯罪，入室盗窃警情同比下降49.9%，破案率59.5%，创历年新高；命案、"两抢"破案率100%，"两抢"零警情（140天）超2019年全年（105天）总值。

在持续强化重点行业地区整治方面，推进寄递物流"O2O系统"提档升级，检查涉重点地区物资3.8万件。强化校园安全管理，建立风险防控体系，"一键报警"全部安装到位并接入110报警台。

在开展交通秩序综合治理攻坚战方面，达到了交通事故死亡人数连续17年下降。创新推出"便民小公交"，覆盖"城中村"周边约200万居民；首创校车"一车一码"管理新机制，推进274个示范路口和17条示范路段建设，农村劝导站实体化运作率达100%。

在持续深化社区警务战略方面，先后构建夯实基层基础"1+3+1"方案体系，完成35个派出所"精准脱困"。开展智慧安防小区建设攻坚战，建成4个示范点。

在持续深化公安"放管服"改革方面，2020年公安政务服务事项实现"一门率"等8大指标达100%，2020年网上政务服务能力第三方调查评估迎检工作高标准推进。

社会综合治理呼唤立法，共享改革成果需要立法，公安立法工作在破解群众关心的热点难点中开拓进取。从公共安全视频至"五类车"的管理，从消防、门楼号牌，到犬只管理、燃放烟花爆竹，无一不是从人民最关心最直接最现实的利益问题入手，无一不是积极回应人民的呼声，维护广大人民群众的根本利益。

为顺应社会主义法治进程的时代发展需要,广州公安按照市政府、市人大对公安机关的立法工作部署要求,不断加快公安立法工作。2001年以来,根据社会管理工作等方面遇到的新情况、新问题,结合广州市公安局执法实践需要,法制支队参与制定、修改公共安全视频、"五类车"、消防、保安、门楼号牌、犬只管理、燃放烟花爆竹等涉及公安工作的地方性法规、规章20余份,有效破解制约公安工作发展的瓶颈和难题,实现公安工作有法可依、有章可循,将各项公安工作纳入法制轨道。

为加强对公共安全视频系统的管理,保障公共安全,法制支队积极配合相关单位完成对《广州市公共安全视频系统管理规定》的调研起草、征求意见、法制审核、与市政府法制办的立法协调等工作,为该规定的出台提供了有力的法制保障。

2013年至2016年,针对社会各界对电动车"禁行""禁售"等问题所提出的质疑,法制支队结合法律规定和社会治安管理需要进行深入研究论证,充分听取社会各界及政府职能部门意见,参与广东外语外贸大学地方立法研究中心、市律师协会等组织的专家关于电动自行车"禁行""禁售"问题的论证,参加市政府法制办关于《广州市非机动车和摩托车管理条例(草案注释稿)》的专题审议会,对《广州市非机动车和摩托车管理条例(草案注释稿)》进行法制审核,积极做好市人大、市政府法制办的立法协调工作等。该规定于2017年9月1日起正式实施。

由于众多的历史原因,人民群众对门楼号牌制度的功能定位存在误解或理解偏差,加之现代楼市建设的快速发展,致使楼门号牌长期处在无序、无章状态。开展门楼号牌管理的公安立法工作既是加强门楼号牌管理、适应城市建设的需要,也是社会发展方便群众工作和生活、提升政府公共服务质量的需要。为此,法制支队积极配合户政支队开展立法调研,并先后征求市民政局、工商局、市编办等相关市直部门、各区政府意见,召开立法专家论证会和听取公众意见,形成《广州市门楼号牌管理规定(送审稿)》后呈报市法制办提交市政府常务会议讨论。该规定于2017年5月1日正式实施。

此外，广州法制支队先后参与《广州市消防规定》《广州市养犬管理条例》《广州市销售燃放烟花爆竹管理规定》的修订工作。

由此可见，社会治理是国家治理的基石之一，加快推进市域社会治理现代化，是推进基层社会治理法治化、现代化的战略决策。广州地处改革开放和对敌斗争"两个前沿"，社会治理任务重、难度大，社会治理较早遇到新情况、新问题。因此，推进市域社会治理现代化，有利于整合资源，形成推动社会治理现代化的强大合力，有利于探索超大型城市治理改革的方法和路径，建设全国最安全稳定、最公平公正、法治环境最好的国际大都市，为全国市域社会治理现代化提供实践样本。

统筹政务　一号响应

作为千年商都和国家中心城市，广州是2017年由中央确定的率先加大优化营商环境力度的四个特大城市之一。为实现建成全球企业投资首选地和最佳发展地的目标，广州公安进一步深化"放管服"改革，充分运用"互联网＋"公安大数据平台，通过简政放权、流程优化及智能化手段提升法治化、便利化水平，审批管理、交警、户政、出入境等相关警种已推出多项改革措施，加快打造市场化的国际化营商环境，全力激发市场主体发展活力。

优化营商环境就是解放生产力、提升竞争力。2020年2月10日，广州市出台为新开办企业免费刻制印章的利好政策。6月29日，在广州市黄埔区政务服务中心三楼"一窗通取"服务区，工作人员给市民派发包含营业执照、印章、发票、税控设备等在内的免费"大礼包"。公安机关收到新开办企业刻章申请后，两小时内完成备案手续。企业公章立等可取，大幅节约企业开办成本，缩短了开办时间。

为实施简政放权、便民利企，广州公安积极推进"四减""四免"改革，在统筹优化审批程序中减环节、减材料、减跑次、减时限，政府部门核发的材料原则上免提交，政府部门形成的业务表单数据原则上免填写，可用电子印章的免用实物印章，可用电子签名的免用手写签名，先后取消市级证明事项70项，为群众办事精简申办材料209种。

相关数据显示，广州公安市区两级备案类和简易类政务服务事项共230项，均已实现100%"马上办、当场办"。134项行政许可共计4502天法定时限，已压缩至196个工作日，办理时限压缩率达95.65%；其中113项可即办，可即办率8成以上，审批速度全国最快。193项行政审批事项100%可网办、"最多跑一次"，其中190项办事"不用跑"。

在推进贸易便利化改革方面，广州公安整合就业许可办理和签证证件办理业务，节省外籍人员办理就业许可和工作类居留许可的时间。同时，设立外国人服务专门窗口，实行"一个窗口、一套材料、一次申请、一次办结"的"四个一"模式，疫情期间采取"邮寄双向速递"服务，实现出入境相关业务"零跑腿、不见面"办理，大幅提升人员出入境便利化水平。

为进一步提升群众满意度，广州公安协调12345政府服务热线，设置公安专线接听区域，持续全面整合公安非紧急热线及咨询投诉电话，依托热线平台"一号"响应群众和企业诉求，解决热点难题，同时协调12345政府服务热线与110报警服务台实现双向互通联动，分类高效处理市民求助。目前，12345政府服务热线公安专线工作量及服务质量位居全国前列。

广州已建设市、区、派出所和社区（街道政务中心）四级架构，覆盖全市自助办证服务网络，共投入460余台自助办证终端，其中300余台提供全天候24小时服务，打通服务群众"最后一公里"，确保服务24小时"不打烊"；通过大力推广"互联网＋可信身份认证"服务，对接650余家政务服务单位，服务群众超3.5亿人次，认证请求突破19亿人次，最大限度实现群众办事就近能办、多点可办、少跑快办。持续推出全国通办、异地通办、全城通办、便捷快办等系列措施，目前全国通办事项达52项。

在位于粤港澳大湾区几何中心的广州南沙，"新警务改革"已全面铺开，"精简、统一、高效"的现代警务管理特质逐步显现。在全国范围内首创"民生警务服务中心"和"警务数据及科技信息保障大队"两支成建制专业机构；"微警认证"服务平台（互联网＋可信身份认证）取得首创性突破，成为全国范围内政务数据第一个达到"亿级"数据量的重量级平台，在多项指标上全国领先，支撑了全国近四分之一的认证量；"可信公共安全服务平台""南沙警区罗盘""真你认证""微警便民服务体系"四个首创项目，全力提升南沙社会治理现代化能力水平。南沙，正朝着国际一流、具有全球竞争力的营商环境高地迈进。

得益于"智慧新警务"改革建设，在"广州微警务"小程序、广东省政务服务网、"粤省事"小程序和穗好办APP等，能办理的业务更多了，也更方便了：交通违法处理"云端办""指尖办"，出入境业务线上线下24小时能办，办户口、证件先上"网上户籍室"查询……通过"让数据多跑路，让群众少跑腿"，群众办事所花的时间更少了。

伴随着"刀刃向内"的改革措施，广州公安交出一份亮丽的成绩单。数据显示，2020年上半年，广州新增市场主体22万户，逆势增长13.1%。市场活力和市场主体的积极性明显增强。据广州市社科院研究，参照世界银行营商环境评估的12项指标进行分析，广州整体表现均获大幅改善，在6个指标上位于全球前列。

舌尖安全　拳拳为民

广州，是一座拥有1800多万常住人口的南方大都会。商业、服务业、物流业、加工制造业高度发达，在经济快速发展的背景下，不可避免地滋生了一系列危害食品药品环境安全的违法犯罪。据2012年6月广东省政府新闻办公布的《2011年广东群众幸福感测评调查报告》，群众对食品药品安全满意度最低，因此，保证食品药品安全、严打食药违法犯罪对广州公安来说迫在眉睫、刻不容缓。

由于食品药品违法犯罪具有涉案领域广泛、手段多样、隐藏性强、专业性强等特点，亟须建立一支专业的公安执法队伍，形成打击的高压态势和强大威慑力。为擦亮"食在广州"的城市招牌，织密筑牢广州市食品药品安全防线，在市委、市政府的大力支持下，2012年，一支打击食药犯罪的专业侦查队伍建成。2016年1月，该专业队伍正式更名挂牌为广州市公安局食品药品与环境犯罪侦查支队。

该支队组建后，通过加强专业队伍建设，创新侦查方式，构建多层级打防体系，对食药违法犯罪开展全链条打击，较好地保障了人民群众身体健康和生命安全。

现代科技的发展进步，在给人类带来巨大福利的同时，也使一些不法分子在食药领域的作案手法不断翻新、升级，有的犯罪分子都快把化学元素周期表的元素融进食品之中，有的则利用"黑科技"手段作案，给打击带来难度。

防范高科技犯罪，要有"魔高一尺，道高一丈"的本领，用技术来防范技术犯罪。这是因为一旦防范技术跟不上犯罪技术，犯罪分子势必铤而走险，更加跋扈。

2019年初，广州市场上出现了一种宣称食用后能减肥的青梅食品，受到许多年轻爱美女士的青睐，久而久之，服用者发现即使少量服用也会致人严重腹泻，于是向公安部门报案。广州食药环侦支队侦查员经过调查取样送检后得出这种青梅食品含有"双醋酚丁""脱乙酰比沙可啶"两种具有通便导泻作用的化学物质，食用过量会对人体器官造成极大危害，甚至危及生命。明确这种青梅食品含有添加化学物质后，侦查员又遇到一个新的难题："双醋酚丁""脱乙酰比沙可啶"这两种成分并非国务院有关部门公布的食品禁用成分。

打击遇到了没有法律、法规依据的尴尬。是任其放纵还是一抓到底？广州食药环侦支队立即展开研讨，并通过此前由该支队牵头联合检法部门、行政部门建立的办理危害食品安全犯罪刑事案件专家库，邀请多名专家参与论证。专家组经过查找资料，反复研究讨论后认为，尽管这两种物质没有列入国务院有关部门公布的食品禁用物质，但属于"有毒、有害食品"，其社会危害巨大，说明犯罪分子在制售这类食品之前做足了功课。有了属于"有毒、有害食品"的专家结论，侦查员立即跟进调查，最后将非法制售有毒食品的犯罪嫌疑人一网打尽。

在利益面前，犯罪嫌疑人无孔不入。利用保健品作案有之，利用白酒作案有之。2019年3月，广州食药环侦支队在侦破一起假酒案件时发现，嫌疑人袁某与某计算机服务部技术人员陈某有长期频繁的资金联系，袁某很有可能伙同陈某制作售假网站。侦查员顺藤摸瓜，最终发现了一个生产、销售假酒团伙。该团伙的窝点经营时间长、生产数量大、销售区域广，是从生产、销售到最后的二维码鉴定的"一条龙"制假。

与其他犯罪不同的是，食药违法犯罪案件中，犯罪活动有着隐藏性，不法分子更是有着完整的利益链条。从原材料采购、加工灌装、包材贴标到对外销售、物流运输等环节涉及大量从业人员。

更有不法分子，为了逃避打击还设专人站岗，组建防控办公室专门研究规避政策，躲避公安侦查。于是，针对此类犯罪，广州食品药品与环境犯罪侦查支队，探索出一套犯罪财富侦查机制。该机制是公安机关以资金流转调查为主线，全面开展深挖线索、收集证据、打击犯罪、追赃缴赃的连环侦查打击手段。它有利于摸清嫌疑人的犯罪证据和资产，能够对违法犯罪行为开展全链条打击，从而快速冻结追缴违法所得。

据统计，截至2019年底，广州市共破获食药环类犯罪案件4764起，依法刑事拘留9044人、逮捕5659人，破获公安部督办案件55起。

二　飓风行动

新华社2021年1月9日电，中共中央总书记、国家主席、中央军委主席习近平近日就政法工作作出重要指示强调，2020年，政法战线坚决贯彻党中央决策部署，为统筹推进疫情防控和经济社会发展工作创造了安全稳定的社会环境。2021年是"十四五"开局之年，各级政法机关要认真贯彻党的十九届五中全会和中央全面依法治国工作会议精神，更加注重系统观念、法治思维、强基导向，切实推动政法工作高质量发展。

就在第一个"中国人民警察节"即将到来之际，习近平代表党中央，向全国人民警察致以诚挚的慰问。希望大家以实际行动践行对党忠诚、服务人民、执法公正、纪律严明，努力建设更高水平的平安中国、法治中国，为保障人民幸福、国家安全、社会稳定作出新的更大贡献，以优异成绩庆祝建党100周年。

反诈天空　旌旗猎猎

2016年9月2日12：11，两架空客330客机准时降落在广州白云国际机场，广州市公安局266名民警将129名电信诈骗嫌疑人（其中中国大陆籍51名、中国台湾籍78名）从亚美尼亚共和国首都埃里温顺利押解回穗。10月9日，在广州市人民检察院统一协调下,海珠、黄埔、花都、番禺区检察院对上述129名电信诈骗嫌疑人批准逮捕,从而宣告广州警方主侦、公安部督办的"8·20"特大跨国电信诈骗专案圆满侦破,初步查证该团伙涉及中国25个省市的电信诈骗案件200多宗,涉案金额达2000多万元。这是我国公安机关历年来打击境外电信诈骗工作中押解总人数和涉台湾籍嫌疑人数最多的一次跨国押解任务,标志着广州警方打击跨国电信网络诈骗犯罪的专业化程度及国际警务合作水平取得了新的突破,也为全国打击治理电信网络新型违法犯罪专项行动和广东省"飓风2016"打击突出刑事犯罪专项行动增加了新的色彩。

亚美尼亚共和国是一个位于欧亚交界处、高加索地区国家,1992年亚美尼亚共和国与中国建立大使级外交关系。自2016年伊始,亚美尼亚执法部门发现陆续有中国人入境后以高价租住当地民宅,入住后密封窗户并对墙面进行隔音处理,涉嫌从事违法犯罪活动。于是,亚美尼亚执法部门通过秘密调查后将掌握的情况通报给中国警方。

对中国人而言,亚美尼亚是一个较为偏远的国家,也不是旅游热点地区,为什么会吸引这些中国人前往呢?凭借以往打击犯罪的丰富经验,中国警方判断:近年来,电信诈骗案件日益呈现跨国化的趋势,诈骗手法逐步升级、作案手段更趋隐蔽、科技化程度越来越高、跨区跨境犯罪突出,他们要么藏身境外,要么在境外设立窝点,但其目的只有一个,那就是针对我国大陆居民实施诈骗。在接到亚美尼亚执法部门通报后,公安部高度重视,与亚方开展了密切交流合作和刑事情报共享。

2016年8月20日,亚美尼亚共和国执法部门开展统一收网行动,先后打掉6个涉电信诈骗犯罪窝点,抓获129名电信诈骗嫌疑人(其中男性100名、女性29名),查获大量电脑、智能手机、平板电脑等作案工具,初步核实中国十多个省发生的冒充公检法类电信诈骗案件数十宗,涉案金额达数百万元,涉及广东省的案件20宗,涉及广州市10宗。

由于事主全部是大陆民众,且此案是团伙作案,为便于整案侦办、追缴赃款，依法惩处犯罪，切实维护事主合法权益，在公安部等中央和国家有关部门积极斡旋下，亚方同意将129名犯罪嫌疑人全部移交我国。公安部指派广东省公安机关负责此案的侦办。时任副省长、省公安厅厅长李春生对案件侦办和遣返工作做出具体部署，指定广州市公安局为主侦单位。

公安部、广东省之所以指定广州市公安局为主侦单位，是基于这支队伍在跨境侦查、布控方面积累了较多的实战经验。

早在2015年6月初，广州市公安局刑警支队反诈骗专业队通过深入研判，发现一个以中国台湾籍人员为首，招募中国大陆的广西籍人员到泰国，以冒充电信公司及国内执法机关人员，对国内群众实施电话诈骗的犯罪集团，受骗群众众多，财产损失金额巨大。

对此，广东省公安厅、广州市公安局两级领导高度重视，决定彻底摧毁这个特大跨国跨两岸电信诈骗犯罪集团。

面对嫌疑人众多、涉案金额高、侦破难度大等困难，广州市公安局成立了由局领导挂帅的"6·26"专案组，从刑警、出入境、宣传等部门抽调警力，开展多部门、多警种合成作战。

为了在国内把准备工作做足、做细，专案组运用"大数据"进行研判分析，逐步梳理相关案件信息并通过海量的信息研判、比对、串并，发现该团伙半径涉及国内多个省市。刑警支队立即派出民警到北京、四川、新疆、江西等地查找事主，核对案件。同时初步查清该团伙大陆籍人员的居住、分布情况，并掌握了部分大陆籍团伙成员将于2015年11月初，利用旅游签证再次前往泰国进行电信诈骗作案的关键信息。

2015年12月，在公安部、广东省公安厅的统一指挥下，专案组成员前往泰国对位于曼谷的电话窝点进行摸查，很快在曼谷市乍都节区发现一栋两层独栋别墅。该别墅围墙高达2.6米，装有多个摄像头可监控到周边环境，所有窗户均拉上窗帘无法看清内部情况。经过对侦查获取的图像资料分析，这座别墅均符合该类电信诈骗犯罪窝点的所有特征。在泰方的协助下，专案组对该别墅进行重点排查,最终确定为犯罪窝点。

2015年12月24日上午,在公安部和广东省公安厅的指挥协调下,"6·26"专案组在泰国警方的协助下开展收网抓捕行动,成功捣毁诈骗团伙的这一窝点,抓获20男10女共30名犯罪嫌疑人,现场查获电脑8台、手机35部、电脑存储电子版诈骗剧本及假逮捕证、假拘留证等作案工具一批,并固定了犯罪证据。2016年2月24日,专案组将该案14名中国大陆嫌疑人从曼谷顺利押解回穗。

与2015年"6·26"专案组不同的是,此次面临的侦破任务更加复杂,不仅涉案人员多,窝点多,且侦破环境极其复杂。为此,广州市公安局迅速成立"8·20"跨国电信诈骗专案侦办工作领导小组,由市公安局领导任组长,并成立前方、后方两个工作协调小组。前方工作组由部、省、市三级公安机关侦查民警,会同广州市人民检察院有关部门负责人共23人组成,于8月27日携带取证设备等办案物品先行赴亚美尼亚开展工作,通过我国驻亚美尼亚大使馆与当地执法部门沟通协调,克服了两国法律不同、语言障碍、水土不服等工作和生活困难,逐一落实了证据转换、人员移交和遣返押解等细节,顺利接收了亚美尼亚移交的物证18箱(其中涉案电子设备369件),展现了中国警察的良好形象和专业素养。

此次遣返行动规模大、人员众多,且涉及中国台湾籍嫌疑人为历来最多。前方工作组积极与亚美尼亚执法部门协调,后方工作组在省公安厅的统一指挥下,多次与海关、边检、检验检疫、白云机场运行、机场公安局和南航集团等20余家单位和部门沟通协调包机、押解、宣传等各项工作,精心设计了尽快返穗的移交和押解细节。同时后方工作组抽调300多名民警组成押解遣返小组,负责赴亚美尼亚开展押解工作。

经审查,该跨境特大电信诈骗团伙的主犯和团伙头目主要是中国台湾籍人,在亚美尼亚共建立电信诈骗窝点6个,其作案手段是以冒充公检法机关针对中国大陆的民众实施电信诈骗作案,涉及全国25个省市的案件达200多宗，涉案金额2000多万元（其中最大一宗涉案金额达1040万元）。经办案民警逐一核对，已找到的被诈骗事主的案件有86宗，涉案金额折合人民币600多万元。

该团伙的诈骗过程是：首先利用网络电话"点对点"呼叫中国大陆的事主（也有群发语音包的），如事主回应，则称其医保卡被扣钱。事主询问为何被扣钱时，一线人员就冒充"医保局"人员，简单套取登记事主姓名、电话、住址和身份证号码等个人信息后，假装为其查询，并告知事主经查询后，医保卡确实欠费，谎称帮其转到相关公安部门核查，下一步就是转给冒充公安民警的团伙二线人员。

二线人员冒充"某某市公安局警察"，在详细套取记录事主的信息后，谎称事主的医保卡被盗刷，需偿还盗刷资金，账户涉嫌金融诈骗非法洗钱要冻结，如果不想被冻结，就交给检察官处理，并谎称某某检察官专案负责，帮其沟通，接着就把电话转给团伙中冒充检察官的三线人员。

三线人员冒充检察官，以核查账户资金和金融监管的名义，要求事主按其指引开卡转账至其指定的所谓"安全账户"，协助调查来证明其"清白"。事主根据对方的指令进行网银登录操作后，团伙成员就会快速将账户里面的钱通过网银交易转到二、三级账户上，由台湾的取款组取现，最后把现金赃款存到指定的诈骗集团成员账户上。

2016年国庆节期间，"8·20"专案组再次传来捷报：经严密布控，该跨国电信诈骗集团6号窝点的7名在逃嫌疑人分别在北京、福建和广州、深圳落网归案，至此该团伙被抓获的成员共达136名。

百日攻坚　直击"两抢"

2017年9月26日，广州市公安局新闻办公室向媒体通报：自7月初以来，广州警方认真贯彻落实公安部"三打击一整治"工作和广东省公安厅"飓风2017"专项行动的统一部署,深入推进"百日攻坚大会战",将打击矛头重点对准严重影响人民群众安全感的抢劫、抢夺犯罪(以下简称"两抢"犯罪),创新思路,积极探索打击"两抢"犯罪常态化工作新机制,充分应用"视频云＋大数据"的高科技手段,深度打击"两抢"犯罪,取得显著战绩。全市破获"两抢"案件500多宗,环比上升34.6%,同比上升38.4%。其中破获抢劫案件200多宗,环比上升17.2%,同比上升22.7%。刑事拘留"两抢"嫌疑人600多名,环比上升10.1%,同比上升4%,其中刑拘抢劫嫌疑人400多名,环比上升17.9%,同比上升3.8%。

通过集中打击行动,形成了强烈的震慑效应和社会效应,有力带动了全市"两抢"警情的下降和市民群众安全感的提升。第三季度全市"两抢"警情,日均12.7宗,同比下降43.4%。其中抢劫警情,日均3.3宗,同比下降28%。其中,9月22日首次实现单日"两抢"警情"零发案"。群众安全感明显提升。

据广东省政法委近年组织开展的广东省群众安全感和政法工作满意度调查,2017年广州市民的安全感同比增加4.74个百分点,上升6.15%,位居全省前列。受访的广州市民群众认同本市治安好转的比例高达72.36%,高居全省第一。

抢劫,是指以非法占有为目的,以暴力胁迫或者其他方法施行将公私财物据为己有的一种犯罪行为。抢夺,则是指以非法占有为目的,乘人不备公然夺取他人的财物的一种犯罪行为。这两类犯罪行为都会侵害他人的人身权利,且容易转化为凶杀、伤害、强奸等恶性案件,比盗窃犯罪更具有社会危害性,极大地威胁到人民群众的生命安全。

习近平总书记指出:"维护社会大局稳定是政法工作的基本任务。"稳定是发展的前提,只有大局稳定,经济社会发展才能稳步推进。打击和预防犯罪,保障人民群众生命财产安全,维护社会平安,是公安机关的职责所在，是公安机关保障民生、改善民生的重要任务。当前，人民群众对社会平安的要求不断提高，不仅要求保障人身安全，而且要求保障财产安全；不仅要求免遭现实侵害，而且要求免遭潜在威胁。评价社会治安状况，要看群众的安全感和满意度。抢劫、抢夺等多发性侵财犯罪，是最影响市民群众安全感和对治安满意度的案件类型之一。

据广东省群众安全感和政法工作满意度调查，11.43%的广州市民认为抢劫、抢夺犯罪是影响安全感最突出的治安问题。

为确保人民群众的生命财产安全，广州市公安机关于2017年7月，强化"以人民为中心"的理念，全力开展打击突出刑事犯罪等"五大会战"，确保全市治安大局持续稳定。按照"什么犯罪突出，就打击什么犯罪"的民意导向策略，针对暑期市民穿着较为单薄、佩戴的金银首饰外露易遭"两抢"犯罪侵害的季节性特点，广州市公安机关将"两抢"犯罪作为"百日攻坚大会战"的打击重点，按照"大案快破、小案多破"的思路，突出信息导侦、科技支撑，不断提升打击"两抢"犯罪的综合效能，坚决遏制暑期"两抢"犯罪的高发势头。

实行打击"两抢"犯罪新机制以来，广州市公安机关各警种、各区公安分局坚决落实工作机制的要求，紧密协作，一批重大、恶性抢劫案件得到迅速突破。

天河区公安分局30小时破获2017年7月6日黄村某山庄某别墅发生的入户抢劫价值100万元财物特大案。

7月6日15时，天河区公安分局接到报警称：在辖区黄村某山庄某别墅内发生一起入室抢劫案。公安分局立即派出民警赶赴案发现场。

经了解，事主的保姆当日在打扫卫生时，突然在二楼书房发现一名陌生男子，该男子被发现后立即冲到厨房，拿出一把菜刀威胁保姆，说："你不要报警，打开前门让我走。"保姆不配合，该男子自行打开房子后门逃跑。经别墅主人、事主吴某某清点财物，发现被抢金银首饰一批，损失价值人民币100万元。

案发后,广州市公安局和天河区公安分局的领导高度重视,将该案列为督办案件限期侦破。刑警支队和刑事技术所派出侦查和技术专家赶赴现场,经精心勘查,技术专家终于确定:该犯罪分子是破坏别墅楼顶的防盗网后攀爬入室。办案民警将案发现场获得的物证,通过技术比对,比中了嫌疑人的身份信息。

刑警支队和天河区公安分局迅速成立专案组,全力展开侦查工作。专案组通过视频追踪,深入研判,发现嫌疑人上了一辆小汽车到了东莞,循线找到了嫌疑人的下落。

在刑警支队等部门配合下,办案民警通过追踪,最终锁定了嫌疑人及其住所,立即赶往东莞市展开追捕。2017年7月7日晚上10时,办案民警循线追踪,最终在东莞市将涉案男子抓捕归案,缴回事主被抢的全部金银首饰等物品。经审,犯罪嫌疑人阳某子对入室抢劫的事实供认不讳。

番禺区公安分局冒着台风,奋战70小时侦破抢夺价值50多万元财物特大案。2017年8月20日凌晨,女事主贾某某途经番禺区钟村街南国小区与汉溪村交界处时,被一名男子突然徒步抢夺,被抢走一个纯白色普拉达牌手提包(价值人民币6万元),一个羊脂和田玉吊坠(价值人民币50万元),以及现金人民币500元及手机一部,总损失价值人民币50多万元。

接报后,番禺区公安分局民警通过访问事主及现场勘查,一举锁定了作案嫌疑人。

其间,恰逢台风"天鸽"肆虐,狂风暴雨间大大增加了摸查的难度。经过70小时的连续作战,专案组民警果断收网,于22日晚上9时许在大石街南大路抓获嫌疑人刘某,并缴获事主被抢手机、玉坠等财物,及作案工具小刀一把。

南沙区公安分局快速侦破一起冒充警察持刀抢劫案。2017年8月19日晚上9时许,事主张某某在南沙区黄阁体育公园散步时,被两名陌生男子尾随。

事主往黄阁体育公园山顶方向走，两男子冒充派出所工作人员，将事主逼迫到山路一阴暗处，威逼事主供认参与嫖娼，其中一男子手持一把匕首状尖刀顶住事主颈部，勒索事主拿500元"私了"。由于事主身上现金不够，两名嫌疑人即对事主进行殴打并抢走白色乐视手机一部。随后两男子挟持事主到公园路边摩托车停放处欲驾车离开，事主拉扯时手臂被匕首划伤，两名男子逃离现场。

接报后，南沙区公安分局迅速成立专案组，通过对现场周边视频深入排查，逐步刻画出嫌疑人的活动轨迹，并终于掌握到嫌疑人的身份信息。

8月20日清晨6时许，专案组在黄阁镇联合街抓获尚在睡梦中的抢劫嫌疑人李某宗，当场缴获事主被抢手机。上午10时许，专案组在黄阁镇抓获另一名嫌疑人冉某。经初步审查，犯罪嫌疑人李某宗、冉某对自己冒充警察以抓嫖为由实施抢劫的事实供认不讳，并供认案发后持事主的手机前往超市，通过微信支付的方式消费了事主张某某手机捆绑的农业银行卡2500多元的事实。

白云区公安分局打掉一个抢劫摩托车团伙。2017年6月26日凌晨3时许，事主黎某在白云区新广花路被3名男子持械殴打，后被抢走1辆女装摩托车。

案发后，白云区公安分局打"两抢"工作专班立即介入，顶着高温酷暑，对案发现场周边治安视频开展大范围的排查，终于掌握到嫌疑人居住在太和镇龙归管理区南村。由于嫌疑人昼伏夜出，办案民警经过连续两晚的蹲守，于7月初抓获犯罪嫌疑人覃某财、黄某科和覃某等6人，缴获事主被抢的摩托车1辆。经审查扩线，侦破白云辖区抢劫摩托车案12宗。

天网追踪，疏而不漏。科技赋能，群众期待。近年来，广州市大力建设社会治安视频监控点，在治安复杂地段、重点单位、主要街道和社区、娱乐场所、重要路口等实现全天候24小时的实时、动态监控，从而改变以往被动、固化的防控手段，有效弥补了传统治安防控在空间、时间覆盖上的不足，打造了一张覆盖全市的"天网"体系，在降低发案率、提升案件侦破率方面发挥了巨大的威力，增强了公众安全感，为打击刑事犯罪、维护治安稳定提供了强有力的支撑。

视频侦查是视频监控、网络传输等现代科学技术与传统侦查手段相结合的新技术手段，是以视频监控为基础，以计算机、网络信息为依托，以现代信息处理技术和其他侦查手段为支撑，开拓了全新的侦查模式。

为顺应广大人民群众的期待，刑警支队坚持高科技引领，建立人工智能视频侦查实验室，借力最新的人工智能深度技术，不断提升视频侦查的精准度和及时率，积极探索"视频云＋大数据"的视频研判模式，开展视频侦查智能化技术等高端应用，为社会治安创造了良好的侦查环境。

雷霆出击　打黑风暴

2017年3月28日，根据广东省公安厅开展"飓风4号"集中收网行动的统一部署，广州市公安机关在市公安局主要领导的指挥下，从刑警、特警等警种及越秀、荔湾、黄埔、番禺区公安分局抽调300多名警力，对一宗涉黑专案开展统一收网行动，成功打掉一个盘踞在番禺区洛溪辖区的农村黑社会犯罪集团，共抓获团伙成员55名，缴获仿制枪支3支，赌博机十多台及管制刀具、账本、疑似毒品等涉案物品一批。这是广州市公安机关开展"飓风2017"专项行动打黑除恶攻势专项的首役。

2015年10月25日凌晨1时许，番禺区洛浦街桔树村的村口发生一起恶性开枪聚众斗殴案件，两大团伙深夜火并，沉闷的枪声划破了这个和谐之夜。

夜幕下，3辆小汽车电掣般冲到桔树村村口某烧烤档，十多名男子，持刀和霰弹枪对在该烧烤档吃夜宵的多名食客进行殴打、追砍，其间一歹徒开枪打伤一名食客背部，其他几名食客均有不同程度受伤，作案后犯罪嫌疑人逃离现场。

警情就是命令，按照广州公安"凡响枪必查有无涉黑恶背景"的打黑工作机制，广州市公安局领导要求立即启动打黑调查程序，并列为督办案件。

经番禺区公安分局刑警大队侦查，2016年2月26日、3月30日两次出击，先后打掉案发当晚开枪和持刀伤人的何某铭、彭某辉两个恶势力犯罪团伙，共抓获犯罪嫌疑人27人，缴获"雷鸣登"霰弹枪2支、仿64式手枪1支、子弹10发、管制刀具一批及涉案汽车8辆，破获两个犯罪团伙涉及诈骗、抢劫、寻衅滋事案件多宗。

经办案民警审讯和深入调查，发现此案另有蹊跷，被打伤的"食客"一方是另一帮涉黑恶团伙的成员！2015年10月25日深夜发生的响枪斗殴案件是两大涉黑恶团伙为争夺地下赌场地盘而引起的一场"黑吃黑"式火并争斗。

据犯罪嫌疑人何某铭等交代，该团伙原本密谋在番禺区洛浦的桔树村一带开设地下赌场，却遭早已垄断了该村赌场、以当地人卢某新为首的另一帮涉黑恶团伙阻挠，双方为争夺地下赌场地盘多次发生冲突，直至演化为桔树村村口持枪、刀聚众斗殴的恶性案件。

在打掉何某铭、彭某辉两个恶势力犯罪团伙后，番禺区公安分局将侦查视线转移到以卢某新为首的涉黑恶团伙上，经过深入摸查，办案民警初步查明：卢某新操纵手下骨干张某国、李某等人在洛浦街一带为非作歹，垄断了洛浦街洛溪村、东乡村、桔树村等地的地下赌场，涉及多宗恶性刑事案件。

值此，一个以卢某新为首的涉黑团伙逐渐浮出水面，鉴于案情重大，番禺区公安分局将此线索上报了广州市公安局。

接报此涉黑线索后，广州市公安局党委非常重视，迅速成立由市公安局领导挂帅的"11·11"打黑专案组，由市公安局刑警支队牵头，联合相关警种和当地公安分局等单位，对番禺区的卢某新涉黑恶团伙开展了全面侦查工作。

专案组民警深入番禺区洛溪、洛浦街一带的农村地区，对当地群众进行秘密走访，耐心阐明广州警方打黑除恶的坚定决心，并承诺一定会为受害群众撑腰，伸张正义。民警的诚意感动了当地村民，打消了他们的顾虑，他们主动向民警提供该涉黑恶团伙有价值的线索达90余条。

原来，这是一个以当地人何某昌、卢某新为首，为了获取非法利益，纠集一伙本地及外省无业闲散人员、刑满释放人员构成的有组织犯罪集团，其成员多达50余名。

该犯罪集团长期盘踞在番禺区洛浦街辖内的洛溪村、东乡村、桔树村等地，依仗持枪、持刀威胁，寻衅滋事等暴力手段，争夺地下赌场地盘，采取或直接插手，或收取"干股"形式，逐步垄断了当地农村的地下赌场。同时，还开设了一家非法"财务公司"，大肆进行放高利贷活动，对借债人收取月息10%以上的高额利息，如不及时归还，则威胁恐吓甚至用暴力手段非法拘禁，获取了暴利。

据专案组调查，该涉黑犯罪集团涉嫌实施开设赌场、寻衅滋事、敲诈勒索、故意伤害、强迫交易、非法持有枪支、聚众斗殴、故意毁坏公私财物等多类违法犯罪行为，涉及涉黑恶案件数十宗。

专案组查明，何某昌、卢某新涉黑犯罪集团组织严密，层次分明，呈现出四个特点：

一是稳定成熟的犯罪组织性。该团伙人员稳定，架构清晰，分工明确，其组织呈现明显的"金字塔"结构。第一级是团伙首脑和组织者，负责指挥团伙内部犯罪活动、安排财务分配、内部管理等事项。第二级为团伙骨干，各自划分了所谓的"管理范围"，分别在番禺区洛溪村、东乡村、桔树村等地开设地下赌场，以及从事非法放高利贷和"追数"等违法犯罪活动。第三级即以数十名本地人和外省籍人员为"马仔"和"打手"，主要负责以暴力恐吓手段，利用打杀争夺地盘，非法拘禁欠债人，获取非法利益。

二是明显的地域垄断性。何某昌、卢某新涉黑团伙的成员主要是当地人，在番禺区洛溪村、东乡村、桔树村一带农村有一定的势力，以暴力手段为后盾开设地下赌场、放高利贷，攫取非法高额利益。

三是恶劣的非法控制暴力性。该组织暴力性明显，动辄以刀枪相见，大部分成员车上或家里都藏有管制刀具，个别成员还持有枪支弹药，他们时刻都准备动用暴力，到处寻衅滋事，打伤人员。

四是不择手段获取经济利益。何某昌、卢某新涉黑团伙为了巩固自己的实力，手下供养一班本地无赖，招揽一伙外地不法流窜分子，在自己的恶势力范围内控制"黄赌毒"等非法行业，从中获取丰厚利润。

对此，广州公安经过多次研判认为，无论从哪个角度审视，该涉黑团伙都具有黑社会性质犯罪的四个特征，是一个典型的城乡接合部农村涉黑犯罪集团。

鉴于何某昌、卢某新涉黑犯罪集团组织严密，团伙骨干成员有很强的反侦查意识，一些骨干成员还时常在境外活动，给侦查工作带来一定困难的实际问题，专案组迎难而上，充分运用刑侦部门自主研发的"大数据"系统，对该涉黑团伙信息进行研判分析，勾勒出该团伙的组织架构情况后，对团伙人员逐一对应建立个人档案，排查出重点抓捕对象。

"飓风2017"专项行动，是打黑除恶工作中的一项重要内容。为此，广州市公安局将该涉黑专案情况上报省公安厅后，省公安厅高度重视，将其列为全省"飓风4号"打黑集中收网行动的头号主案，省公安厅刑侦局领导多次到广州市公安局研究指导案件侦查工作，并预定对该涉黑团伙开展集中收网时间。

2017年3月28日，一轮红日从东方喷薄而出，万道霞光挥洒在参战民警的金色盾牌上。8时，一颗信号弹腾空而起，早已蹲守、埋伏在犯罪嫌疑人居住地的十多个战斗小组的300多名警力一跃而起，以迅雷不及掩耳之势抓获该涉黑团伙成员55名（其中目标对象46名，另扩线抓获9名），其主犯、头目、骨干等无一漏网。警方起获疑似仿制枪支3支，疑似毒品若干及其他管制凶器一批。

打磨刀锋　穷追不舍

命案难破，多年积压的悬案更难破。这已成为刑侦领域的共识。尽管刑侦科技水平今非昔比，尽管每位刑警都有一颗渴望破案的心，但面对那些没有侦查方向、没有现场物证、受到各种客观条件限制的案件，即使是经验老到的刑警也会感到束手无策，历久之后变成了陈年积案。

一方面，随着社会信息开放程度的不断提高，传统的刑事侦查手段、破案流程已经完全暴露在公众视野之下。另一方面，对于有预谋、有计划的犯罪，犯罪分子往往具有较强的反侦查意识和技巧。

世界上有没有"完美犯罪"？广州公安用实际行动做了回答。据悉，自2019年6月份以来，广州公安共侦破28年前、25年前、14年前的5宗群众迫切期待破获的疑难命案积案；侦破一般命案积案15宗，其中20年前积案3宗，10年前积案11宗，9年前积案1宗，用正义回应了人民群众的诉求和期盼，用实战检验了广州公安强劲的战斗力，用战果践行了人民公安为人民的初心与使命。

命案侦破工作直接关系着人民群众的切身利益，直接关系着人民群众对公安机关的信任感和满意度。命案不能侦破，凶手逍遥法外，将使受害者家属感到"有冤无处申，有苦无处诉"，直接影响公安机关的刑事执法公信力，更加影响公安机关对犯罪分子的震慑力。

在侦破命案的动员大会上，市局党委要求参战单位和民警坚持生命至上的理念，把侦破命案积案工作作为牵动公安工作全局的大事，切实抓紧抓好，想尽一切办法，穷尽一切手段，增强责任感和紧迫感，全身心地投入到这次侦破命案积案的攻坚行动中，切实办好这项得民心、顺民意的"民心工程"。

在局党委的高度重视下，身负4命逃亡天涯二十八载的真凶落网。

1994年3月5日，广州市白云区夏茅某汽修厂内发生一起两命案，一男一女被人用锤头和刀杀害。市公安局刑警支队立案后经过侦查，掌握该厂一名叫"吴育"的小工有重大作案嫌疑。由于当时各类侦查条件和客观环境因素缺乏，只掌握到该嫌疑人"吴育"为假名，并于作案后潜逃不知去向。

刑警支队办案民警在长达20多年的时间里，多次以出差的名义到江西省相关地区，广东省肇庆、湛江等地，但始终没有寻找到作案人员的踪迹。在再次调取该案卷宗，重新细致梳理涉案线索，认真核查后，一条嫌疑人于2010年在湛江因偷单车被行政拘留的线索引起办案人员的注意。于是，民警再次赶往湛江，通过研判梳理、综合应用多种摸排方法后，发现嫌疑人冒用"谢成顺"的名字一直在此地流浪，并发现与其关系密切的老乡也居住在此。

经过长时间的走访，办案民警顺藤摸瓜，锁定嫌疑人"谢成顺"主要生活地为湛江市霞山区龙划村。2019年7月10日下午成功将身负2宗命案共4条人命，潜逃达28年的嫌疑人刘某志抓获，侦破了广州市"1994.3.5"白云夏茅两命案积案和江西鹰潭"1991.12"杀害警察及其女儿两命案。

经过审查，嫌疑人刘某志供认1991年12月，在江西省鹰潭市因男女情感纠纷，将女朋友及其父亲杀害，后潜逃至广州，又于1994年3月5日在白云夏茅因纠纷积怨将一对情侣杀害后潜逃到湛江，以拾荒及打零工为生。

群众看公安，关键看破案。多年来，人们往往把发案率与破案率视为衡量公安工作尤其是刑侦工作好坏、效益高低的唯一尺度。各级综治部门更是在进行社会治安综合治理目标管理时，把发案率与破案率列为考核指标。对此，广州市公安局党委领导班子有着自己的认识：命案积案攻坚既是一场荣誉之战，又是一场平安之战，更是一场民生之战。侦破命案是党和政府衡量公安机关战斗力的一个重要标准，也是人民群众和社会各界人士评价公安机关办事效率的一个主要标杆。

1998年12月8日晚上10时，辛某与几个朋友正在酒吧喝酒聊天。突然，传来一阵喧嚷的争吵声，辛某闻声走过去，发现是自己的朋友谢某与隔壁酒吧的合伙人邓某能发生争执。

原来，邓某能在停放摩托车时未关大灯，照到了在对面酒吧门口的谢某，引发口角。在争执中，辛某为朋友谢某出头，从不断的争吵升级成肢体冲突，辛某朝邓某能脸上打了一拳。邓某能恼羞成怒，打电话叫"阿飞"带人过来帮忙。在失控的打斗中，邓某能、"阿飞"一方有多名男青年手持木棍、空酒瓶对辛某等人进行围殴，致使辛某后脑被硬物击打，致颅脑损伤当场死亡。辛某一方另有两人受伤，一场小事引发的口角纠纷，最终酿成一死两伤的惨剧！

案发后，番禺警方立即成立专案组展开侦查。民警对现场进行仔细勘查，走访附近的目击者。由于当时涉案人员较多，而民警所掌握涉案人员的情况非常少，只有当时酒吧老板邓某能使用了真实姓名，而其他的涉案嫌疑人如"阿飞"等都使用了化名，身份信息模糊，案发后四散逃走，没有了踪迹。

21年来，办案民警换了一茬又一茬。直到2019年6月，民警在对历年未破积案进行重新梳理研判时，一名海南籍男子"邓某"进入了民警的视线。通过对相关信息进行仔细筛选排查，民警初步判断21年前的命案逃犯邓某能极有可能已漂白身份，正在使用"邓某"的身份藏匿在海南省琼海市生活，这一重大进展让办案民警兴奋不已。

根据掌握的信息，依托"智慧新侦查"技术与手段，民警迅速锁定了5名涉案嫌疑人的身份。7月25日，专案组兵分两路，一路赶往海南省琼海市追捕邓某能，一路在番禺本地等待指令抓捕其余4名嫌疑人。

当晚9时许，在琼海市某酒店内的二楼咖啡厅，一名正在喝咖啡的男士肩膀被人拍了一下。"邓某能……"男子本能地转过头。至此，本案的重要嫌疑人邓某能被抓获归案。与此同时，在番禺的抓捕组也将涉案的邓某民、苏某威、曾某辉、苏某聪4名嫌疑人成功抓捕归案。

到案后，嫌疑人邓某能交代了21年前的事发经过，案发后他潜逃到海南省，隐姓埋名，先是经营大排档，后在琼海市开了两间服装店直至被擒，并供认21年前动手直接致人死亡的凶嫌是"阿飞"。

阿飞是谁？根据线索，办案民警仅知道阿飞是粤西人，目前50岁左右，当年与一名在市桥一酒城卖酒的女子谈恋爱。据此，民警通过深入排查，终于了解到该女子的丈夫叫蔡某飞。蔡某飞？"阿飞"？是不是同一个人呢？办案民警立即经过辨认，很快就确定了"阿飞"正是蔡某飞，并立即展开调查，锁定了嫌疑人蔡某飞的落脚点。7月26日，专案组在佛山顺德某小区将蔡某飞抓获。经审讯，嫌疑人蔡某飞供认了当年用木棍殴打辛某致死的作案事实。

三　勇立潮头

历史铭记着这一庄严的时刻，1978年3月1日，在第五届全国人民代表大会第一次会议上，时任中共中央副主席的叶剑英在《关于修改宪法的报告》中指出："鉴于同各种违法乱纪行为作斗争的极大重要性，宪法修改草案规定设置人民检察院。"是年6月1日，最高人民检察院正式挂牌，也就在最高人民检察院启用印鉴，恢复办公后的同年6月20日，广州市人民检察院重建。

从1978年的仓边路56号到现如今的天河区黄埔大道西66号；从改革开放初期提出的"有法可依，有法必依，执法必严，违法必究"，到党的十八大以来提出的"科学立法、严格执法、公正司法、全民守法"；从法治建设新时期，到依法治国新阶段；从全面依法治国新时代，到习近平法治思想的确立。广州市人民检察院始终坚持立检为公、执法为民的执法宗旨，以人民赞成不赞成，满意不满意，高兴不高兴作为衡量检察工作的根本标准；在建设中国特色社会主义法治道路上砥砺奋进，付出了艰辛努力，为推进全面依法治国，法治广州做出了突出贡献，取得了举世瞩目的历史性成就。

改革深入　催生创新

如果站在改革开放的历史维度，审视广州市人民检察院重建40余年的工作，你会发现广州检察工作思路和创新制度始终立足改革开放和社会主义现代化建设，紧紧把握时代脉搏，主动适应新形势新变化，服务广州经济社会发展大局，运用法治思维和法治方式推进社会治理，坚持惩治犯罪与保障人权并重，严把事实关、证据关、程序关和适用法律关，坚守法律底线，严防冤假错案，提升规范司法的能力和水平。不仅为实现法治现代化、建成社会主义法治强国打下了坚实基础，而且积累了一系列宝贵经验，形成了一整套科学理论。

1990年是改革开放的第12个年头，也是广州人民生活水准领跑全国的重要年份，更是全国检察机关集中力量狠抓打击严重经济犯罪工作的重要年份。广州市人民检察院针对贪污、贿赂案件的不断上升，为强化打击力量，是年6月，成立了反贪污贿赂工作局。这个专向贪污、贿赂案件立案侦查和预防工作的机构，在成立不到半年的时间就侦破了一批重大疑难案件。其中，广州民航局售票员易芳贪污票款案，是中华人民共和国成立后广州检察机关侦破的贪污金额最大的案件，也是全国最大的第一宗女性贪污案。

1987年9月至1988年6月，被告人易芳在中国民用航空广州局运输公司售票处收款室任收款员，其间，她与刘小虎相勾结，为筹集到加拿大留学的费用，利用职务之便，假冒售票处其他售票员的姓名，从票务员处领取了500张空白客机票，然后伪造旅客姓名，采取小头大尾的手法，将其中的187张客机票的会计联改写为旅客少、短航线、票额小，而将乘机联、旅客联改写为旅客多、远航线、票额大，交由刘小虎持"中国康辉旅行社""屋宇旅行社"等单位的证明到民航售票处做退票处理。二人从中侵吞会计联、乘机联全部票款共计外汇兑换券117211元。

1988年7月至1989年9月15日，易芳继续与刘小虎相勾结，采取上述作案手法，将涂改后的3549张客机票交由刘小虎、表妹马瑛及叶某某、肖某某（均另案处理）等人持"香蜜湖度假村""广州市三元里铝型材厂""中国民间国际旅行社（广东）代理处""西樵山旅行社"等单位的证明到售票处退票，从中贪污会计联、乘机联差额款2802782元（其中外汇兑换券752342元），为易芳、刘小虎共同占有。

1989年9月15日，易芳将其与刘小虎共同改票贪污公款的真相告知马瑛，并要求马瑛继续为其办理退票。此后易芳采取上述作案方法，将私自填写好的123张客机票交给马瑛，由马瑛持"广州市三元里铝型材厂"等单位的证明到售票处退票，从中贪污会计联、乘机联差款218952元（其中外汇兑换券52608元），为易芳个人占有。马瑛则以5元每人（因一票多人，故以人计）收取易芳退票手续费2430元（其中外汇兑换券645元）以及日立牌21寸彩色电视机一台（价值人民币3350元）。

经审理查明，被告人易芳、刘小虎、马瑛共同贪污公款人民币2218372元，外汇兑换券920577元。其中被告人刘小虎参与贪污公款人民币2050444元，外汇兑换券52608元；被告人马瑛参与贪污公款人民币166344元，外汇兑换券52608元，分得赃款人民币1785元，外汇兑换券645元，及日立牌21寸彩色电视机一台。

本案经广东省广州市白云区人民检察院侦查终结，1990年11月20日，白云区人民检察院将易芳、刘小虎、马瑛贪污一案移送广州市人民检察院审查起诉。1990年12月17日，广州市人民检察院以贪污罪向广州市中级人民法院提起公诉。1991年4月8日，广州市中级人民法院依照《中华人民共和国刑法》第一百五十五条、第五十三条第一款、第二十三条、第二十四条和全国人大常委会《关于惩治贪污罪贿赂罪的补充规定》第一条和第二条第一、三项之规定，以贪污罪判处被告人易芳、刘小虎死刑，剥夺政治权利终身，判处被告人马瑛有期徒刑五年。易芳、刘小虎、马瑛三被告均不服判决，提出上诉。广东省高级人民法院1991年6月26日经再审裁定：驳回易芳、刘小虎、马瑛的上诉，维持广州市中级人民法院原刑事判决。

1987年的313万多元，什么概念？据《广州市1987年国民经济和社会发展统计公报》，领跑全国工资水平的广州，当年职工年平均货币工资1990元，其贪污的金额相当于广州职工年平均工资的1572.86倍，而驻京部队一名正排职干部的月工资则只有56元，还要交纳5元钱的党费，18元钱的伙食费，其贪污数量是一名正排职干部月工资的55892倍，相当于其4657年的工薪收入。

无疑，这是广州市人民检察院侦破的一个惊天大案，是广州市人民检察院坚持把打击经济犯罪同改革开放、搞活经济紧密结合起来，促进经济体制改革和经济建设顺利进行的有效举措，是把打击经济犯罪同社会主义法治建设紧密结合，促进社会主义法制的健全和完善，拓展经济检察工作路子的又一创新手段。

如果说易芳只是一个普通国家工作人员、民航售票员，那曾莉华则是深圳工程咨询公司广州分公司经理。这位女经理因受贿700多万元被列入全国特大受贿案，于1993年3月18日被抓。在检察官的直观印象里，曾莉华是一个因欲望滋生而迷失自我的人物，但她并不是那种与生俱来就贪得无厌之徒。作为一个念过大学，且能歌善舞的知识女性，本应该在文艺道路上一展才华，然而命运的罗盘将她青春的一叶小舟指向了房地产的商海时，权力业已转换为资本，导致她个人的欲望开始无限膨胀，最终不得不沦为欲望的牺牲品。

与那些官宦之家不同的是，曾莉华不过是一个贫民女子，"不会为了挣钱放弃理想"一度成为她的座右铭，同时事业的顺达又给她创造了走向堕落的条件。直到检察官指控她犯罪时，她才明白自己是一个欲望超出常规且进入歧途的人，她才发现这一变迁过程，这一人生历程凸现的是贪婪灵魂的全息图景。

应该说来，曾莉华的人生轨迹乃至心灵史、灵魂史并非属于某个个体，从中完全可以洞悉那个特定时代的精神镜像。那是一个改革开放进入如火如荼的年代，据有关资料，1993年至1997年是改革开放的第五个周期。这一周期我国的腐败现象蔓延较快，几乎是直线上升。1993年是一个重要转折点，从这一年开始，腐败案件和大案要案的数量上升势头非常明显，分别在1996年和1997年达到改革开放以来的历史最高值，即145497件和48066件。1997年以后开始逐渐下降。

1992年我国改革进入全面推进阶段，经济改革开始转向生产要素市场，国企改制，金融、技术、土地等生产要素市场的培育使权力介入寻求腐败收益的机会大大增加，权钱交易形成了权力商品化、资本化的现象，我国的腐败频度在20世纪90年代直线走高。腐败发生的重灾区由国有企业和生产要素行业渗透到了司法、执法领域。90年代中后期，改革初期的一些腐败类型在逐渐减少，行业不正之风却逐渐盛行，出现了从"寻租"向"设租"发展的趋势；国有企业仍然是腐败的重灾区，政企分开和产权改革还没有取得实质性进展，国有资产流失现象严重；金融犯罪和土地批租等生产要素领域犯罪高潮出现。

邓小平同志当年就有这么一种说法：要有再打一个淮海战役的牺牲准备。在这一非常时代出现大量患上典型"社会病"的病人，是一种民族精神病患的征兆，治疗的良方，那就是人在物欲激荡的年代，对欲望保持某种警惕，进而建构自由和谐的灵魂、家园。如果透视曾莉华欲望滋生蔓延的心态，不能不说这是一个身上交织着好女人、强女人、贪女人的复杂故事，依循这样的思路去思考，你会发现法律其实就是一个公约数，一个最大的公约数。

在对曾莉华个人成长轨迹、犯罪心路历程、犯罪所处社会环境及受贿的每一个细节进行多层次、全方位的调查、分析、取证后，检察官认为，这个案件并不复杂，事实上经过几次提审后也证明了他自己对案情的研判。在曾莉华看来，检察官办案的细致程度超出她的想象，从受贿数量来说能精确到一角一分；从时间上来说能精确到日、时甚至分秒；从地点来说，能精确到某一间办公室或是某一个细微的场所。故就犯罪事实而言，受贿数量、时间而言，曾莉华自己都记不清的事情，办案人员能帮她还原，加之曾莉华自己的日记本上记载着每一次受贿的金额（虽然只是代码），证据确凿，能做的只有请求政府宽大处理。

如果总结这一案件的成功侦破的经验，那就是上善伐谋、攻心为上。尽管曾莉华为了逃避法律制裁，也曾抱着侥幸心理，拒不供述犯罪事实，让办案人员殚精竭虑、颇费周折，但在检察官的心理战面前，她不得不交代自己的全部犯罪事实。

值得一提的是，爱记日记的曾莉华在监狱服刑期间仍写下了大量的日记，其中一篇《致孩子》的日记现在看来仍意味深长："孩子，你的出生不是上帝的过错，也不是你不应该来到这个人间，而是妈妈在一个本不应该生下你的时候生下了你。这一切的过错是妈妈的过错……当你长大、懂事后，你应该去看一看，或是代表我去见一下检察院的叔叔，在妈妈被限制人身自由时，是这个叔叔给你留下了两笔生活费用，这两笔生活费用解决了你的温饱，要不你会成为弃儿流浪街头。"

有过太多类似情况的检察官，已记不清多年前关于两笔生活费的场景。但在作家杨黎光的长篇报告文学《打捞失落的岁月》中有这样一段文字表述：

"对曾莉华家的搜查是下午4点钟。搜查的结果，没有找到一本存折，没有任何一件首饰，没有一件像样一点的衣服，只找到几千元钱，还是分别装在好多个各式各样的'利是'包里，似乎是别人过年时送给曾莉华的。这个时候，曾莉华的丈夫已经去了澳大利亚，她与家公的关系好像处得并不好，所以老人并不和她在一起生活。家里只有一个和曾莉华有着亲戚关系的小保姆带着她那个正上一年级的儿子。办案人员走进去的时候，这孩子正在电视机前打游戏。他还不太懂事，并不知道自己的妈妈出事了，而且出了差点送掉性命的事。搜查的时候，这孩子仍然在玩游戏。办案人员担心吓着孩子，特意让人领着孩子到另一间房子里去玩电子游戏机。搜查结束准备离开时，又看见了那个仍在电视机前聚精会神玩电子游戏机的小男孩。办案人员心里明白，这孩子在相当长的一段时间内恐怕是很难见到他妈妈了，而他的爸爸又在国外，今后生活怎么办？于是，他们将搜查到的几千元钱交给那个小保姆，告诉她暂时当作小男孩的生活费……

"3月19日，办案人员又来到广东大厦曾莉华的办公室，打开了曾莉华锁着的那个铁皮柜，从这个铁皮柜中搜出存折4个，但是上面存的钱并不太多，另外还有2万股的广发基金凭证。办案人员将2万股广发基金，交给了曾莉华任职公司的工作人员，关照他们，必要的话可以将基金卖了，给曾莉华的儿子和保姆做生活费。"

儿子是妈妈的牵挂，在杨黎光笔下还有这样一段记述："围绕着这个小男孩发生了一段非常感人的事，这件事促使了曾莉华更加下定决心，配合检察院把自己的问题搞清楚，把存在境外的所有赃款全部收回来，这是后话了。"

后话？至今提起仍有超然、达观的现实意义。于曾莉华而言，自己的犯罪导致这个温馨的家庭支离破碎。于执法者而言，留下两笔生活费是挽救一个幼小生命的需要，是复杂主体的人本需求，这就需要执法者的能动和思考，而不是简单的数字化度量和取舍，更需要执法者正确认识法律正义的本源，考虑被执行人的情感。

在检察官看来，被执行人情感是对法律适用所产生的肯定或否定的心理态度。它反映着社会的正义观念，在一定程度上表现为"直觉正义"和"天经地义"，是对真善美的肯定和崇尚，对假丑恶的否定和愤恨，是一种朴素的感觉。这种朴素的"正义观"深深根植于被执行人的精神观念和社会生活之中，成为被执行人强烈的感情体验。曾莉华案件的侦破、取证、讯问等诸多环节之所以能进展相对顺利，节约了一定的办案成本，这与检察官的情感执法不无关系。假如检察官们在搜查过程中无视一个小男孩的生活窘况，曾莉华能下定决心配合吗？

或许，这是一个留给法学理论家探讨的问题。

光中停留　历史回望

历史总是在回望中意味深长，一个伟大的民族，总是在对历史的一次次回望中不断吸取前行的力量。

向着"追赶"和"摘帽"目标的广东省，1989年经济总量首次跃居全国各省市首位，2000年，成为全国首个突破万亿大关的省份，并一直领先至今。2007年，广东的经济总量已占到全国经济总量的八分之一。1998年，广东GDP超过新加坡；2003年，广东GDP超过香港；2007年，广东GDP超过台湾。邓小平曾希望广东20年赶上亚洲"四小龙"。至此，赶超"四小龙"，广东经济总量已超其三，紧追韩国，并且年均增量从2005年起已明显超过韩国。进入新世纪，广东的外贸出口，实现了"月超百亿、年超千亿"的历史性突破，长期占到全国外贸出口总额40%以上。

然而，改革开放进程的错综复杂让人们始料不及。沿海地区出现了前所未有的走私浪潮。有些沿海地方，渔民不打鱼，工人不做工，农民不种地，学生不上学，一窝蜂似的在街头巷尾、公路沿线兜售走私货。

这是一起涉及广州海关工作人员参与走私的案件，广州检察院习惯称之为"三新两权案"，是因为三位受贿人姜某新（广州海关原内港办事处征税统计科副科长）、郑某新（介绍受贿人）、洪某新（原佛山海关征税统计科见习副科长）名中均有新字，走私行贿人（邹某权、陈某权、彭某伟、关某柏、方某华）等人中邹某权（原香港金峰贸易公司经理）、陈某权（广东人，无业）名中有权字。

1990年2月，邹某权得知关某柏妻弟洪某新在广州海关平洲口岸工作，便伙同彭某伟、关某柏等人向洪某新提出要从平洲口岸进口货物。洪某新同意后，邹某权等人从香港将彩电、录像机等家用电器及汽车等走私货物装入集装箱，并用"洗水石""三聚磷酸钠"等封堵柜门，先后5次进口夹藏走私货物的集装箱货柜共11个，价值人民币640余万元，偷逃税款400余万元。得手后，邹某权通过关某柏先后5次行贿洪某新共计港币22万元。同年9月，邹某权等人以"三聚磷酸钠"名义进口集装箱货柜1个，走私糖蜜素14吨，价值人民币28.7万元，偷逃税款15万余元。得手后，邹某权通过彭某伟向洪某新行贿港币5000元。

1990年3月，邹某权还通过郑某新介绍认识了姜某新，并如法炮制，先后9次从姜某新所在的洲头咀码头海关进口夹藏走私货物的集装箱货柜20个，总价值人民币1856万余元，偷逃税款1014万余元。得手后，邹某权先后向姜某新、郑某新行贿港币76万元。同年8月，陈某权等人用同样的手法，在姜某新的协助下，进口夹藏走私货物的集装箱货柜3个，价值人民币近340万元，偷逃税款230余万元。得手后，由陈某明（另案处理）向姜某新、郑某新行贿港币24万元。

1991年8月，广东省人民检察院先后决定对姜某新、郑某新、洪某新采取刑事强制措施。

1993年2月19日，广州市人民检察院将被告人姜某新、郑某新起诉到广州市中级人民法院。1993年5月19日，广州市中级人民法院一审判决，后广东省高级人民法院做出终审判决，以受贿罪判处姜某新无期徒刑，剥夺政治权利终身；以受贿罪判处郑某新无期徒刑，剥夺政治权利终身。

1994年8月26日，广州市人民检察院将被告人洪某新起诉到广州市中级人民法院。1994年9月20日，广州市中级人民法院一审判决，以受贿罪判处洪某新死刑，剥夺政治权利终身。洪某新不服上诉，1995年7月10日，广东省高级人民法院鉴于洪某新在二审期间积极退出赃款等情况，改判洪某新死刑，缓期二年执行，剥夺政治权利终身。

1997年，广州市中级人民法院以走私罪、行贿罪判处邹某权死刑，剥夺政治权利终身；以走私罪判处陈某权死刑，剥夺政治权利终身。

于办理众多大案、要案的广州市人民检察院来说，这只是一个极为普通的案子，但在案件办理过程中出现了一段小插曲，检察官应对的表现可圈可点。正当案件进入到即将提起公诉时，犯罪嫌疑人托人捎话说，只要放了邹某权，给人民币100万元，否则案件承办人随时有生命危险。但负责此案的检察官刚正不阿、铁面无私，毅然决然将犯罪分子绳之以法。

随着经济特区突飞猛进的发展，各地、市的经济持续、快速增长，社会经济生活发生了深刻变化，但也有人追求富裕的欲望日渐膨胀，甚至有人不顾党纪国法铤而走险。

这是一起由党中央、国务院直接领导，中央纪委牵头指挥查处的新中国成立以来走私额最大、涉及执法监管部门人员最多的一起严重经济犯罪案件，号称20世纪的"世纪大案"。邓某安、陈某生走私普通货物案正是该系列案之一。

陈某生系时任某市市委书记陈某某之子，其与邓某安以香港为基地，组织汽车货源，将整车拆解，贿赂海关及船务代理公司人员，以进口汽车零配件伪报入境，攫取暴利，还伙同李某等人从新加坡走私成品油入境，共计偷逃应缴税额3亿多元。为达到走私目的，与邓某安、陈某生勾结的李某集团还大肆行贿海关人员。在走私所带来的巨额利润驱动下，不少海关工作人员也加入走私甚至护私而落马。由于海关执法监管人员与走私团伙内外勾结，上下串通，导致整个湛江口岸监管失控，国门洞开，出现走私分子及走私货物自由进出的黑色通道。犯罪分子无底线的贪欲和践踏法律的疯狂行为令人震撼。

广州市人民检察院于1999年4月12日将本案起诉至广州市中级人民法院。经审判，邓某安被判处死刑；陈某生被判处死刑，缓期二年执行。与此案牵连何止邓某安、陈某生，更有湛江海关原关长曹秀康、原调查处处长朱向成,他们被依法判处死刑;湛江市原市委书记陈同庆、原副市长杨衢青,茂名海关原关长杨洪中,湛江边防分局原局长邓野及原政委陈恩,以及其他涉案的200多名公职人员,他们都受到了党纪政纪的严肃处理。

进入新时期的2012年11月17日,在第十八届中共中央政治局第一次集体学习会上,刚当选为中共中央总书记的习近平同志指出:"近年来,我们党内发生的严重违纪违法案件,性质非常恶劣,政治影响极坏,令人触目惊心。"改革开放以来,我国国民经济获得快速发展,国家实力迅速增强,但腐败现象也呈现出易发多发的势头。如果任凭腐败问题愈演愈烈,最终必然亡党亡国。正因如此,党和国家着眼于新的形势任务,把反腐败斗争作为全面从严治党的重要内容,反腐惩恶,正风肃纪,着力构建不敢腐、不能腐、不想腐的体制机制。

这是铁腕惩腐的行动,自党的十八大以来,全党以零容忍态度惩治腐败。查处贪官人数之多,级别之高,行动密度之大,涉及领域之宽,挖掘问题之深,都是前所未有,先后150多只"老虎"落马,20多万只"苍蝇"被处分,超过800只"狐狸"归案。

习近平同志指出"我们既要全面建成小康社会、实现第一个百年奋斗目标,又要乘势而上开启全面建设社会主义现代化国家新征程,向第二个百年奋斗目标进军",是中国特色社会主义的内在要求,是我党追求的一个十分崇高的价值目标。为了确保这一目标的实现,必须全面依法治国,必须"努力让人民群众在每一个司法案件中都能感受到公平正义,决不能让不公正的审判伤害人民群众感情、损害人民群众权益"。

自然属性　社会属性

如果你用探寻的目光审视广州市人民检察院,你会发现,这个恢复重建只有40多年历程的检察院，始终与大案要案联系在一起。为此，曾有人调侃："犯罪在南国，奇案生广州。"

这是一个业已家喻户晓的大案，案犯张子强于1998年7月22日被逮捕。在诉前侦查阶段，广州市人民检察院党组高度重视，组织抽调了由陈焯霖、吴筱萍、李启新等4名优秀公诉人组成的专案组，后因一名检察官临时担任其他重要任务，案件诉前工作只好落到这3名检察官身上。

言及提审张子强的过程，陈焯霖仍记忆犹新，那是一个斗智斗勇的过程。12岁就开始进警察局的张子强，16岁第一次坐牢，在香港作案无数，多次被抓，警方至今还留有厚厚的记录。可以说，他平生见得最多的就是审讯，对审讯人员采取的手法也极为熟悉，在他的主观臆断里，无数次的香港审讯都扛过来了，内地也不过如此，那种长期藐视审讯人员的窃喜仍挂在眉梢……

面对这样一个被媒体称为"世纪贼王"的惯犯，接到提审通知的陈焯霖一夜未合眼：尽管在受理案件之际就有摸清张子强的静态信息，对其文化程度、职业特长、个性特点、兴趣爱好、家庭背景、社会关系、犯罪前科都了如指掌，也尽管对张子强被逮捕后的心态变化、认罪态度等情况做了详细的了解，但就如何抓住症结，还需要分析其心理活动及其个性特征，从而有的放矢地发问，达到一举摧毁其心理防线，使其如实供述犯罪事实的目的。

在调取广州市公安局对张子强预审时的现场录像后，陈焯霖仔细观察了讯问时张子强的面部表情、体态动作，试图从这些细微变化中判断张子强的内心变化，并就如何及时调整讯问策略，掌握审讯的主动权做了深入细致的思考。当看到张子强低着头、两眼微上视时，陈焯霖心里有了底，多年的提审工作经验告诉他，这是一种胆怯的心理表现。原来，不可一世的张子强在法律面前还是有些害怕。当看到张子强时而摇足抖脚，时而摆动坐姿时，陈焯霖更有信心了：这不是焦躁、不安的正常心理表现吗？说明张子强要么是内心正在激烈斗争，做供与不供的艰难选择，要么是用谎话极力掩饰自己内心的空虚、紧张。

"凡事预则立，不预则废"，陈焯霖深知，讯问犯罪嫌疑人、被告人同样如此。在讯问前，熟悉案情、证据，了解讯问对象的情况，拟定有针对性的讯问提纲，是讯问成功的重要保证。为此，他不仅制订了无数个预审方案，调动了多年审案的积累，假设了无数次实质对话内容，并且对每一细节都进行了反复的推演，可以说是做足了诉前准备，做足了功课。

这是一个宁静的上午，当陈焯霖走进讯问室时，张子强正斜靠在座椅上，闭目、沉默、不动声色，其行为举止与前期的公安预审时的表现没有两样。没等检察官向张子强亮明身份，张子强立即放下了二郎腿端坐，向检察官低头行礼，并用尊敬的目光扫视着陈焯霖和随行记录人员。

陈焯霖用低沉、有力的声音问道："身体怎么样？昨晚睡好了吗？"

这是一个检察官的讯问吗？

是，这是一句很常见的问候，是个中性的问话用语，一句居高临下的问话，也是一句充满变数、想象和内涵的问话；抑或是一句把理解、回答问题的矛盾交给对手的问话！陈焯霖明白，在此前的预审，张子强有着太多的问而不答，导致几次因对抗而收场。

面对这突如其来的问话，张子强没有低头，平静地凝视着四周，稍停了一会儿回答说："没有什么好说的，也就不说了。"

张子强的回答，在陈焯霖的意料之中。这是对侦查最为不利的一种回答，是张子强故意顽抗且未受到过威慑的表现。事实上对于张子强这样的犯罪老手来说，威慑起不到任何作用，不难看出，此时的张子强仍然底气十足。按常理来说，陈焯霖完全可以拿出"你别以为内地法律不能将你法办，你应该知道你在内地所犯下的罪行足以将你置于死地"之类的话来威慑，但继而一想，如果先亮出这样的底牌，张子强会继续对抗。于是陈焯霖将计就计，顺势提高声音肯定地说："好哇！既然没有什么可说的，那我们就聊点别的。"

"别的，还有什么可聊的，我从12岁就闯荡江湖，可以说这一生都是与罪恶相伴。"张子强说道。

或许这就是一种讯问艺术，当你直面案情时，对方有意识回避，当你不谈案件时，对方却主动与你谈起案情，令人可笑的是，张子强这一生正如他所说的那样，除了作恶就是犯罪，别无他处。于陈焯霖而言，"聊点别的"是一个简单而又"小儿科"的问题，或者说就那么随便一说，但却是基于特定案件的一个突破口，它的最大好处就是打破僵持的审讯局面，既然话说到这个份上，按常理，陈焯霖会接着与其对白："你还知道自己是犯罪呀，说，接着交代吧。"然而，陈焯霖没有这么做，反而想了想，说：

"据我所知，你老家在广西玉林，老家还有亲人吗？这些年有没有回老家看过？"

"没有！"

"没有？是你怕花钱，还是？"

"不是。"

"既然不是怕花钱为何不去看一看呢，那可是生你的故乡。"

沉默，沉默，对话一时陷入了僵局。良久，张子强从牙缝中挤出一句话来："老家都知道我，不会欢迎我。"说完又一次低下了头。

见此，陈焯霖没有直接追问，而是故意把控节奏，目的是给对方更多的思索时间，让对方归案。他明白，眼前这个悍匪也有软肋，自己业已切中这个软肋了。

于是，接着问道："为什么？你不是有往返内地的通行证吗？"

"我是……我是……害怕见老家的父老。"

"这有什么害怕的，你一个大富豪返乡，那可是祖坟上冒青烟了。"

"不说了，我知道你想说什么，我觉得今天的话题可以终结，如果没有别的问题，我看就到这儿，你知道我的性格，我今天不会再回答任何问题。"张子强知道，如果再按照陈焯霖的这个思路说下去，自己的底线很快会被突破。见此，陈焯霖话题突转，提问道："人有两性，你知道是哪两性吗？"

"一个男性，一个女性。"张子强在无意识中接过了话茬。

"错，或者说不准确。"

"愿闻其详。"张子强勉强地说道。

"一个是自然属性，一个是社会属性。人的自然属性是肉体，是兽性，体现的是存在本身，表现为自私、好斗、强烈的占有欲望。而人的社会属性，是灵魂，体现的是存在的意义，表现的则是无私，奉献，强烈的法治观念。据我所知，你4岁时随父母从广西玉林去香港定居，父亲是两手空空随着当时的'逃港潮'逃到香港的。到香港后既没钱，也无一技之长，为了全家糊口，凭着在家乡对中草药的一点知识，在香港油麻地的庙街开了一个小小的凉茶铺维持生计。油麻地很小，离海滩不远，一些地方只是海边的荒地，只有一些低矮的建筑，有点像我们常说的棚户区。住在这儿的不是穷人，就是一些三教九流之辈，常常发生一些黑社会的火并。你就是在这样一个三教九流的外界环境和拮据的家庭经济环境下长大的。小学还没读完便无心上学，终日在凉茶铺周围，与街童玩耍、打架，慢慢地，你就与街头恶棍和黑社会成员交往，'贼性'开始萌芽。你的父亲，一个老老实实的贫民也想让你走上正道，先是让你在他的凉茶铺做帮手，后来父亲见你不学好，又把你送到一间专做西装的裁缝店当学徒。可是父亲的良苦用心和拳头，并没有把你引上正道，反而使你对父亲产生了一种逆反心理。但更多的是对社会产生了仇视，这不能完全怪罪于你，是那个社会特定环境对你的改变，你从一个因穷困常常被别人欺负的孩子开始萌生报复，从报复个人，到报复社会，你最恨的是那些富人，在你的直观印象里，老天应该在人与人之间均贫富，在人与社会之间等贵贱，为了实现这一理念，你开始铤而走险，开始……开始……"

"开始犯罪了是不是？我不觉得我这是一种犯罪，我这是替天行道。正如你说的，均贫富，等贵贱，政府不能做到的，我做到了。从某种意义上来说，我也是剥夺者。不过我信奉的是丛林规则，而你们玩的是社会游戏。"

张子强狡辩道。

陈焯霖心中大喜，讯问最怕的是尴尬，最怕的是僵局，张子强的这一番感慨，足以说明自己头天晚上一夜未合眼研究张子强的心理是多么重要，现在看来，选择从人性的这一角度突破是正确的。囿于张子强的视域还停留在人性的自然属性阶段，眼下要做的就是拉开距离，放慢节奏，进行场景的冷处理，其目的是让张子强有一个回旋的余地，也为下次讯问埋下伏笔。

沉默，沉默，审讯室内寂静无声，似乎只能闻到空气里的浓浓血腥味。此刻的张子强并没有停止思索，执法人员的讯问，对他已是家常便饭了，但每次执法人员一上来就是指控犯罪事实，从未有人从思想上、认识上乃至行为、社会环境上找根源剖析自己成长的轨迹。如果说1991年7月12日，抢劫启德机场装甲运钞车1亿6000万港元是为了生存的话，那么1995年11月，在深圳枪杀香港居民蔡志雄又是为了什么？如果说1996年5月，与叶继欢集团合谋绑架香港第一富豪李嘉诚的长子李泽钜，勒索港币10亿多元，分得4亿多元是为了均贫富的话，那这笔钱的用途、其去向又去了哪里？是做公益事业了吗？没有！既然没有做公益，又不是为了摆脱自己的贫困，为何1997年9月，又要绑架香港第二富豪郭炳湘，勒索港币6亿元呢？难道……难道……仅仅证明自己是百兽之王，仅仅证明自己的能力、聪明才智或是再度挑战警方吗……

昨日一世记忆，恍若梦境初醒，清风拂发间隙，满眼苍凉倦意，回首生平事迹，帷幕诠释泪滴，寂夜埋藏惊奇，初露霜半风起。也许，这是对张子强此时心境的确切写照。

沉默，沉默。审讯室内沉默得能听见彼此的心跳，见张子强的脸由铁青转为灰白，又由灰白转为铁青，一股从未有过的快意从陈焯霖心中升起，他想大喝一声：世纪悍匪，世纪悍匪，你也有服软的时候，你也有"死穴"，你要知道，你的这一瞬间的表情变化将定格于我的终生记忆，你这一瞬间的表情变化，业已说明，我赢了。

……

拖着疲惫的身体，陈焯霖回到专案组办公室，在每天例行举行的张子强专案分析会上，陈焯霖介绍说："张子强的人性没有泯灭，只不过是他的思维还停留在弱肉强食的丛林法则上，看似聪明，实为糊涂；懵懵懂懂，在每次作案前后，他有过迷茫，也有过幼稚，这是一个婴儿、一个巨婴的心智。现在我们要做的不是就案说案，更不是用法律来威逼，而是对他进行人性的改变，也就是说，让他从人的自然属性走到社会属性。让他从内心跳出丛林法则，回归法治社会。否则，像这种仍认为自己是百兽之王的悍匪不会认罪，你们见过吃掉小鸡的老虎反思过自己的行为吗？没有。事实上老虎也从来不认为自己吃掉小鸡是一种犯罪，一种罪过。对此，我想说的是，再给我7天的时间，他定会配合我们的诉前调查。"

"这7天，你是要天天提审吗？"专案组吴筱萍问道。

"不，恰恰相反，我想请示领导，这7天，让张子强好好想一想，也就是让他在思想上发酵，酿酿酒。"

这是一个极为和谐的清晨，当陈焯霖再度走进审讯室时，望见坐在椅子上的张子强表情不再木讷、呆滞，而是眸子里充满火一样的激情、希冀，那是心灵的窗户，那是一种人性对良知的呼唤，是一种灵魂对另一种灵魂的救赎、升华，是人的自然属性向社会属性的一种嬗变。一个人只有走进社会才看得到世界，也只有走出愚昧才方知无知，张子强的行为，是一种典型的无知无畏。在张子强看来，也就是在陈焯霖提审自己后，他方才明白，犯罪不是他的归宿。

这天的讯问，用陈焯霖的话说是："很顺，很顺。"张子强不仅交代了长期在香港作案的心路历程和经过，而且对在内地作案的时间、地点供认不讳。末了，用一双信任的眼睛端详着陈焯霖，似乎有很多很多的话要说，下意识地站了起来，向前挪动着脚步，戴在双脚的镣铐提示他，他即使有感恩、拥抱一下检察官的想法，却绝对无法实现。

四　国之基址

伴随着我国经济的持续稳定发展，伴随着中国特色社会主义法治建设取得的伟大成就，广州市人民检察院从历任检察长到一代又一代检察人员，忠于党和人民，用生命捍卫共和国宪法尊严，坚守法律监督的宪法定位，用法治思维和法治方式推进检察工作，用铮铮誓言恪守检察职业道德，在7434平方公里的土地上维护广州经济社会的稳定，维护广大人民群众的公平正义，为中国特色社会主义检察事业的发展奉献着特有的智慧和青春年华。

认罪认罚　从宽先例

从有罪推定到无罪推定，从重刑轻民到刑民并举；从"我要不要认罪"，到认罪认罚从宽，彰显的是法治社会的进步和法治的人文精神。

2016年9月3日，第十二届全国人民代表大会常务委员会第二十二次会议通过了《全国人民代表大会常务委员会关于授权最高人民法院、最高人民检察院在部分地区开展刑事案件认罪认罚从宽制度试点工作的决定》，广州被确定为全国18个试点地区之一。关于广州市检察院在试点期间所做的工作，《检察日报》记者钟亚雅在一篇《广州：认罪认罚从宽制度试点2年　案件涵盖139个罪名》的消息中做了详细的报道：

2018年11月26日，广州市检察院发布《广州市检察机关开展刑事案件认罪认罚从宽制度试点工作白皮书（2016年11月—2018年11月）》（下文简称"白皮书"），全面总结全市检察机关试点工作的基本情况、思路举措和经验做法，系统梳理试点工作的制度性成果，旨在为正确实施修正后的刑事诉讼法、制定相关司法解释、修改《人民检察院刑事诉讼规则（试行）》提供实践经验和制度样本，为推动刑事诉讼制度的科学化、法治化、民主化发展进程贡献"广州检察智慧"。

2016年11月16日，经全国人大常委会授权和"两高"具体部署，为期两年的刑事案件认罪认罚从宽制度试点工作正式启动，确定广州作为全国18个试点地区之一。两年来，广州市检察机关积极稳妥开展试点工作，努力探索认罪认罚从宽制度的适用条件和程序机制，推进繁简分流、简案快办、宽严得当，不断提升办案的质量和效率，注重社会综合治理效果，取得了良好的成效。截至2018年10月，广州市检察机关共适用认罪认罚从宽制度审查起诉刑事案件22690件25323人，占同期刑事公诉案件的58.9%。其中，2016年11月至2017年9月，广州市检察机关共适用认罪认罚从宽制度审查起诉刑事案件6606件7395人，占同期刑事公诉案件的44.29%。2017年10月至2018年10月，广州市检察机关共适用认罪认罚从宽制度审查起诉刑事案件16084件17928人，占同期刑事公诉案件的67.14%。2018年8月至10月，适用比例大幅攀升，占同期刑事公诉案件的85.48%。

已提起公诉的认罪认罚案件22161件24699人，占同期起诉案件的59.71%。做出不起诉决定的认罪认罚案件529件624人，占同期不起诉案件的34.88%。已判决的认罪认罚案件20226件22708人，无罪判决0件，采纳检察院提出的量刑建议有21393份，采纳率为94.21%。

白皮书显示，试点的案件涵盖139个罪名，涉及轻微刑事案件、重罪案件、黑恶势力犯罪案件、毒品犯罪案件、职务犯罪案件、涉众型经济犯罪案件、未成年刑事犯罪案件等多种案件类型。

据悉，广州检察机关经过两年试点，探索建立起认罪认罚从宽制度适用的程序、机制，并以此为契机，初步形成"审前过滤、繁简分流、轻重分离、快慢分道"的多层次公诉工作模式，办理刑事案件的质量和效率显著提升。

该市检察机关充分发挥检察主导作用尤其是公诉环节的枢纽作用，与侦查机关、审判机关分工配合，协同建立了"起诉案件与不起诉案件的审前过滤机制""认罪案件与不认罪案件的诉前分流机制""与速裁程序、简易程序和普通程序相适应的出庭公诉机制"的全程分流体系，科学配置司法资源，司法效率得到了大幅提升。经过试点，广州市检察机关审查起诉认罪认罚案件平均用时从普通案件的21个工作日缩短至5个工作日以内，绝大多数的认罪认罚案件做到"零延期"和"零退查"。

广州市检察机关立足提升办案质量，不断推动制度适用的法律效果和社会效果相统一，实现案结、事了、人和。试点开始至2018年10月，办结的认罪认罚案件中被告人提出上诉的502人，上诉率为2.21%，绝大多数被告人当庭判决后表示认罪服法，不上诉。上诉后改判的仅12人，改判率为2.39%。办理认罪认罚案件中，广州市检察机关同步开展国家司法救助，发放救助款共计156万余元。

白皮书显示，广州市检察机关对认罪认罚、主动退赃挽损、自愿修复生态环境的犯罪分子，依法区别对待，从宽处理从快办理，及时解开被害群众心结，服务保障经济社会发展大局。试点开始至2018年10月，适用认罪认罚从宽制度办结涉众型经济犯罪案件共计75件559人，涉及被害群众9446人，挽回被害人损失1229.5万元；办结污染环境犯罪案件共计26件，进行生态恢复的9件。

早在2017年5月18日，广州中院在第二法庭公开审理了一起故意杀人案，广州中院院长担任审判长、广州市检察院检察长任公诉人。这是广州全面启动认罪认罚从宽的一次司法实践。该案由于案件复杂等多种因素引起了众多媒体和广州市人大、政协代表的广泛关注，开庭当日法庭更是座无虚席。

公诉人指出，2016年3月22日凌晨，被告人李晨在天河区租住的卧室中因是否回老家给外公拜寿的家庭琐事，与妻子杨某某发生争执。争执期间，李晨用手掐住杨某某脖子，致其当场窒息死亡。案发后，被告人李晨主动报警并在案发现场等待，公安人员到场后将其抓获。

法院审理认为，被告人李晨故意非法剥夺他人生命，其行为已构成故意杀人罪。公诉机关指控的事实清楚，证据确定、充分，指控的罪名成立。被告人李晨犯罪后自动投案，如实供述犯罪事实，是自首，依法可从轻或减轻处罚。被告人李晨自愿认罪认罚，依法从宽处理。

本案被告人李晨与被害人杨某某系夫妻关系，因发生口角情绪激动之下引发悲剧，案发后被告人与被害人的近亲属双方签订了调解协议书，被害人家属出具了刑事谅解书。另查明被告人李晨还有6岁的儿子和8岁的女儿需要抚养。对此，法庭表示将酌情综合予以考虑。

庭审过程中，涉案所有证据均采用电子化形式展示。当庭展示了上述认罪认罚具结书、调解协议书、谅解书等相关文字材料证据，还现场播放了被告人指认作案现场的视频。对于检察机关的全部指控，被告人李晨均表示无异议。

最后，法庭依法对被告人李晨判处有期徒刑十五年，剥夺政治权利五年。宣判后，被告人表示服从判决，不提起上诉。

据广州中院刑一庭负责人严剑飞介绍，该案是广州中院审理的首宗一审重大刑事案件适用认罪认罚从宽制度的案件，也是全国中院层面开启刑事案件认罪认罚从宽的先例，意义重大。

认罪认罚从宽，是指犯罪嫌疑人、被告人自愿如实供述自己的犯罪，对于指控犯罪事实没有异议，同意检察机关的量刑意见并签署具结书的案件，可以依法从宽处理。它对推进国家治理体系和治理能力现代化，节约司法资源、化解社会矛盾、减少社会对抗、促进社会和谐有着积极的推进作用。一方面，实施认罪认罚从宽制度，对完善刑事诉讼程序，合理配置司法资源，提高办理刑事案件的质量与效率，维护当事人的合法权益等方面具有重要意义。另一方面，实施这一制度，可以有效地促进嫌疑人、被告人真诚认罪悔罪，重燃生活希望，也有利于取得被害人的谅解，从两方面促进社会矛盾化解，减少社会对抗，维护社会和谐稳定。

走什么样的法治道路，是由这个国家的国情决定的。中国特色社会主义法治道路，深深植根于孕育着五千多年文明的中华大地，是历史的选择，人民的选择。如果站在历史和实践的维度，你会发现，认罪认罚从宽制度有着极其深厚的文化、时代、法律基础。从文化层面来看，认罪认罚从宽制度与中华传统文化的以德为先、以和为贵、以人为本、德主刑辅息息相关。从时代层面看，新时代"枫桥经验"的核心精神始终秉承"矛盾不上交、就地解决好"的价值追求，而认罪认罚从宽制度在协调经济社会关系、预防化解社会矛盾、巩固基层政权中发挥着缓冲、黏合作用，与"枫桥经验"的精神内核一致。从法律层面看，认罪认罚从宽制度与我国刑事诉讼法律中宽严相济的刑事政策、打击犯罪与保障人权并举的法律精神一脉相承。

检察抗诉　彰显公正

英国哲学家培根曾经说过："一次不公正的审判，其恶果甚至超过十次犯罪。因为犯罪虽是无视法律——好比污染了水流，而不公正的审判则毁坏法律——好比污染了水源。"习近平总书记曾多次引用培根这段话，其中的道理十分深刻。党的十八届三中全会，从确保依法独立公正行使审判权检察权、健全司法权力运行机制、完善人权司法保障制度3方面，提出了18项司法体制改革任务。一场司法领域触及灵魂的改革，就此拉开大幕。

这是一起在深化检察机构改革中抗诉成功的典型案例。由广州人民检察院提出抗诉的被告人郭某儒、马某苏、吴某林、刘某华、李某新贩卖毒品一案，经广东省高级人民法院改判，依法纠正了广州市中级人民法院对被告人郭某儒的无罪判决，认定被告人郭某儒构成贩卖毒品罪，判处有期徒刑十五年。

2014年8月4日，被告人郭某儒、马某苏合谋贩卖毒品冰毒给王某，并由被告人郭某儒提供了毒品冰毒交给被告人吴某林，由被告人吴某林将毒品送给王某，后被告人郭某儒、马某苏前往约定地点收取毒资时被公安机关一同抓获。侦查、审查起诉阶段，被告人马某苏、吴某林均多次稳定指证是被告人郭某儒提供交易的毒品，在一审的二次庭审中，被告人吴某林对被告人郭某儒的指认出现反复，其对被告人郭某儒的辨认笔录也因侦查机关取证程序违法被排除，但是一审法院对被告人吴某林指认郭某儒的多次供述、被告人吴某林对被告人郭某儒送毒品时和被抓获时所驾车辆是同一辆车的辨认笔录等合法证据未予以采信，并以只有被告人马某苏一人指认为理由，判决被告人郭某儒无罪。

无罪？怎么会呢？广州市人民检察院公诉一处处长庞良程得知审判结果后，立即与承办人赵芳草对案件证据进行重新梳理、提炼。与此同时，副处长鄢静与承办人参加广州市中级人民法院审委会，在讨论对本案证据采信问题时，鄢静强调："一份证据存在问题，不应当影响其他合法证据的采信，本案处理应秉持不枉不纵的观点。"一审判决后，副处长鄢静与承办人赵芳草及时向广东省人民检察院汇报，并提出精准抗诉依据，在省检察院的支持下，广东省高级人民法院判定检察机关抗诉理由成立，对被告人郭某儒改判有罪。

抗诉，是人民检察院对人民法院的审判实行法律监督的重要形式。抗诉分为依上诉程序和依审判监督程序两种提出方式。对未发生法律效力的判决或裁定，同级人民检察院可在抗诉期限内向上级人民法院提出抗诉。最高人民检察院对各级人民法院或上级人民检察院对下级人民法院已经发生法律效力的判决和裁定发现确有错误时可依审判监督程序提出抗诉,人民法院应依法再审。再审时,人民检察院派员出庭。

无疑,这一案件的抗诉成功,是广州市人民检察院履行法律监督职能、强化审判监督的又一体现,彰显了检察机关对刑事审判活动的法律监督职能和省市两级检察院公诉部门的上下联动机制,进一步规范了共同犯罪中被告人供述的认定原则,明确了对于多份证据中一份证据存在问题,其他合法证据应当依法采信的证据标准,校准了法律适用,为以后类似案件的办理提供了重要参考。

与此案不同的是,"申诉人叶某霞不服荔湾区人民检察院对犯罪嫌疑人贺某习合同诈骗一案不批准逮捕的申诉案"则是广州市人民检察院根据《人民检察院刑事诉讼规则(试行)》,引导补充侦查而纠正了下级检察院的错误决定。

2015年5月6日晚上12时许,犯罪嫌疑人贺某习以有客户需要翡翠手镯,借货代售为由,到申诉人叶某霞家里取得翡翠手镯1对(经广州市荔湾区价格认证中心鉴定,该翡翠手镯价值人民币160万元),同月8日,犯罪嫌疑人贺某习将该手镯及其自己2件翡翠以人民币260万元当给北京华金典当行,所得款项用于偿还个人债务及到澳门赌博,挥霍一空。2015年8月10日,申诉人叶某霞以人民币260万元赎回被典当的绿翡翠手镯1对和翡翠2件。

2015年6月26日,申诉人叶某霞以犯罪嫌疑人贺某习涉嫌合同诈骗向广州市公安局荔湾区分局报案。经审查,该局于7月1日决定立案侦查,同年12月25日,广州市公安局荔湾区分局将犯罪嫌疑人贺某习抓获归案,同月31日,向荔湾区人民检察院提请批准逮捕。经审查,荔湾区人民检察院认为,现有证据无法证明犯罪嫌疑人贺某习何时产生非法占有主观故意,若其在借走玉镯合法占有财物之后才产生非法占有的目的,将代为保管的他人财物非法占为己有,拒不返还的,则构成侵占罪,告诉才处理,故认为犯罪嫌疑人贺某习涉嫌合同诈骗罪证据不足。2016年1月7日,该院对其做出不批准逮捕决定，同日公安机关对犯罪嫌疑人贺某习取保候审。申诉人叶某霞不服不批准逮捕申诉复议，同月27日该院维持不批准逮捕决定。同年3月12日，申诉人叶某霞向广州市人民检察院提出申诉，该院控告申诉检察处将该案申诉材料移送侦查监督处后轮派检察员胡飞燕办理。

胡飞燕受理案件后，主动致电申诉人叶某霞，但多次致电，因叶某霞家庭发生多种变故，未能联系上。为了进一步了解具体案情，胡飞燕通过该案证人，辗转与申诉人叶某霞取得联系后，申诉人叶某霞在朋友的陪同下来到检察院接受询问。询问过程中，申诉人叶某霞哭诉自己如何认识犯罪嫌疑人贺某习，案发当天贺某习如何虚构交易主体从其处骗取价值人民币600万元翡翠手镯1对，后被贺某习套现挥霍一空等，并反映现家人重病在身，经济困难，本人亦重病及发生重大变故，未能及时接听电话，对荔湾区人民检察院不批准逮捕犯罪嫌疑人贺某习表示不理解，怀疑该院办人情案，称如广州市人民检察院不监督区院改变原不捕决定，她将向省院、高检院继续申诉。在近3小时的接访中，胡飞燕除耐心倾听申诉人诉说外，还向申诉人叶某霞释法说理，鼓励其相信法律，相信检察机关，相信案件会得到公正处理。

接案后，胡飞燕首先调取了荔湾区人民检察院审查逮捕材料，并通过该院向区公安机关调阅侦查卷宗。经审查，发现本案存在犯罪嫌疑人贺某习向申诉人取走翡翠玉镯前有在澳门赌博并欠下赌资的情节，其到底欠谁多少赌资、何时出入境以及取得翡翠玉镯后是否有去找客户等问题，公安机关均未核查，但是，荔湾区人民检察院做出不批准逮捕时，并未向公安机关发出《不批准逮捕案件补充侦查提纲》。于是，胡飞燕向荔湾区人民检察院下发了《关于要求广州市公安局荔湾区分局继续补充侦查的通知》，要求其督促公安机关调取犯罪嫌疑人贺某习出入境情况，查清其案发前后到澳门的次数、在澳门欠赌债情况、在北京找了哪些客户、如何谈翡翠手镯交易价格、如何向北京华金典当行工作人员解释翡翠手镯来源等几个证实犯罪嫌疑人贺某习以非法占有为目的，虚构事实，隐瞒真相诈骗申诉人翡翠玉镯的相关问题。

补充侦查后，该案证据足以证实犯罪嫌疑人贺某习，在取得申诉人叶某霞的翡翠玉镯之前，其在澳门赌博输掉100多万元，没有钱还债，便以有客户要购买翡翠玉镯为由，取得叶某霞信任，诱使对方主动将翡翠玉镯交付其代为出售，但其擅自改变用途，非代售而是典当，根本不想履行合同，所得款项一部分用于偿还个人债务，剩余款项拒不返还申诉人叶某霞，而是继续用于赌博非法活动。

犯罪嫌疑人贺某习没有实际履约能力，非法占有主观故意明显。其行为触犯了《中华人民共和国刑法》第二百二十四条之规定，涉嫌合同诈骗罪。荔湾区人民检察院原不批准逮捕的决定不正确。根据《人民检察院刑事诉讼规则（试行）》第七条规定：在刑事诉讼中，上级人民检察院对下级人民检察院做出的决定，有权予以撤销或者变更；发现下级人民检察院办理的案件有错误的，有权指令下级人民检察院予以纠正。因此，胡飞燕提请主管副检察长批准，向该院发出《纠正案件决定错误通知书》，通知其对犯罪嫌疑人贺某习做出批准逮捕决定。

2016年8月19日该院撤销原不批准逮捕决定，以合同诈骗罪批准逮捕犯罪嫌疑人贺某习，2017年3月28日提起公诉，同年12月7日，荔湾区人民法院以合同诈骗罪判处贺某习有期徒刑十年六个月，罚金30000元。贺某习不服上诉至广州市中级人民法院，2018年9月27日该院裁定驳回上诉，维持原判。

此案的公正判决，不仅准确有效打击了犯罪，而且获得来访群众的高度肯定，有力维护了社会稳定，取得了良好的政治效果、法律效果和社会效果。

日月经天　江河行地

獬豸，中国古代传说中的神兽，能辨是非曲直，自古以来被人们视为公正的象征，代表了人们对公平正义的向往。中国共产党人在长期的奋斗历程中,始终致力于维护和促进社会公平正义,始终致力于中国特色社会主义法治的价值追求。

司法,是维护社会公平正义的最后一道防线。司法公正对社会公正具有重要引领作用,司法不公对社会公正具有致命破坏作用。习近平总书记指出,司法不公的深层次原因在于司法体制不完善、司法职权配置和权力运行机制不科学、人权司法保障制度不健全。要消除这些导致各种司法不公、司法腐败的深层次原因,就必须深化司法体制改革。

翻开广州市人民检察院的年鉴,你会发现,改革开放40多年以来,这个市级检察院办理的大都是在全国有着重大影响的案件。这不仅是地缘、地域使然,更源于这块土地上有一支政治合格、业务过硬、作风优良、纪律严明、让党和人民满意的检察队伍。

| 第三章 |

挥法律之剑　持正义天平

一　司法能动

依法公正对待人民群众的诉求，努力让人民群众在每一个司法案件中都能感受到公平正义是党中央对法制社会建设的要求。随着社会主义法治建设的不断推进，中国特色社会主义司法制度不断完善，为公正司法提供了制度保障。然而，由于各种原因，司法不公的现象仍时有发生，人民群众对此反映强烈。

实践探索　开拓进取

近年来，广州市中级人民法院（以下简称"广州中院"）在继承优良传统、回应时代变革、满足群众日益增长的多元司法需求中，发挥自身优势，深化实践探索，逐渐走出一条以"政治建院、公信立院、改革兴院、严格治院、科技强院"工作思路为指引、努力打造"审判强院"的法院建设特色之路，整体工作走在全省全国前列，形成一批首创机制举措，为全国司法事业提供了"广州经验"、增添了"广州色彩"。

组建于1949年11月的广州中院，是国家重要中心城市法院、改革开放前沿阵地法院，历史悠久、区位优越。作为全国受理案件量最大、干警人数最多的地区法院之一，广州中院始终面临日益增长的群众需求和有限的司法资源矛盾、日益繁重的办案任务和司法效能相对滞后矛盾、日益复杂的司法外部环境和提高司法公信力矛盾。要保持长期良好的发展势头，确保各项工作始终走在全省全国前列，同样需要科学认识广州法院发展进程中的新情况新特点，进一步统一思想、凝聚共识、改进工作、破解难题。

广州中院党组一方面要求全市法院认真学习贯彻习近平新时代中国特色社会主义思想，坚持以习近平总书记提出的"努力让人民群众在每一个司法案件中感受到公平正义"为法院的工作总目标；另一方面把握法院工作的规律和广州的实际情况，于2017年3月提出了坚持"政治建院、公信立院、改革兴院、严格治院、科技强院"的"二十字"工作方针。

在"二十字"工作思路的引领下，广州法院坚持敢为人先，蹄疾步稳地推进改革创新，取得丰硕成果，创造了一批可复制可借鉴的首创经验，为全国法院司法改革提供了大量"广州范本"，成功打造具有全国影响力的司法改革创新研究实践高地。由于工作成效突出，相关改革多次获最高法院周强院长批示肯定，最高法院在广州中院设立了全国首个司法改革与创新研究实践基地。

在司法责任制改革方面，广州法院深刻把握以司法责任制改革作为司法改革的"牛鼻子"，关乎改革胜败全局的关键作用，举全市法院之力全面推动司法责任制改革在全国率先落地见效。为了让放权更充分更精准，推行权力清单制度，以员额法官为中心组建新型审判团队，真正实现"让审理者裁判，由裁判者负责"。为了让监督更有力更到位，制定加强院庭领导审判管理监督的实施意见，建立"四类案件"智能识别机制，上线重点案件监督管理平台，规范案件审批权限，形成权责明晰、权责统一、监督到位、制约有效的审判权运行新机制。为了让院庭长的引领带动作用发挥更加到位，在全国法院率先公示院庭长办案情况，院庭领导带头办理重大疑难复杂案件实现制度化、常态化。在落实法官员额制改革、盘活司法资源方面，建立"有进有出""有上有下"的法官员额动态调控机制，司法人力资源配置更加合理。2018年以来，广州中院38名初任法官到基层法院任职，逐级遴选22名员额法官。在司法责任制改革方面的先行探索和改革创新取得了显著成效，获得最高法院的充分肯定，广州中院被评为首届全国法院审判管理优秀业务单位；立足"放权和监督更有效"的"四个聚焦"司法制约监督模式入选最高法院司法改革案例，中央政法委向全国推广。

在智慧法院建设方面，广州法院敏锐抓住新一轮科技革命历史机遇，以"智慧之钥"开启法院发展的新时代，率先启动全国首家5G智慧法院建设，建成以智审系统、智卷系统、法官通移动办案平台为核心的智慧审理平台，积极拓展5G、区块链、云计算、大数据在法院应用的深度广度。例如在执行方面，推出的"E链云镜"系统率先实现了对被执行人精准画像，案均分析被执行人高额消费等线索信息7800余条，让隐匿财产"无所遁形"；在便民利民方面，探索出互联网时代司法服务新模式，广州法院网上诉讼服务中心提供百余项"不打烊"司法服务，实体诉讼服务中心提供智慧访客、3D实景导航等30类智能服务设备和70余项自助服务。在司法管理方面，依托广州法院大数据平台实现128个流程节点数据信息智能管控，全市法院686个法庭、43个远程提讯室通过智慧庭审云集控系统进行统一监管、统一调度、统一运维，为全省法院首创，广州中院入选2020年全国法院"数助决策"系统示范应用法院。科技的深度应用，让司法工作的智能管控、数据应用、辅助办案、便民利民水平大幅提升，在案件数量持续大幅上升的背景下，为广州法院始终保持高水平审判质效提供了坚实的支撑，也让广州法院在智慧法院建设方面走在全国的最前列。中央电视台《焦点访谈》栏目专题报道广州智慧法院建设成效，广州智慧法院建设成果列展中宣部"砥砺奋进的五年"大型成就展。

在司法公开方面，广州法院很早就认识到阳光是最好的"防腐剂"，也是执法办案提质增效最好的"催化剂"，在全国范围内最早开展司法公开探索，并坚持以"极致"思维改进工作。积极践行"主动公开、依法公开、全面公开、实质公开"理念,大力推进审判流程、开庭审理、裁判文书、执行信息四大公开平台建设,2018年以来,公开裁判文书105.6万份、审判流程信息4740.8万条,27.8万件案件庭审在网上直播,网络直播点击量超过3.98亿次。为满足市场主体营商需求,全面深化涉商信息公开,按照世界银行营商评估指标公开司法文件并提供中英文双语导航,实时更新"商事、金融案件""执行合同用时"等相关数据。建成以实体诉讼服务中心为基础,12368诉讼信息服务平台为枢纽,以手机APP、门户网站、微博、微信等为载体,涵盖网下、网上、掌上的立体化社会监督体系,"阳光法院"更加公开、透明。在司法公开领域长期的深耕细作、不懈努力,让广州法院成为司法公开领域无可争议的"领头羊"。2020年,广州中院在中国社科院发布的中国司法透明度指数评估中实现"五连冠",广州互联网法院、南沙自贸区法院分别在全国互联网法院、自贸区法院序列排名第一。

在司法体制综合配套改革方面,改革创新是推动广州法院新时代实现新发展的有效途径。谋定而后动,行稳而致远。广州法院对改革进行了系统规划和周密部署,先后出台《广州法院司法体制综合配套改革实施办法》《加快推进审判体系和审判能力现代化三年计划(2020—2022)》等一批工作文件,全面推动各项改革举措落地、见效。推进刑事案件认罪认罚从宽制度试点,庭前会议、排除非法证据和法庭调查"三项规程"试点经验向全国推广。深化少年家事审判机制改革,设立了全国法院系统首个"全国青少年法律与权益保护研究基地","羊城金不换""广州万事兴"工程形成"金品牌"。民事诉讼程序繁简分流改革试点取得显著成效,适用司法确认、小额诉讼、简易程序、独任审判、电子诉讼等程序机制案件的平均审理周期比普通案件大大缩短,有效降低群众诉累。为更好促进企业新陈代谢、迭代升级,广州法院成立广州破产法庭,进一步完善破产案件繁简分流、破产财产处置、破产管理人监督管理机制,累计化解债务525.8亿元,盘活土地140万平方米。2019年,广州中院牵头落实的"办理破产"营商环境评估指标得分居全国第一。聚焦破除实现公平正义的最后一道藩篱，率先开展"送必达、执必果"改革试点，工作经验得到全国推广，广州中院获评全国法院"基本解决执行难"工作先进单位。在全体广州法院人的共同努力下，广州法院改革的系统性、整体性、协同性持续增强，影响力不断扩大。2019年、2020年，广州中院连续两年承办全国法院司法体制综合配套改革推进会，"羊城杯"研讨会成为新的"广州品牌"。

在互联网司法工作方面，广州法院扎实贯彻中央决策部署，经过紧密筹备，广州互联网法院于2018年9月在互联网产业集聚区的广州琶洲挂牌成立。成立以来，累计受理案件110210件，审结105507件，其数量位居全国三家互联网法院的首位。广州互联网法院立足于打造互联网司法新高地、引领互联网审判方式变革，在互联网司法技术标准、诉讼模式、治理规则等方面率先探索，输出了大量网络空间法治化治理的"广州经验"。聚焦互联网金融、网络虚拟财产、个人数据与隐私、直播平台纠纷等问题，创新裁判规则，划定网络空间活动的底线和边界。在互联网司法改革"试验田"上，广州法院逐渐形成互联网司法信用报告制度、粤港澳三地在线跨域解纷、"网通法链"智慧信用生态系统等一批全国首创经验，保障数字经济健康发展等十余项经验在世界互联网法治论坛推广。与此同时，广州互联网司法不断探索、铺就"网上纠纷网上化解"的新路径，在腾讯、阿里巴巴、百度等公司布设"枫桥E站"解纷站点，为涉网纠纷化解不断按下"快进键"，互联网司法的社会治理效能得到全面充分释放。

铮铮誓言　审判强院

司法，是维护社会公平正义的最后一道防线。司法公正对社会公正具有重要引领作用，努力让人民群众在每一个司法案件中感受到公平正义，这是我们党维护社会公平正义的铮铮誓言，也是衡量司法工作成败的关键标尺。党的十八大以来，司法体制和工作机制的改革均以此为目标，各项司法工作都为此而努力。

继"政治建院、公信立院、改革兴院、严格治院、科技强院"的"二十字"工作方针在中院生根、开花、结果后，2019年中院审时度势，提出建设"审判强院"的奋斗目标。这一目标，是促进广州法院审判体系和审判能力现代化、推动各项工作在新时代实现新发展的重要指引和依托，展现了广州中院党组带领全市法院走前列的决心信心。

人是一切社会关系的总和，激发人的活力，首先要激发院庭长的活力。在经过党组多次研究讨论后，一个以"让优质审判资源回到审判一线"为目的的院庭长办案常态化机制形成。

早在2014年9月24日，广州法院13名正副院长同时"坐堂断案"，开启了庭审网络直播的先河。中央电视台对此进行专题报道，形成的经验也在全国各地法院分享。

2017年5月18日，广州中院院长任审判长、广州市检察院检察长任公诉人，广州法检"两长"首次同堂审理一宗故意杀人案，在全国中级法院首开重大刑事案件认罪认罚从宽先例，较好地发挥了示范引领作用。据统计，2019年，全市法院院庭长办结案件143572件，占全市法院办结案件总数的25.9%；2020年，院庭长办案实现规范化、常态化，办结案件达30.7%。

改革，将院庭长从办公室推到了三尺判台，将握笔批文件之手变成了既要批文件又要握法槌之手。没有就此止步的中院将探寻的目光又伸展到了人员分类管理上，用一句行业术语就是优化司法资源配置。

优化司法资源配置，必然要以法官员额制改革为重点。员额制是整个司法责任制改革的基石，通过员额制改革，把司法队伍中的优秀人才选入员额，实现法官队伍的革命化、正规化、专业化、职业化。建立法官员额制，就是要通过严格考核，选拔最优秀的法官进入员额，就是要将优秀的员额法官配置到办案一线。也就是说，要入额，就要办案，办案就要负责。

2016年1月，广州法院对1104名法官员额，按照以案定额的原则，在两级法院进行统筹分配。严格法官选任要求，首批选任入额法官1069人，占员额总数96.8%。坚持向一线倾斜，所有员额法官配置在审判一线，综合行政部门一律不再配置员额法官。

2018年，首次实施从法学专家中公开选拔法官机制，遴选2名法学专家到广州中院任职，任命为四级高级法官；同年7月，首次从广州中院法官助理中遴选32名初任法官到基层法院任职。2019年5月，首次开展法官逐级遴选，广州中院面向辖区基层法院遴选员额法官16人。

继员额制法官改革走在全国前列后，接着广州中院出台了《广州市中级人民法院审判辅助人员管理改革方案》及8个配套实施细则。该方案将办案流程细分为60多个工作环节，明确法官助理、书记员工作职责，在全国率先出台法官助理负面权力清单制度，扎实推进审判辅助人员职业化、规范化建设。实行三级九等分级管理，将薪酬与等级挂钩。突出薪酬保障，劳动合同制审判辅助人员经费由市财政专项列支。

2016年1月起，广州中院合同制法官助理和书记员工资水平分别达到广州市在岗职工年均工资的119%和80%。截至2019年12月，广州两级法院共有合同制法官助理776人，书记员1302人，全市法院员额法官、法官助理和书记员比例从2013年的1∶0.23∶0.62提高到2019年的1∶1.1∶1.04，并根据审判实际需要进行动态调整。2015年10月，广州中院在中央政法委召开的司法体制改革试点工作座谈会上介绍经验，最高人民法院予以推广。

被最高人民法院推广的还有广州法院人员绩效考核体系——《广州市中级人民法院法官年度基本办案任务规定》。这是一个根据案件类型、案由、难易程度确定法官基本办案指标，将完成办案任务情况作为员额法官绩效考核依据的考核体系。

为了落实好这一规定，广州中院成立了绩效考核工作委员会，由院党组书记担任主任，负责拟制考核方案、收集并研判考核数据、提出考核结果及奖金分配意见等。为进一步完善绩效考核工作，针对不同类别司法人员，制定《部门绩效考核办法》《法官审判绩效考核办法》《审判辅助人员绩效考核办法》《司法行政人员绩效考核办法》等，初步构建起科学、公平、合理的评价体系，实现司法人员绩效考核常态化、制度化。

为了健全法院人员职业保障，广州中院实行法官单独职务序列管理，去行政化，将法官等级与行政职务脱钩，建立有别于其他公务员的法官单独职务序列管理制度及工资制度，完成员额法官等级确定，认真开展按期晋升、择优选升和特别选升工作。截至2019年12月，全市法院有一级高级法官1人、二级高级法官7人、三级高级法官107人、四级高级法官310人，一级至四级法官802人。

审者裁判　裁者负责

党的十八届三中全会，从确保依法独立公正行使审判权检察权、健全司法权力运行机制、完善人权司法保障制度3方面，提出了18项司法体制改革任务。一场司法领域触及灵魂的自我革命，就此拉开大幕。司法体制的改革是一项系统工程，涉及方方面面。改什么？从哪里改起？

内部机制理顺后，中院决定，赋予一线人员办案权力，约束一线办案权力范围。"让审理者裁判，由裁判者负责"体现了"由裁判者负责"的精神，在全面深化司法改革中具有基础性、全局性地位，对于确保人民法院依法独立公正行使审判权，促进严格公正司法具有重要意义。它再一次向全社会表明，人民法院将以严密的权力运行机制，推进公正司法的决心和信心；将以严格的问责机制，重振和提升司法公信的决心和信心。

以"让审理者裁判，由裁判者负责"为目的，全面落实司法办案责任制，细化各类人员审判权责，以员额法官为中心，全市法院组建856个新型审判团队，新型审判团队不设固定审判长，原则上由承办法官担任审判长并签发裁判文书。强化审判委员会宏观指导职能，制定司法责任清单，明确违法审判责任的范围、标准、追责程序，对构成违法审判责任的，严格依规追究责任。

以"实现放权与监督的有机统一"为目的，加强审判管理监督。明确院庭长审判管理监督职权，把审判管理和监督活动严格控制在职责和权限范围内，将《最高人民法院关于完善人民法院司法责任制的若干意见》中规定的院庭长有权监督的4类案件细化为20种具体的案件类型，明确监管程序，增强可操作性。强化审判流程管理和风险防控，研发审判执行流程节点管控系统。强化审判效率管理，实现系统自动跟踪办案节点，期限届满前逐级预警，超期自动报警并锁死；成立超审限案件、长期未结案件调查委员会，经界定属无正当理由超审限的，承办法官签订责任状，调查委员会向分管院领导发出督办函并提请纪检监察部门介入，确保长期未结案量逐年下降。积极开展案件质量评查工作，成立领导小组，抽调资深法官担任评查专家，组织对全市法院的案件进行整体质量的评查，评查范围覆盖各类型案件和所有员额法官。开展案件质量倒查工作，加强纪检监察与违法审判责任追究的工作衔接。

以"提升司法公信"为目的，统一裁判尺度。完善专业法官会议制度，起草《专业法官会议规则》，对各审判庭原有的庭务会、审判长联席会议、审判团队组长会议等进行规则整合，规范专业法官会议的工作流程，充分发挥专业法官会议对审委会讨论案件的过滤作用，强化专业法官会议讨论成果转化，促进裁判标准和尺度统一。截至2019年12月31日，全市两级法院提交专业法官会议讨论案件32632件，形成决议29521件，决议被采纳28282件，采纳率达95.8%，专业法官会议成为统一裁判主要平台。建立生效裁判文书内部检索前置机制和案件标准化裁判机制,加强发改案件的分析点评。

随着我国经济社会发展,知识产权审判的重要作用日益凸显,案件数量迅猛增长,新型疑难案件增多,矛盾化解难度加大。2013年11月,党的十八届三中全会首次提出探索建立知识产权法院。随后,经市委、市人大常委会批准,广州中院向省法院申报在广州设立知识产权法院。2014年8月31日,十二届全国人大常委会第十次会议表决通过了全国人大常委会关于在北京、上海、广州设立知识产权法院的决定。2014年12月16日,在广州中院的积极推动下,广州知识产权法院成立。时任中央政治局委员、广东省委书记胡春华共同为广州知识产权法院揭牌。是日,广州中院管辖的知识产权民事案件全部移交广州知识产权法院。

推动设立南沙自贸区法院。2015年12月30日,南沙自贸区法院挂牌成立。重点建设"两庭一中心",推进商事审判庭、知识产权审判庭和商事纠纷调解中心建设。搭建自贸区民商事纠纷立体化多元纠纷解决平台,拓宽以港澳法为主体的域外法查明机制,构建港澳商会调解协调机制,在全国率先实施港澳籍人民陪审员参与案件审理机制。完善自贸区商事纠纷ADR机制,通过综合诉讼服务中心、12368热线、自媒体矩阵"三大载体"和"互联网+"优势,打造、升级诉讼服务便利化。推动自贸区案件审判规则创新,营造市场化国际化法治化营商环境,服务粤港澳大湾区建设和"一带一路"建设。

推动广州铁路运输法院集中管辖行政诉讼案件。经最高人民法院批准,省法院确定由广州铁路运输中级人民法院、广州铁路运输第一法院跨行政区划管辖广州市行政诉讼案件。广州中院以及各区法院自2016年1月1日起不再受理广州市行政诉讼案件,相关行政诉讼案件移交广州铁路运输中级法院和广州铁路运输法院集中管辖。

推动设立并高标准建设广州互联网法院。2018年9月28日,广州互联网法院正式挂牌成立,集中管辖广州市辖区内应当由基层人民法院受理的11类互联网案件。建成智慧审理平台，实现"一键立案""一键调解""一键调证""一键审理""一键守护""一键送达"诉讼全流程线上服务。2019年3月2日，上线粤港澳大湾区首个在线纠纷多元化解平台，打造家门口的5G"E法亭"，推进"点线面"全覆盖司法基础设施建设，真正实现将智慧"法庭"设在群众家门口，打通线上诉讼服务最后一公里。广州互联网法院的审判实践体现了广州法院推进互联网＋云计算＋大数据＋人工智能等信息技术的深度应用，体现了推进审判体系和审判能力现代化的改革探索精神。

对广州中院近年来的改革力度和举措，最高人民法院、广东省高院、中共广东省委给予了高度的赞誉。最高人民法院周强院长批示"广州中院司法改革成效十分明显"，李少平副院长批示"广州市两级法院的改革取得了显著成绩，走在了全国司法改革的前列"。2017年，广州中院被省法院记集体三等功。2019年7月，广州中院被最高人民法院授予"第一届全国法院审判管理优秀业务单位"，成为广东省唯一获此荣誉的中级人民法院，并在全国法院审判管理优秀成果交流会上向全国法院介绍审判管理的"广州经验"。

改革之要　先于用人

挥法律之利剑，持正义之天平。从远古的神兽判案至今，新时代的人民法官如何筑起公平的最后一道防线？在司法改革的大背景下，如何构建一支高素质专业化的法官队伍？

广州市中级人民法院党组成员、政治部主任张汉华履新之前，先后在多个审判业务、司法行政部门工作，不仅是法律领域的行家里手，对干部管理工作也有深入的思考。院党组提出要在优秀人才培养方面走在全国前列，培养一批在全国叫得响、有影响力的法官，培养一批综合素质高的综合性领导干部后，张汉华担起了具体推进高素质法院干部队伍建设的担子。

"天下大事，必作于细。"法院干部队伍的管理和培养，要有清晰的思路、细致的举措和扎实的作风才能达到预期的效果。经过院党组的深入研究，一个有鲜明广州法院特色的"推进优秀年轻干部发现培养选拔机制"规划雏形形成。这个机制的出发点旨在培养年轻干部，为广州法院源源不断地输出高素质专业化人才，让干部队伍形成"一池活水"，让优秀人才自然涌现。

为确保想法更贴合实际，形成的意见更加科学规范、有效实用、简便易行，院党组为此组建了专题调研小组。这个由张汉华带领来自两级法院优秀干部组成的调研小组，在经过长达3个多月的调研、征求意见、论证后，一份涵盖年轻干部发现、培养、选拔、管理、使用工作等35条举措的《关于加强和改进广州法院优秀年轻干部发现培养选拔管理使用工作的实施意见》（以下简称《意见》）形成。《意见》在内容上，突出了新、全、实三大特点。

新，即结合新形势下干部培养选拔工作新需求，立足于司法改革之后法院人才队伍的新实际。

全，即对党的十八大以来涉及干部队伍建设、法官职业化建设的政策文件进行全面梳理，对全市两级法院2600余名在编干警进行全方位、多层次分析。

实，即坚持问题导向、专业导向和结果导向，着力解决法院人才队伍建设的实际问题、法院优秀年轻干部的实际困惑。

"一工程两计划"是这份《意见》的精髓之一。据参与调研的广州中院政治部宣教处处长谭鹤欣介绍，"一工程"，即实施广州法院"百名审判业务专家工程"；"两计划"，即面向优秀年轻法官实施"审判业务专家阶梯计划"，面向年轻的法官助理实施"未来法官阶梯计划"。通过系统工程，激发年轻干部干事创业的热情，优化完善以审判业务专家为龙头、以年轻优秀法官为主体、以年轻法官助理为后备梯队的人才队伍布局。

与"一工程两计划"同步开展的,还有"党员先锋审判团队"创建活动,其目的是强化党员业务专家作用。在办案部门评选一批政治过硬、本领高强的"党员先锋审判团队",发挥党员先锋模范作用,促进全庭全院审判质效的提高。再就是狠抓干部队伍常态化建设,打造一支政治坚定、作风优良、纪律严明、司法公正的干部队伍,构建一个优秀年轻干部"育、选、用、管"全链条机制。

《意见》既是一份大力推进年轻干部培养选拔工作的制度性文件,又在全国法院具有可复制、可推广的价值。就在《意见》实施之际,《人民法院报》头版头条刊发文章《搅动珠江潮起,推动人才涌流——广州中院加强年轻干部培养工作纪实》,报道广州中院在大力加强年轻干部培养选拔、打造司法人才高地方面的经验做法。最高人民法院又在简报专题刊发相关工作经验。

这份根据院党委领导决定而实施的《意见》不仅在司法干部的选拔、任用、管理上有鲜明的指向,而且对机关基层干部双向流动做了详细的规定。

广州中院执行一庭副庭长杨晓怡是首批到基层法院锻炼的青年干部之一。"我毕业就到广州中院工作,至今已超过14年。从研究室到执行局,可以说是从最'文'的部门到最'武'的部门。此次大规模的上下级法院年轻干部交流锻炼,让我有机会去到服务群众的第一线,去到矛盾纠纷的最前沿,在直面群众、直面矛盾、直面困难的过程中经风雨、见世面、长本领。"

到广州中院锻炼学习的叶汉杰也感触良多:"在基层法院,时间和精力主要集中在一审案件的审理,专业高度和覆盖面局限明显。《意见》的出台实施,给基层年轻干部明确的导向指引,为年轻干部在更高的平台上学习历练、成长为高素质复合型司法人才提供了难得的机会。"

《意见》立足司法改革后法院人才队伍新实际,加强对全市法院年轻干部工作的统筹规划,自实施至今取得了突出的成效,形成了法院干部队伍常态化管理"五个机制"。一是突出政治标准选人用人,拓宽选人用人视野,健全了立场坚定、不拘一格的干部发现机制;二是根据干部差异化需求开展针对性教育培训,注重司法能力建设,打造了司法人才新高地;三是推动年轻干部在两级法院交流锻炼常态化,健全了实践磨炼、经历风雨的综合能力培养机制;四是对敢闯敢试、善谋实干等八种情形的干部优先提拔使用,破除论资排辈观念,建立了人事相宜、人尽其才的干部使用机制;五是强化管理监督与约束激励,构建了抓在日常、抓在经常的从严监督机制。

从最初的谋篇布局,到前期的调查研究和《意见》的起草制定,再到《意见》的发布实施、贯彻落实、经验提炼,打造可持续发展的法院人才队伍,培养专业法官人才,院党组一直高度重视。在院党组的领导下,近年来,广州法院聚焦队伍革命化、正规化、专业化、职业化建设要求,大力推进队伍建设各项工作,队伍思想根基不断夯实,干部监督管理工作更加科学规范,司法能力显著提升,司法作风显著改善,为广州法院工作科学发展长远发展提供了有力支撑。

二　见微知著

无私谓之公，无偏谓之正，公开促公正，公正促透明。中国司法，从堂审旁听到司法公开，如何一路追求看得见的正义，搭建通向司法公正彼岸的桥梁？

2014年1月，中央政法工作会议在北京召开。习近平总书记指出，要坚持以公开促公正、以透明保廉洁，增强主动公开、主动接受监督的意识，让暗箱操作没有空间，让司法腐败无法藏身。

阳光是最好的防腐剂。司法公开，可以有效促进公正廉洁司法，让群众看得见、感受得到司法的进步。党的十八大以来，我国司法机关以改革为动力，以信息技术为支撑，着力构建起开放、动态、透明、便民的"阳光司法"机制。

正义之剑　公平之音

2020年6月8日，中国社会科学院法学研究所、社会科学文献出版社联合举办的"《法治蓝皮书：中国法治发展报告No.18（2020）》发布暨中国法治发展理论研讨会"在北京举行，并发布《中国司法透明度指数报告（2019）》。报告显示，广州市中级人民法院位列全国法院第一，实现"五连冠"：评估总分92.23分，是总分唯一高于90分的法院。在审务信息公开、审判信息公开、执行信息公开、司法数据公开、司法改革信息公开五项一级指标中，审务信息公开、审判信息公开、司法数据公开分别以100分、94.6分、100分排名全国第一。此外，南沙自贸区法院排名第十二，位列全国基层法院第一名；广州互联网法院排名第十五，位列全国三家互联网法院第一名。

从堂审旁听到司法公开，人民群众的期待殷切而热烈。以司法公开倒逼司法公正，人民法院建设审判流程公开、庭审活动公开、裁判文书公开、执行信息公开四大平台。自2016年7月1日起，广州市两级法院所有公开开庭的案件，原则上都通过互联网直播，全市两级法院直播庭审超过29万件，累计访问量超过648.4万人次。

早在1996年2月14日和2月16日，广州电视台与广州市中级人民法院联手全程直播了"12·22"广东番禺特大劫钞案的庭审现场。有人说，对如此重大的案件进行如此长时间的现场直播，无论是中国司法史还是中国新闻史都是首次。时任中共中央政治局委员、广东省委书记谢非在时年3月1日的省政法工作会议上指出："法庭直播番禺劫钞大案是一种好形式，是新的突破，是社会治安综合治理的新路子……"有观众认为，似乎从来还没有哪一个节目庭审像这样吸引观众的眼球。据负责现场直播的康学良、王剑平、邱岳巍回忆，这次直播创下了近30年最高电视收视率。

从1996年的初始直播到2016年实现"法官人人有直播，法院天天有直播，案件件件可直播"的全日制"广州庭审直播模式"，只用了短短的20年。这短短的20年，改写了中国5000余年的司法审判封闭史，为全国各地法院开启了庭审的破冰之旅。

结合广州法院庭审直播先行先试的探索和基础，最高人民法院陆续出台了《关于司法公开的六项规定》《关于人民法院接受新闻媒体舆论监督的若干规定》《关于全面推进司法公开的工作方案》等制度，并将每年的10月定为"司法公开宣传月";地方各级法院在广州经验的引领下,也进一步采取了公开审判原则,努力实现立案公开、庭审公开、审判结果公开、裁判文书公开和执行过程公开的多层次司法透明措施。

公平促公正,公正促透明。从网上公布判决书、进行庭审直播,到涉诉信访疑难案件、执行异议案件的公开听证;从新闻发布例会制度的建立,到法院年度报告、司法统计数据的发布;从传统静态的传播方式,到多角度、全方位的动态信息化传播……广州中院司法公开的范围在扩大,司法公开的方式在创新,司法公开的效果在逐步显现。

为了回应群众对公正司法的期待,近年来,广州中院牢固树立主动公开、依法公开、全面公开、实质公开理念,构建开放、动态、透明、便民的阳光司法机制,有效地回应了人民群众对公正高效司法的企盼。

每一个辉煌成就的背后,都有着一段鲜为人知的努力与付出,都经历过常人无法承受的痛苦、焦灼、等待;每一个直播的瞬间,都凝聚着广州人的梦想和辛勤。"哪有什么岁月静好,不过是有人替你负重前行。"

"负重前行",用在广州法院人身上可谓一语中的。多年来办案数居全国之首的员额法官业已被沉甸甸的案件压得难以呼吸,再加上直播使绷紧的神经一紧再紧,一位曾为广法人体检的医师更是直言不讳:他们正在用生命挑战极限。

也许有人会说,直播有那么难吗?法官审案该怎么审就怎么审,录播人员做一转播就是了。事实上直播并不像某些人说的那么简单,它要求法官一言一行捍卫法律的尊严,一举一动体现判官的气质,一呼一吸诠释司法为民的道义。

为了使司法透明一些,再透明一些,广州中院党组研究决定,在全面公开院领导信息基础上,新增公开员额法官、人民陪审员、新型审判团队及组成人员、法官助理、书记员、审判执行部门负责人等人员信息,并将员额法官姓名、部门、学历、法官等级等信息推向大众视野。

为了使司法流程透明、庭审笔录自动公开，法院依托12368诉讼信息综合处理枢纽，通过广州法院门户网站（广州审判网）、"广州微法院"小程序、手机APP、"两微一端"公开各类流程信息，实现流程信息从被动接受查询向全程跟踪、主动公开、单点推送的深化。自2018年12月24日起，广州中院率先通过"广州微法院"小程序向当事人主动公开庭审笔录信息，当事人刷脸登录系统后即可方便查阅。

雄关漫道　砥砺前行

为了深入贯彻习近平总书记鼓励支持民营企业发展的重要论述，从而更好地落实党中央支持民营经济发展的决策、部署，广东省委、省政府率先在全国推出了《关于促进民营经济高质量发展的若干政策措施》，广东省高级人民法院随后发布了《关于保护民营企业合法权益规范财产保全工作的若干意见》。几乎在落实以上两个文件精神的同时，广州中院相继出台了《关于切实依法平等保护民营企业合法权益　为民营经济高质量发展营造良好法治环境的意见》（以下简称《意见》）。这一系列促进民营经济高质量发展的政策、法制措施，较好地营造了民营经济的发展环境，在一定程度上保障了民营经济高质量发展的需求。

党的十九大报告指出，要毫不动摇鼓励、支持、引导非公有制经济发展；支持民营企业发展，激发各类市场主体活力。就广州市而言，民营经济已成为全市经济发展的重要力量，民营经济增加值、单位数（企业数和个体工商户）、进出口总额、上缴税收均居全国首位。

源头活水，成就大河奔流。站在过去和未来的交汇处，肩负全面建成小康社会、实现"两个一百年"奋斗目标和中华民族伟大复兴历史重任的广法人，开启了建设法治中国、保护民营企业合法权益的新征程。该《意见》共分6个方面30条具体举措，涵盖了刑事、民事、商事、执行、保障机制等各个环节，明确了依法平等保护民营企业和民营企业家的具体举措。

2018年10月，广州中院对广州某房地产公司诉深圳某实业公司、澳大利亚某公司因申请诉中财产保全损害责任纠纷案维持原判，就是落实《意见》后的典型案例。

1992年11月，大石公司与广州某房地产公司、澳大利亚某公司签订房地产合作合同确认成立金丰公司。1999年7月，中国国际经济贸易仲裁委员会深圳分会裁决金丰公司进行清算。2012年3月，广州仲裁委员会裁决金丰公司将涉案土地退回广州某房地产公司名下。此后，澳大利亚某公司通过一系列诉讼申请财产保全查封涉案土地，深圳某实业公司提供财产保全担保，导致涉案土地一直处于查封状态，无法过户至广州某房地产公司名下。广州某房地产公司遂诉至法院，请求深圳某实业公司赔偿因提供诉讼保全担保错误查封涉案土地所造成的损失。

这是一个原被告双方此消彼长的持久战，番禺区法院经反复研究案情后认为，澳大利亚某公司与广州某房地产公司因合作经营金丰公司引发的多起纠纷，已有多份生效判决和仲裁裁决予以处理，但澳大利亚某公司仍接连提起仲裁、诉讼，连续申请查封涉案土地。澳大利亚某公司主观上阻止广州某房地产公司取得涉案土地的意图明显，客观上其主张的实体权益亦未得到法院或仲裁委的支持。因此广州某房地产公司要求担保人赔偿涉案地块两次被查封期间的损失并无不当。故判决深圳某实业公司赔偿广州某房地产公司损失4500余万元。广州中院经过反复调查、认真查实案件宗卷后，经多次合议认为，番禺区法院在审理中引用法律适当，采集证据确凿，于2018年10月在二审时维持原判。

这是一起引导企业合法行使诉讼保全等权利维持原判的经典案例，其典型意义是：民事诉讼法赋予当事人申请财产保全的权利是为了保障生效裁判的执行，当事人不得滥用该权利去妨碍他人行使合法权益。本案中，澳大利亚某公司多次恶意申请财产保全，严重影响了广州某房地产公司的正常经营活动。人民法院依法认定澳大利亚某公司的诉讼保全行为错误并判决担保人深圳某实业公司承担赔偿责任，有力保障了广州某房地产公司的正常生产经营，对于依法规范财产保全申请行为，引导企业诚信经营和合法行使诉讼权利具有积极意义。

大鹏之动　人民陪审

司法公正，离不开人民群众的监督，也需要人民群众的参与。人民陪审员、人民监督员制度的改革，有利于保证司法权力运行的公正性，促进社会公正与司法公正的统一，同时也是司法民主、司法公开的重要形式和制度体现。

起源于古代奴隶制国家雅典和罗马共和国的陪审制，在形成之初是作为一项政治制度出现的，尽管当时的国家正处于奴隶主阶级的统治之下，但由于民主共和国政体的建立，司法领域的民主气氛也随之高涨，为防止法官专横，反映民意的陪审制度便应运而生。后来这一制度先后传入英美，为大多数的西方国家沿用，并根据各国的实际国情加以改革。

在我国，"陪审制"一词最早出现在清朝末期沈家本的立法中。清朝末年，清政府曾试图采用陪审制度，沈家本、伍廷芳等人在接受西方国家法律，改革中国封建法制的过程中认为：审判官一人知识能力有限，仅凭其一人很难适应案情复杂的需要，为此主张效仿西方，实行陪审员制度。在1906年编成的《大清刑事民事诉讼法》中第一次规定了陪审制度，并具体规定了陪审员的资格、责任、产生办法以及陪审制度，但该法因阻力重重未能施行。

从20世纪30年代初开始，中国共产党领导下的革命根据地、边区和解放区都实行了人民陪审员制度，这成为我国现代陪审制度的雏形。这个时期产生的"马锡武审判方式"就采用了人民陪审员制度，这种方式将党的群众路线工作方针成功地运用到司法审判工作中，得到了广大人民群众的拥护。

中华人民共和国成立后，人民陪审员制度继续实行，并初步形成为一种相对完整的制度，1954年第一届全国人民代表大会制定的宪法明确规定："人民法院审判案件依照法律实行人民陪审员制度。"现行的人民法院组织法、三大诉讼法也都有关于实行人民陪审员制度的规定。

2004年8月28日，十届全国人大常委会第十一次会议表决通过了《全国人民代表大会常务委员会关于完善人民陪审员制度的决定》（以下简称《决定》）。《决定》第一条即规定："人民陪审员依照本决定产生，依法参加人民法院的审判活动，除不得担任审判长外，同法官享有同等权利。"为了保障人民陪审员行使权利，《决定》还规定"人民陪审员和法官组成合议庭审判案件时，合议庭中人民陪审员所占人数比例应当不少于三分之一""人民陪审员参加合议庭审判案件，对事实认定、法律适用独立行使表决权""必要时，人民陪审员可以要求合议庭将案件提请院长决定是否提交审判委员会讨论决定"等。从这些决定、规定不难看出人们对司法审判日益增长的更高要求。《决定》的颁布和施行，是我国民主与法治建设进程中的一件大事，标志着人民陪审员制度趋于更加完善和规范，并将在司法实践中重新焕发生机。

以广州两级法院为例，目前，广州两级法院共有人民陪审员4020名，其中南沙法院有港澳籍陪审员10人。2019年两级法院人民陪审员共参与审理已结案件131737件，其中，参审的普通合议庭民事案件125353件，刑事案件6381件，分别占一审普通程序案件总数的81.46%和83.28%，以调解、撤诉结案的比例分别为21.82%和0.21%。如果探索人民陪审员广泛参与审判工作的意义，那就是有效地增加了审判工作的透明度，进一步弘扬司法民主，促进司法公正，加深了人民群众对法院工作的理解与支持，从而扩大了人民法院的社会影响力，进一步提升司法公信力，取得审判工作的法律效果和社会效果。

大鹏之动，非一羽之轻；骐骥之速，非一足之力。只有依靠广大人民群众的力量，才能实现公正公平的司法追求，才能将中国特色社会主义司法制度进行到底。

与法官的单一职业素养不同的是，人民陪审员参与面广、工作领域广，所学专业广泛，涵盖金融、教育、新闻、医疗及所有行业、专业，有较强的专业特长，为审理特殊类型疑难案件提供有力的专业支持，对案件公平公正的处理起到有力的促进作用。据分管人民陪审员工作的广州市中级人民法院介绍，在广州两级法院2019年选任的人民陪审员中，有来自党政机关人员890人，企事业单位人员1894人，其他类型人员1343人，其中研究生以上学历有282人，占6.83%，高中以上学历3671人，占88.95%，他们都具有一定的人生阅历和丰富的社会实践经验。

在广州市黄埔区人民法院，就有这么一个人民陪审员参审的典型案例。2018年8月至10月，同案人温某（另案处理）冒充女子身份，以化名"韩雪"与被害人吴某某网络交友并发展为恋爱关系，后温某编造生病没钱治疗、欠信贷、没钱吃饭等各种理由，要求被害人吴某某向其转账资助。2018年9月25日，被告人樊某在明知温某实施诈骗的情况下，仍帮助温某伪造了4张患者姓名为"韩雪"的"安徽省医疗收费票据"用于骗取被害人吴某某支付"医药费"。被害人吴某某在见到上述医疗票据后，于2018年9月25日21时许至26日凌晨，向温某转账共计人民币12800元。

公诉机关指控被告人樊某犯诈骗罪，于2019年3月28日向黄埔区人民法院提起公诉。黄埔区人民法院依法组成合议庭，适用普通程序，于2019年5月30日公开开庭审理本案，并于2019年6月12日做出判决。该院经审理后认为，被告人樊某明知他人以非法占有为目的，假冒女性身份在网络上实施诈骗行为，仍然为他人提供帮助，共同诈骗公民财物，数额较大，其行为已构成诈骗罪。综合本案案情及量刑情节，黄埔区人民法院以诈骗罪判处被告人樊某有期徒刑八个月，并处罚金人民币3000元。宣判后，被告人樊某未提出上诉，判决已发生法律效力。此案结案顺利有赖于两名人民陪审员的工作责任心和履职意识。

在案件审判前，随机抽选的两名人民陪审员与承办法官组成合议庭后，提前到法院查阅卷宗，详细了解案情及案件证据。当得知被告人樊某在侦查、起诉阶段拒不承认犯罪事实，悔罪态度较差时，陪审员在庭审过程中发挥其社会经验充足，生活阅历丰富，乐于、善于和当事人沟通交流的优势，向被告人释法说理，阐明法律利害关系。

被告人认为两名陪审员从法律角度和对自己关爱方面入情入理，当庭表示认罪认罚，并为其因法律意识淡薄而拒不承认犯罪事实感到后悔，请求法庭对其从轻处罚。合议庭评议后认为，被告人在共同犯罪中起次要作用，是从犯，没有从温某的诈骗所得中获利，并且认罪认罚态度良好，无违法犯罪前科，故决定对被告人樊某在公诉机关的量刑建议幅度范围内从轻处罚。

公平正义是我党追求的崇高价值，全心全意为人民服务的宗旨决定了我国法治建设必须追求公平正义，保护人民权益、伸张正义。在全面依法治国的今天，必须紧紧围绕保障和促进社会公平正义这一主题。

人民陪审员立法制度的建立，是司法制度建设向着公正高效、权威的目标扎实迈进的又一里程碑。在此案中，两名人民陪审员，从法理、人情、事实等方面与当事人沟通，及时化解当事人的对立情绪，提升当事人对法律法规的敬畏，使得案件审理更加顺畅，法律适用更加合理，取得了较好的法律效果和社会效果，促进了服判息诉，维护了社会的公平正义。

三 民惟邦本

民惟邦本，本固邦宁。人民安居乐业，国家才能安定有序。一切为了人民，作为中国共产党建设法治中国的出发点和落脚点，体现了人民在全面推进依法治国中的主体地位，是一座引领法治中国建设航船不断前行的鲜明航标。

2014年10月，党的十八届四中全会通过的《中共中央关于全面推进依法治国若干重大问题的决定》中，鲜明地提出"坚持人民司法为人民，依靠人民推进公正司法，通过公正司法维护人民权益"。党的十八大以来，司法为民理念贯穿法治中国建设全过程，司法机关从让人民群众满意的事情做起，从人民群众不满意的问题改起，让公平正义渗透到人民群众工作生活的各个方面，让每个公民都能感受到公平的护佑、正义的阳光。

有案必立　有诉必理

2013年2月23日，在中共中央政治局第四次集体学习时，习近平总书记提出，要坚持司法为民，改进司法工作作风，通过热情服务，切实解决好老百姓打官司难问题。

在推进全面依法治国进程中，广州市司法机关进一步创新体制机制，推出更加透明、更加便民的"阳光司法"新举措,不仅让司法公正体现在每一起具体案件中,更体现在当事人和人民群众的切身感受中。

"门难进""脸难看""事难办",一提起打官司,人们往往会联想到这"三难"。"三难"难在哪里,用广州中院副院长吴振的话说就是,只有整个司法渠道畅通,才能更好地保障百姓的诉讼权利,这就需要进一步改革立案制度。

解决好老百姓打官司难的问题,是党中央的声音,按照中央部署,从2015年5月1日起,全国法院全面实施立案登记制,对依法应当受理的案件,要求有案必立、有诉必理。

从以往的"立案审查制"到现在的"立案登记制",两字之差,降低的是当事人的诉讼门槛,保障的是当事人的基本诉权,收获的是当事人的司法信心。有人认为,广州法院系统实行立案登记制之后,人民群众大量的纠纷通过正当的途径、法律的途径来解决,在一定程度上改变了人们信访、不信法的理念,更改变了部分当事人在司法需求受到压抑之后,寻找私力救济的一些不正当做法,为社会的和谐稳定打下了良好的基础。

也就是在广州法院系统实行立案登记制的当天,市区两级法院一审受案数同比增加25%,而两级法院对所有案件当场立案。曾经让百姓慨叹多年的立案难,业已成为过去。

"立案登记制改革以后,我们进一步完善立案大厅、诉讼服务中心基础设施和诉讼指引,使司法为民更加规范,更加具体,从总体上来说,对绝大多数的老百姓打官司提供了立案的便捷,从长远来看,对我们国家的法治建设、司法制度的完善,都具有很重要的意义。"吴振对此深有感触。

让诉讼服务有温度,让群众满意率达到95%,是广州法院系统对立案制度改革后的要求,在立案阶段无须诉讼参与人"跑腿",实现咨询、立案、缴费、接收文书、扫描等一站式网上诉讼服务是广州市两级法院借助网络功能完善立案制的又一创新举措。

"我们的设计理念是无障碍服务,突出诉讼服务的便民性。"吴振无不感慨地说。窗口工作人员都是"一人多岗、一岗多能",既可办理一审立案,也可办理人口信息查询,还可办理全国法院跨域立案申请、出具本市法院跨域生效证明等业务,"实现一站式办理"。

"开阔的空间给未来留下了充分的想象。"广州中院立案庭副庭长王维表示,露天的天井区域是一片小花园,这里已成为当事人、律师的休息服务区,"自动售货机、咖啡机等设施能为前来办事的人们带来一种温馨舒适的感觉"。

相对于窗口部门集中的一楼,二、三楼区域则安静一些,这里有专为律师设置的阅卷区、电子阅卷区、广州市法律援助驻中院工作站、金融服务站,以及大部分法庭、调解室。因为法庭众多,电子导航图可以在来访群众选定某个法庭后,实时描绘出路线图,群众还可用自己的手机扫码后将生成的行走路线图传送到手机上。

"要提供有温度的诉讼服务。"王维表示,让人民群众在每一个诉讼环节中体验到便捷高效的贴心服务,是打造全方位诉讼服务的初衷和目的。据了解,广州中院在全国率先开通12368人工诉讼信息服务平台,年均处理当事人咨询、预约、联系法官等各类事项超过16万件次。开辟绿色服务窗口,畅通弱势群体和涉民生案件立案、保全、缴费等快速通道。每个诉讼服务窗口都设置了服务评价器、群众意见箱,广泛接受人民群众评价监督。2020年,广州中院诉讼服务满意率达98%以上。

人民群众的需求在哪里,司法服务就跟到哪里。这一坚持以人民为中心的发展思想通过推进智慧法院建设、升级诉讼服务等方式完成。而打造"全方位、智慧型、有温度"的诉讼服务格局则是让人民群众对诉讼服务满意的途径。此外,把好社会矛盾纠纷进入司法领域的第一道关口,做好法院面对人民群众的"第一扇窗口"服务,坚持改革创新精神,深入推进诉前联调、立案、速裁等各项工作。满足人民群众日益增长的多元司法需求,创新司法为民举措，努力让人民群众在每一次诉讼服务中感受到司法的公平正义是广州法院的职责所在。对此，广州中院信心十足。

利民之事　丝发必兴

公正是司法的生命，效率影响司法形象的事件常有发生，特别是立案登记制实施以后，法院受理案件数量大幅上升，案多人少的矛盾愈加突出。如果人民群众在诉讼过程中花费的时间、精力和经济成本过高不仅有悖公正，更不是司法改革的初衷。

如何面对新形势、新任务，积极探索新机制，优化司法资源配置，使司法效率和公正得到双提升是广大司法机关面对的又一时代挑战，又一新课题。

早在2017年3月，广州市天河区法院痛定思痛，在充分挖掘现有审判资源的情况下开创了繁简分流的审判机制，为全国司法机关办理案件积累了经验。为此，天河区法院被最高人民法院确定为"全国法院案件繁简分流机制改革示范法院"，也是广州市唯一获评的法院。

所谓繁简分流，就是根据案件情况，选择适用适当的审理程序，实现简案快审、繁案精审，努力以更小的司法成本，更好更快办理更多案件，让更多人民群众感受到公平正义。繁简分流，"简"去的，是简单案件中的重复烦琐，是老百姓的司法诉累；不减的，是对司法当事人合法诉讼权利的有力维护，是对公正高效权威的严格要求。对此，创新这一机制的天河区法院院长张坚雄深有体会："人力、物力资源都是有限的，我们只能创新工作机制，走案件繁简分流的科学发展之路！克服案多人少的实际困难，其目的是让人民群众省心、省力，满足人民群众高效、便捷的纠纷解决需求。为此，我们全面推行繁简分流'四个一'改革——搭建一个独立的民商事案件繁简分流工作平台，建立一个覆盖民事、刑事、执行案件类型的繁简分流工作体系，组建一类特别配备的速裁速执工作团队，采取一系列简案快办的工作措施。"实践表明，这项改革已取得明显成效，2017年1月至9月，全院办结案件33035件，同比增长46.28%，其中分流速裁速执案件达13007件，占结案总数的39.37%；全院106名入额法官，人均结案311.65件，同比增长55.85%，其中速裁（执）法官人均结案高达619.38件。同比增长55.85%是一个不小的数目。

对广发银行广州分行的代理律师陈冬梅来说，2017年10月10日是极为开心的日子。这天清晨，当5件因广发银行"生意红"无抵押贷款产品引发的纠纷案件还困扰着她时，她不得不迈着沉重的脚步到天河区法院金融庭参与开审。

当法官梅凯文将5宗案件合并开庭审理，在查明事实要素后当庭做出判决时，整个开庭时间仅持续了45分钟。此时，陈冬梅不禁惊讶地问道："你们是不是太快点了，这样审行吗？"

"行与不行，不是看时间长短，是看这个案件是否审理清楚，如果你觉得这个案件哪儿审得不对，你提出来就是了。"

"这倒没有，只是我觉得像做梦一样。"

"民事案件是繁简分流的大头和重点，天河法院最具特点的是民事案件的两次分流模式，"时任天河法院副院长的陈淡卿直截了当地说，"上述金融案件的快速审理是我们第二次分流的典范。"

两次分流不是指鹿为马，更不是法官的主观臆断。陈淡卿介绍说，两次分流模式是指在立案阶段，先由调解速裁中心对所有民商事案件进行跨类型的第一次整体分流，启动诉前调解或速裁审理，再由各民事审判庭结合专业审判，成立速裁工作团队，分别对本庭的案件进行局部第二次分流。二次分流模式兼顾了快速分流和专业审判，使繁简分流更加彻底，工作效率进一步提升。说得再白一点就是法官为节省当事人的时间，提前加班加点做好各类功课。

天河区金融业、高新科技行业聚集，多年来，法院审理借款合同案件、著作权侵权案件类的民事案数量居高不下，之所以审得快捷、令当事人满意，就是其中的速裁、速调机制发挥了重要作用。"调解速裁中心就像一个'分流解压阀'，"该中心主任张瑞平深有感触，"目前中心有6个速裁团队和1个调解团队，一年将审结约7500件案件，即用5%的法官解决15%的案件，大大减轻审判庭的工作压力。"数据显示，仅2017年1月至9月中心办结案件5011件，占全院结案总数的15.2%。

针对天河区互联网行业、金融保险机构聚集的特点，调解速裁中心与中国互联网行业协会、广东省保险行业协会、价格认证中心等行业组织均建立了联调机制。据统计，2017年该中心通过行业调解机制诉前化解纠纷122件，其中7月入驻的省保险协会两个月即调解纠纷33件。这就是一个工作平台、两次分流模式，加上调解速裁中心带给当事人的实惠。

"我们繁简分流工作着眼的是全局，目标是要建立全面覆盖民事、刑事、执行所有案件类型的工作体系。"这是张坚雄对繁简分流工作给出的战略定位。为此，天河区法院在2017年3月分别制定实施民事、刑事、执行案件速裁工作规程，全面铺开繁简分流工作。

这一体系中，除了民事案件两次分流模式外，最具突破性的当属执行案件繁简分流。"执行案件繁简分流不像审判案件，没有先例可循，我们主要围绕案件分流类型、速执团队配备、操作规范程序三项难点来开展。"负责此项改革的执行三庭庭长王华睿介绍说。

在分流类型方面，确定涉信用卡、公积金、刑事罚金、诉讼费执行以及经查有银行存款可供执行的五类简易案件，由速执团队集中处理。在规范程序方面，速执团队通过财产查询系统对全部新收案件集约进行银行财产查询，同时进行案件难易筛选。执行局组建三个速执团队，配备两辆执行用车，快执案件一般须在两个月内结案。

翻开执行局工作台账，2017年1月至9月速执结案2378件，分流率为22.31%。"随着机制的理顺，比例还会上升，我们的目标要达到30%以上。"王华睿说。

在刑事审判领域，对检察机关量刑建议在有期徒刑三年以下以及建议适用速裁程序的被告人认罪认罚从宽案件实行快速裁判。2017年9月，在天河区法院的倡导下，天河区公、检、法、司四家联合会签了有关文件，规定适用速裁的认罪认罚从宽案件，可以简化法庭审理程序，制作格式化庭审笔录、裁判文书，采用远程视频开庭等方式，依法从快审结案件。2017年，1月至9月速裁刑事案件575件，占刑事结案数的34.1%。

为了适应简案快办的要求，天河区法院一共建立刑事、民事、专职速裁以及专职调解和快速执行5个类别21个速裁团队。速裁团队是法院的特种兵，人员配备和指标管理实行弹性工作机制。

如调解速裁中心的专职速裁团队，标配为"1+2+1"，即1名法官配备2名助理和1名书记员，助理协助法官完成大量裁判文书的撰写工作，书记员负责归档等事务性工作，每月结案任务120件，即每天完成4～5件案，是一般审判团队的3～4倍。

而执行局的速执团队，是"1+4"的标配，即1名执行法官配备4名书记员或者法警，每月任务125件（案），是一般执行团队的2～3倍。

全院21个团队每月基本案件任务约为2000件，一年约为2.5万件，预计占全院结案总数的50%。2017年1月至9月，速裁（速执）法官团队单个平均结案达619.38件，是一般法官团队的2.7倍。

在张坚雄看来，"繁简分流并不是孤立的工作机制，它是一项系统工程，必须有一整套在程序、实体等方面的配套措施，才能做到又快又好"。

首先是程序快。同类程序集约处理，对速裁案件单独排期、送达、宣判，规范各个环节，缩短审理期限，速裁案件周期一般控制在1个月内，速执案件2个月内执结。

其次是文书简。根据最高院的裁判文书指引，对借款合同、交通事故、信用卡、著作权、物业管理纠纷等类别的简易案件，制作简化文书范本；强调大范围适用要素式裁判文书，将类型案件"格式化"为要素，比如银行借贷案件的要素是贷款数额、本金数额、利率、罚息标准、复利计算、已履行情况等，裁判文书中以列举方式明确要素，并围绕要素进行裁判。

"对简单案件减少文书中对事实的重复陈述和不必要的复杂论述，方便当事人更加直接明了地理解裁判内容，也有利于法官将更多时间投入复杂疑难案件的文书撰写。"金融庭庭长陈宗桢称之为"一个动作，多方受益"。据统计，简化后的文书比原来篇幅缩减50%以上，速裁案件简化文书使用率达到100%。

第三是方法科学。落实司法责任制，实行扁平化管理；改革庭审方式，适用要素式审判，提高当庭宣判率；推行智慧法院建设，对所有案卷材料"流程化扫描"，为审案提供全方位数字化信息；实行电子邮件送达，使传统两个星期以上的送达周期缩短为10分钟；实行首案审理，发挥系列案件首案的示范指导作用等。

厉行法治　执法必行

"天下之事，不难于立法，而难于法之必行。"人们对司法的不信任或是误解，更多地源于社会生活中发生的种种老百姓反映的不良现象或怪异现象，不是因为立法不够、规范无据，而是因为有法不依、执法不严乃至徇私枉法、破坏法治。

如果法院判决得不到有效执行，公民赢来的将是一纸"司法白条"，司法公正和权威难以彰显。如何破解执行难、保障当事人合法权益，已经成为人民群众广泛关切、司法机关迫切需要解决的问题。

如果说，司法是维护社会公平正义的最后一道防线，而执行工作，则是这道防线的最后一个环节，是胜诉当事人实现权益的最终保障。

破解执法难，首先要解决的是送达难。在执行局有过多年执行经验的王华睿说，近年来广州中院为深入推进"送必达、执必果"做了很多尝试性的工作，较好地破解了"送达难"问题。其主要做法是拓宽受送达人信息采集渠道，推动与广州市"四标四实"标准地址数据库对接，实时查询全市外来人员暂住信息及人口、企业的标准地址、家庭成员、从业人员等信息。此外，建成广州法院智慧送达平台，实现送达工作统一管理、一键送达、全程留痕、随时可视、实时可查。而建立全市法院受送达人地址标准数据库，可实现立案时自动提现取、匹配成功送达地址信息。另外，还建立了邮政公司辅助送达机制，邮政公司安排专人打印、封装、登记并直接寄送，送达员可实时查询投递状态。提高电子送达适用率，明确网上立案、当事人为法人或其他组织、有律师代理的案件，原则上全部适用电子送达方式，有委托代理律师的可利用律师直接送达。自这一试点开展以来，全市法院民事案件直接送达平均用时9天，同比缩短8.4天；首次送达成功率59.8%，同比提高15个百分点。

法律的生命力在于执行。执行，让法律不再无奈。让公平正义的司法之光点亮广州是广法人的信念。规范执法行为，让人民群众感受到执法的严格、公正、文明，始终是党和政府推进法治政府建设孜孜以求的目标。

应该说，严格公正执法与规范文明执法，犹如一个硬币的两面，共同决定着执法的质量和效果，关系到政府形象和公信力。近年来，人民法院在维护社会和谐稳定，促进经济健康发展方面较好地发挥了自身应有的作用，基本达到了人民满意的程度。但作为人民法院工作重要组成部分的执行工作，却陷入前所未有的窘境，全国各级法院甚至一度出现了执行难的局面。业已构成各级人民法院的"瓶颈"，直接导致申请执行人的埋怨、不理解，被执行人的抗拒、指责，案外人的攻击、嘲讽等，乃至成为人大代表与会期间讨论的热点问题之一。

执行难,难于上青天。如何破解这一难题,已上升到党和国家领导人的决策层面。党的十八大以来,以习近平同志为核心的党中央站在统筹推进"五位一体"总体布局和协调推进"四个全面"战略布局的高度,将解决执行难作为全面依法治国的重要内容。党的十八届四中全会明确提出了"切实解决执行难""依法保障胜诉当事人及时实现权益"的目标。为贯彻落实党中央重大决策部署,2016年3月,最高人民法院在十二届全国人大四次会议上提出"用两到三年时间基本解决执行难问题"。2016年4月,最高人民法院出台《关于落实"用两到三年时间基本解决执行难问题"的工作纲要》,将"基本解决执行难"这一阶段性目标明确为实现"四个基本",即被执行人规避执行、抗拒执行和外界干预执行现象基本得到遏制,人民法院消极执行、选择性执行、乱执行的情形基本消除,无财产可供执行案件终结本次执行的程序标准和实质标准把握不严、恢复执行等相关配套机制应用不畅的问题基本解决,有财产可供执行案件在法定期限内基本执行完毕。同时,围绕执行难问题的关键症结,最高人民法院将"四个基本"进一步量化为"四个90%、一个80%"核心指标,即90%以上有财产可供执行案件在法定期限内执结,90%以上无财产可供执行案件终结本次执行程序符合规范要求,90%以上执行信访案件得到化解或办结,全国90%以上法院达标,近三年执行案件整体执结率超过80%。

执行难,难在基层。作为执行机关的执行人应创新执行机制,强化执行工作,依法规范执行秩序。坚决杜绝"法律白条",彻底扭转执行工作的被动局面,不仅是执法人与被执行人的较量,也是发展社会主义市场经济、维护当地社会稳定、促进当地经济社会又好又快发展的迫切需要,更是建设社会主义法治国家的最终目标。

地处改革开放前沿阵地,经济飞速发展的广州,各项工作走在全国法院前列的广州中院,也存在执行难的问题吗?肩负执行任务的广法人又是如何破解被执行人难找,执行的财产难查,协助执行的部门难求,该执行的财产难动,特殊的企业难碰,受到权力干预被执行对象难办?执行人员又是如何忍受挨打受骂的?

1970年出生的执行法官王华睿,毕业于中南政法学院,毕业后进入天河区法院执行局工作已是第18个年头,先后执结案件达7000件。虽说现已升迁为执行三庭庭长,但长期出勤的他,看上去比实际年龄要老得多,岁月的风霜、执行的残酷消解了他的青春岁月。言及执行难的话题时,他微笑着说:"执行是一门心灵的艺术,要用智慧的手指弹奏公平正义之音,把听众对艺术的遗憾减到最少。"

那是2016年10月的一天,广州市名宴饮食有限公司(以下简称"名宴公司")因拖欠74名员工工资被仲裁机构裁决应向员工支付所欠薪酬。一直没拿到应得工资的员工,其后向天河区法院申请强制执行。

当王华睿与另两名执行法官前往名宴公司时,该公司已停止经营,公司高层也"跑路"了。整个公司除一套厨具设备外,早已人去楼空。巧妇难为无米之炊。然而,心里装着劳动者权益的王华睿,坚持"不能让劳动者流汗又流泪"。面对困境,他积极与名宴公司的承租业主沟通联系,最终成功劝说承租业主自愿垫付46.5万余元用于支付所有讨薪工人的工资,并同意以15万元的高价收购这套厨具设备。

如果说这次执行用的是嘴,实施"游说法"的话,在下面的案例中,则用的是智。用他们的行话来说就是"生道执行",实现"放水养鱼"。

随着经济新业态在广州不断涌现,辖区内某信息科技公司开展了B2B网络电商平台,因融资问题引发劳动争议纠纷。在2017年9月至2018年9月间,419人申请执行该公司劳动争议案件,执行标的达800余万元。经查,公司的实体财产除160台电脑、一部别克轿车外,几乎无其他财产。

是"杀鸡取卵"还是"放水养鱼",左右着王华睿的思绪,结合全案情况,他决定采取"生道执行"的策略。在他看来,执行的理想目的是采取合理措施，最大限度维护申请执行人的合法权益，而非直接简单地处分被执行人财产。通过查看该公司的财务报表等材料，他发现，该公司是新型网络销售公司，实体财产少，但营利模式稳定，如果正常经营下去，清偿所欠债务问题不大；但若直接查封、扣押物品，公司将直接"关门"，申请执行人的足额工资也将难以保障。经过深思熟虑，他决定顶住压力，暂时搁置直接强制执行的方案。

"我通知员工代表前来公司，向他们说明强制执行不是一个最佳选择。在先后与员工代表、员工约谈了3次后，他们最终同意我的意见，接受了老板分期付款的方案。"其后，王华睿时刻紧盯被执行人履行状况。终于，从2017年10月起，该案执行到位金额共326万余元，剩余的款项该公司经理承诺每月从赢利中分期执行。

杀鸡取卵而来年无卵，放水养鱼则年年有鱼。

谈到此次执行感受时，王华睿不无感慨地说："一开始，我也很忐忑。如果强制执行，对我来说是最稳妥的；而采取'生道执行'，则风险加大，假如结果不好，责任将由我个人承担。"尽管面临不可控的风险，也难以快速"出成绩"，但就案件执行的方式而言，他仍是选择了利于解决问题的方案。

此外，王华睿还有一套"打比方"策略，由于工作做得细、做得实，同样收效甚好。几年前，广州市民苏伯在某开发商的展销会上买了一套心仪的房子。然而，因开发商错误过户，房屋实际占有人拒绝交付。花钱买房后却无法入住？年逾六旬的苏伯就到处上诉、信访，致使该案被列为省级督办案件，尽管上级有关部门多次下达督办期限，但辗转多年仍执行无果。最后，在有关部门的协调下，此案被指定由天河区法院执行，有关领导甚至点名由王华睿承接这个烫手的山芋。

"既然事情的根源是开发商错卖房子，就应从开发商那里找突破口。"王华睿大胆假设，提出"以房换房"的两全之策。经多方奔走、沟通协调，他终于说服开发商,从白云区某小区少量余房中置换一套新房给苏伯。然而,当王华睿把好消息告诉苏伯时,却碰了一鼻子灰。"不同意!"苏伯觉得置换房屋的地段和价值与原房屋存在差距。

王华睿推心置腹,通过打比方说道理:"这好比两块蛋糕,原来那个好看但吃不着,现在这个差一点,但起码马上就能吃得上!"这番贴心入理的话,终使苏伯同意"换房"。就这样,一起难办的陈年积案,在王华睿的耐心的"打比方"策略下得到了解决。用他自己的话说就是:"需要摸清当事人的诉求,根据现实利益去分析,把理智的结果推到他面前,他就会知道这个结果是最好的。"诚然,要做到这个标准需要有"踏遍千山万水,说尽千言万语,吃尽千辛万苦,历尽千难万险,想尽千方万计,走进千家万户,执行千金万财,造福千秋万代"的精神。

近年来,因地区经济活跃,天河区法院的案件总量一直高位运行,年均增幅超过20%,这就给执行带来了更大的难度。无论是申请人指责法院工作效率低不能及时实现其权利,还是执行法官一而再,再而三地找被执行人,责令其主动履行,或是采取查封、扣押、冻结、划拨、扣留、拘留等强制措施,王华睿都坦然面对,其底气是:"我对任何一个当事人都很坦荡。"

| 第四章 |

创新机制　回应人民群众新期待

一 定分止争

从古代舜调争坻所诠释的"和为贵"到被世界公认的"东方经验",中国的司法调解制度是如何结合中西方文明,引领全球司法风潮,继而成为世界司法史上又一道亮丽的风景线?

"和为贵"中的"和"在汉语中有几种意思。和顺;谐和。如《中庸》所说:"发而皆中节谓之和。"和平;讲和;媾和。如《孙子·行军》所说:"无约而请和者,谋也。"温和;和缓;谦和。如和风细雨、和颜悦色。调和。如《国语·郑》所说:"和六律以聪耳。"

"和"作为动词使用时,表示协调人、事,使其平衡;作为形容词使用时则表示适度。"和"是中华民族追求的崇高目标,是中国人民的思想精神特质。

走什么样的法治道路、建设什么样的法治体系,是由一个国家的基本国情决定的。中国革命、建设和改革开放的实践反复说明,从实际出发,从中国国情出发,是我们各项事业取得成功的一条基本经验。全面推进依法治国,建设社会主义法治国家,同样必须坚持从中国实际出发。

舜调争坻 和者为贵

如果说"舜调争坻"只是一个神话故事的话,那么,在西周时期出现的

"调人"则是化解民间纠纷的一种职业。孔子说,"听讼,吾犹人也,必也使无讼乎",表达的是儒家"无讼"的理想追求,强调人与人之间和睦相处,即使有纠纷,也应通过中间调停或双方协商解决,而不轻易诉诸官府,动用公力救济。事实上,我国古代法律并非一味强调刑罚,也同时注重通过柔性手段来达到息讼的价值和目标。调解就是其中的最重要表现。

随着社会的发展,以宗族长辈、乡绅团体、行会为主体的"调处""和对"等群体组织逐渐取代了个体职业的"调人"。其适用的案件范围也从单一的农田、耕地发展到婚姻、债务、斗殴以及民事纠纷、轻微的刑事案件。

清朝时期,调解的形式逐步多样化和规范化,《牧令全书》说:"公庭之曲直,不如乡党之是非。"当时还诞生了一种特别的调处形式——官批民调:当案件进入官府诉讼程序时,官府认为情节轻微,或事关亲族关系、伦理道德、社会风俗,不需要或者不适合公开传讯的,就指派保甲、亲族、乡绅等组织或人员进行调处,这具有显著的官民合作特色。

传统的调解机制之所以能够发挥实效,不仅因为调解方案的便民公正,还来自调解者的权威和资源优势,尤其是在调解方案的执行上具有的优势。一方面,在我国传统社会,家法族规、乡规民约和行业规程对民众具有较强的约束力,被执行人往往是比较愿意配合调解的;另一方面,民间纠纷调解者熟悉当事人的个性和争讼的缘由,其调解方案往往能够切中肯綮,也能较好地避免被执行人财产状况不明或发生逃、赖行为的可能。

在我国,制度化的人民调解诞生于抗日战争时期。1943年,我党制定了《陕甘宁边区民刑事件调解条例》。该条例规定,除很少数特殊案件外,其他均可调解。彼时的陕甘宁边区在涌现出战斗英雄、劳动模范的同时,也涌现出了"调解英雄"郭维得。

谢觉哉指出:"调解的方式,最主要的是群众自己调解,因为他们对事情很清楚,利害关系很密切,谁也不能蒙哄谁。占便宜、让步,都在明处。"陕甘宁边区、山东抗日根据地、晋察冀边区等相继设立了调解组织，并且称之为"人民调解委员会"，这一名称沿用至今。

中华人民共和国成立后，中央人民政府政务院在《关于加强人民司法工作的指示》中明确指出："人民司法工作必须处理人民间的纠纷，应尽量采取群众调解的办法以减少人民讼争。"1954年《人民调解委员会暂行组织通则》首次在全国范围内以法规的形式对人民调解制度做出了规定，标志着人民调解制度在新中国的确立。人民法院组织法、民事诉讼法在基本法层面对人民调解予以规定。1982年宪法将人民调解制度作为基层自治的组成部分，并将人民调解委员会定性为基层群众性自治组织。2010年，《中华人民共和国人民调解法》颁布，标志着人民调解进入了一个新的发展阶段。

法治建设从实际出发，首先要特别注重总结我们党领导人民建设社会主义法治的新鲜经验，使我们的法治具有鲜明的中国特色、实践特色、时代特色；同时要处理好古与今、中与外的关系，传承中华优秀传统文化，借鉴吸收人类法治文明的优秀成果。

人民调解作为一项制度，是我国特有的一种纠纷解决机制，不仅承载着人民群众对和谐和睦的期待，而且自诞生之日起就处在法律的框架之下，是预防和化解矛盾纠纷、维护社会稳定的第一道防线。它具有群众性、自治性等特点，并接受行政、司法机关的指导。不仅是诉讼的补充，而且有着自身的独特优势和广泛的社会需求，反映了重和睦的民族精神，是受到国际公认的"东方经验"。

化解矛盾　预防犯罪

作为增城区公安分局派潭派出所社区的一名普通民警，刘锐敏积累了丰富的基层工作经验。他利用自己扎实的群众工作能力等优势，总结出人民调解的

"三大法宝"——依法、诚恳、热情,被辖区群众称赞为调解高手。

以法治思维和法治方式调解群众纠纷化解矛盾是刘锐敏的法宝之一。2020年9月26日凌晨,万能村发生一起兄弟俩为争夺补偿款项的纠纷案,弟弟用刀把哥哥划伤。当事人虽然是两兄弟,但在刘锐敏看来,亲情不能大于国法,于是严格依据法律规定对案件进行了妥善处理。对此,有人不解:"不就是兄弟俩吵个架吗?干吗用法来处理?"刘锐敏有他自己的处事原则,多年的实践经验告诉他,凡是这种打架之事需要情理法并用,情理之间法字为首。

在用法律手段解决争端后,刘锐敏不断为双方当事人做思想工作,直到一方当事人认识到错误,诚心服法后,刘锐敏再劝两兄弟握手言和,冰释前嫌。事后,当事人一方还专门到派出所悔过,感谢刘锐敏让他与哥哥再续兄弟情缘,两个家庭和好如初。

以诚恳的工作态度调解群众纠纷是刘锐敏的法宝之二。2020年10月5日,派潭镇邓路吓村发生一宗因拦截车辆引发的打架事件,现场矛盾不断升级。

刘锐敏接到警情后马上赶往现场处置。经了解,这是一起肥料商向蕉农讨肥料钱引发的冲突。刘锐敏将两人带回派出所后反复劝导,但蕉农视而不听,刘锐敏见此,起身给蕉农倒了一杯水端端正正地放到他面前后说,因疫情原因香蕉销路不太好是事实,但这并不是欠债不还的理由,对方供应你的肥料即使是自己生产的也需要成本。你不但不还钱,而且态度蛮横,有失做人的准则,长此以往,谁还能供应你肥料,没有肥料又怎么能长得出香蕉。我想这个道理你比我清楚得多。

刘锐敏语重心长的一番话,使这位蕉农深有感触。良久,从牙缝中挤出一句话:"不是我不还钱,而是我手中没钱。"刘锐敏从村干部处了解到,眼下蕉农确是有一定的经济困难,但相对肥料供货商来说其困难还要小一些。于是,与村干部一道帮助蕉农制订了详细还款计划。另一方面,刘锐敏对肥料供货商同时进行了严肃的法律教育,指出其采取极端方式催要货款方法是不对的。双方当事人听后觉得刘锐敏办事公正，说话诚恳有理，各自都承认了错误并表示改正。

以饱满的工作热情调解群众纠纷是刘锐敏的法宝之三。群众之事无小事，不少邻里间的矛盾纠纷还有历史恩怨，对纠纷双方的调解不仅需要饱满的工作热情，而且还需要咬定青山不放松的耐心。

2020年2月2日，派潭镇上九陂村石新社发生一宗邻里纠纷案。潘某和谭某因土地纠纷发生争吵，争吵期间双方拿着尿粪互泼，甚至还扭打起来。两个家庭因此事关系恶化、仇恨加深。为及时化解社会矛盾，避免可能出现的违法犯罪情况，刘锐敏主动担责，利用下班后的夜间走访，一次、两次、三次……一天、两天、三天……在分别走访两个家庭、听取双方户主的诉求后，刘锐敏觉得虽是由双方占有欲望引起，但只要公平、公正妥善处理就会化解这一矛盾。于是，刘锐敏就一家一户地去与户主拉家常，坚持不懈地耐心引导。久而久之，双方当事人被刘锐敏的工作热情打动，不断反思自己的言行，最终以"让他三尺又何妨"的姿态言和。

诸如此类的矛盾纠纷，对长年工作在基层的刘锐敏来说屡见不鲜，自2018年至今先后妥善化解各类纠纷案件达100多宗，主持签订调解协议书70多份。2020年10月，连续两次收到群众送来的锦旗。因基层群众工作成绩出色，刘锐敏先后获得广东省"优秀社区（驻村）民警"、增城区公安分局"优秀公务员"等多项荣誉。

握手言和　东方经验

2020年8月，广州市中级人民法院成功一调一撤杨箕联社与富力公司互为原被告、诉讼标的额近9亿元的房屋拆迁安置补偿合同纠纷两案的消息一出，立即引起了司法实务界、新闻媒体、社会舆论的广泛关注和报道。

案件缘起合作共赢但又存在较大争议，最终法院做出的民事调解书长达13页，卷宗档案有33册之多，证据超过9000页，涉案标的额近人民币9亿元，它刷新了广州法院民事案件调解的多项纪录。

位于广州城区东部、中山一路东端南侧的杨箕村，自有人在这片土地上栖息距今已有960余年的历史，于明末清初建村，是广州著名的"城中村"之一。随着2009年8月广州市政府将杨箕村改造正式提上日程，杨箕村由此开始蝶变。

2010年4月28日，杨箕联社和富力公司分别作为项目改造主体和项目合作方，共同签署了《广州市杨箕村"城中村"改造项目合作协议书》。随后的2011年、2012年，双方又先后签署了一系列相关的合作协议。

2016年5月，对杨箕联社社员来说是一个值得高兴的月份，经过6年等待他们终于搬到新家。但回迁后双方就房屋拆迁安置补偿问题存在争议。沟通未果后，2019年9月29日，杨箕联社将富力公司告上法庭，向广州中院提起14项诉讼请求，涉诉标的额超过7亿元。

杨箕联社主张富力公司未履行双方之间的系列合同约定，存在复建补偿住宅、商业回迁面积不足、未按时交付回迁物业及物业质量维修费用、未返还垫付费用等行为，请求法院判令富力公司赔偿相关损失，并协助办理有关物业的产权过户手续等。2019年10月8日，广州中院正式受理此案，合议庭由审判长柳玮玮，审判员黄春成、李娜组成。在上述案件诉讼过程中，富力公司另行向广州中院起诉杨箕联社，请求判令杨箕联社向其返还弃产补偿款1.6亿元及利息，该案合议庭由审判长李娜，审判员柳玮玮、黄春成组成。由于案件涉及杨箕联社上万名社员的集体利益，且案情错综复杂、涉案标的额巨大、争议分歧点多、社会关注度高，审理难度比较大。合议庭在庭前进行了详细阅卷、厘清庭审思路、列明庭审提纲。为确保庭审有序进行，合议庭还制定了庭审预案。

2020年1月7日开庭当天，合议庭接纳了400多名社员的旁听申请。在原有

160个旁听席坐满的情况下，将其他社员安排到第一法庭观看庭审直播，确保每个旁听人员的合法权益得到充分保障。

经过长达5个多小时的开庭审理，合议庭充分听取了各方当事人的诉辩意见，全面掌握了案件历史背景及现实原因，清晰准确把握了案件脉络、基本事实和争议焦点。庭审后，合议庭多次引导双方当事人接洽，并释明诉讼风险，促成初步调解方案。

随后，合议庭指导双方就调解方案细化和执行措施进行沟通并加以确定，并建议双方向广州市越秀区城市更新局寻求支持，解决从原改造预留资金中保障本案部分款项支付的难题，及时化解双方的矛盾，缓解调解顾虑。

经过合议庭的不懈努力，双方当事人本着实质性解决纠纷的精神，着眼大局，互谅互让，最终达成一致意见。8月6日，杨箕联社作为原告的案件由法院出具了民事调解书。随即，富力公司撤回另案起诉。双方从此握手言和，并切实履行了调解协议。

解纷过程艰辛，好在结局圆满。两案的诉讼标的额近9亿元，一案以调解方式结案，一案以撤诉方式结案，平等保护了社员与开发商的合法权益，有效避免了双方矛盾的激化，维护了社会和谐稳定，实现了政治效果、法律效果和社会效果的有机统一，为保障城市更新改造平稳推进提供了成功范本。

通过调解让当事人握手言和，广州中院有着太多太多成功的案例。诉中调解成绩单亮眼，诉前调解毫不逊色……

这是一个依托在线多元纠纷化解平台（以下简称ODR平台）仅21天顺利调解8亿元，涉及4家公司的股权转让合同纠纷的诉前调解案例。

本案中，某投资公司与某集团广东公司签订股权转让合同，约定将其持有的一开发公司对价达8亿余元的股权转让给某集团广东公司，某集团公司为某集团广东公司提供担保。

由于某集团广东公司在约定期限届满后未及时履行支付义务，某投资公司向广州中院提起诉讼，要求某集团广东公司、某集团公司、某开发公司支付协议约定款项、利息及违约金。

收到起诉材料后，广州中院立案庭经分析，发现本案虽然争议标的额高达8亿元，但事实清楚、法律关系明确，适宜通过诉前调解解决争议。在征得各方当事人同意后，立案庭随即立"民诉前调"案号，将案件导入ODR平台并在线委派给金调委。

金调委接受委派后，及时梳理案件事实，第一时间与被告方取得联系，了解到被告方并非故意拖欠且有强烈的还款意愿，只是资金流转需要一定时间。在明确纠纷争议焦点为付款期限后，调解员积极组织各方当事人进行沟通磋商，并从诉讼成本、社会影响、调解优势等方面为各方进行分析。

经过多番沟通，原告方在付款时间上做出让步，被告方同意按照合同支付逾期期间违约金，各方达成一致并形成调解协议。随后，调解员引导当事人通过ODR平台就调解协议向广州中院在线申请司法确认。

为最大限度防止出现虚假调解或虚假确认情况，广州中院在依法立案受理该司法确认案件后，除对调解协议合法性和真实性进行书面审查外，专门对本案组织线上听证，最后裁定确认该调解协议有效，电子送达各方当事人。至此，这宗标的额高达8亿元的大案，历时21天即获圆满解决。

"对于企业而言，一要讲求效率，二要讲究和气生财。这次调解不但省时省力，还为我们省了400多万元的诉讼费，矛盾被妥善化解也有利于双方再次合作。诉前调解真可谓是优化营商环境的一剂良方！"一方当事人在收到确认调解协议有效的裁定书后这样感慨道。

"早在今年2020年3月，我们和广州金调委合作，用35天巧解了标的额高达3.5亿元的金融案。当前，双方再度合力促成调解协议，这一过程中，诉调对接机制和ODR平台都有效发挥了积极作用。"广州中院立案庭副庭长张朝晖对这一个利用在线平台解决纠纷的科技手段感慨颇多。

走自己的路，历经艰辛；一路走来，倍感振奋。法治广州建设取得令人瞩目的成就与广州中院创新工作机制、汇聚各项资源、打造线上平台，扎实推进多元解纷机制建设，坚持将非诉讼纠纷解决机制放在诉前不无关系。

为了做好一站式多元解纷、司法确认程序，拓宽调解前置适用范围，创新跨境纠纷多元化解机制，发挥诉讼费杠杆作用，广州中院探索无争议事实记载机制，并将全市180个调解组织2159名调解员纳入名册，与18家单位建立诉讼调解联动对接，先后建立了旅游纠纷、金融纠纷、劳动争议、婚姻家事纠纷等12类75个调解工作室，率先推动在全省建立"律师接受委托代理时告知当事人选择非诉讼方式解决纠纷机制"，积极协助市律协建立广州国际商贸商事调解中心，为国际、国内各类案例调解打下良好基础。在做大、做强ODR平台提供线上调解方面，中院向科技要战斗力，先后延伸在线听证等十余项服务和调解流程，拓展监控、解纷数据分析等十余项管理功能，大力开发道交一体化平台、家事案件调解平台等专业调解平台，较好地达到了令当事人满意的目的。

据统计，2020年1月至11月，全市法院多元解纷机制模式调解纠纷135382件，调解成功58916件，调解成功标的171.69亿元，一审民商事案件收案增幅下降61.73个百分点，诉源治理成效显著。

法安天下　德润人心

坚持党的领导、坚持人民主体地位、坚持法律面前人人平等、坚持依法治国和以德治国相结合、坚持从中国实际出发的五大原则构成一个有机的整体，规定着中国特色社会主义法治道路的前进方向。

人民调解制度，是现代社会治理体系的重要组成部分，是公共法律服务的重要内容，是减少犯罪、直接参加管理国家和社会公共事务和审判机关的得力助手。

从"管理"到"治理",虽然只是一字之差,但这是中国共产党治国理政方略的转变。"管理"强调秩序,强调服从,是自上而下的方式;"治理"则强调多元主体的参与,强调协商,强调自上而下和自下而上的有机结合。基层社会治理中要形成"共建、共治、共享"治理格局,其中,"共治"强调多元主体共同参与治理,发挥国家、政府、社会组织、个人等作用。人民调解组织属于社会组织,是基层群众自治组织发挥作用的途径和方式之一,大力发展人民调解,就是完善国家和社会治理体系的体现。

2019年7月31日,广东省委、省政府召开第五届广东省"人民满意的公务员"和"人民满意的公务员集体"表彰大会。大会授予梅花村司法所所长赖英艳等68人全省"人民满意的公务员"称号。1992年参加基层司法行政工作的赖英艳,已在基层司法所坚守27年。因为她姓赖,同事们戏称她将青春、工作、生活都"赖"在了司法所,"赖"在了基层。

"很多人问我,你读的是涉外法律,为什么要沉迷于调解这些婆婆妈妈、鸡毛蒜皮的小事?"赖英艳却说,原因很简单,干着干着就喜欢上了。在她心里,这些小事,关乎群众的喜怒哀乐,关乎家庭的悲欢离合。作为土生土长的广州人,能用学到的知识帮助父老乡亲,让他们满意,给了她无比幸福的成就感。

那是她刚参加工作之际,一对准备离婚的夫妻,穿着得体,谈吐斯文,看上去很般配。他们前来办离婚协议的理由只是"性格不合"。赖英艳想,一句简单的"性格不合"就离了婚,实在是太可惜了。

那时赖英艳才21岁,还没谈恋爱。但她从恋爱时的风花雪月讲到婚姻里的柴米油盐,从他们之间多年的感情讲到孩子的养育,从财产分割讲到婚姻法的相关规定……

这对夫妻听着听着,觉得赖英艳说得非常在理,如果离婚双方再重新组成家庭,其感情培养、性格磨合一定会更加漫长。最后男方主动地说:"谢谢你,那……这个……我们再考虑一下。"后来这对夫妇和好如初。也就是从这一天赖英艳深深地爱上了调解工作。

20多年来,赖英艳和她的同事们调解各类社会矛盾纠纷达2万余宗。无论是寒冬还是酷暑,无论是个体还是群体事件,只要一个电话打来她就会出现在现场。2007年1月的一天,一家超市的老板因为经营不善"跑路",上百家供货商担心血本无归,准备冲进超市哄抢货物。周围闲杂人员也参与其中,赖英艳意识到必须马上稳控现场,否则后果不堪设想。就在这千钧一发之际,她拨开人群,冲上超市门前的台阶,站在100多名供货商及几百名围观群众面前,大声喊道:"停!大家冷静一下,听我把话说完!"

带着杀气的现场霎时安静下来。见此,赖英艳立即联系派出所给超市老板打电话让其尽快赶到现场,一边劝导供货商解决问题要用法律思维,打、砸、抢的行为是犯罪行为。终于,超市老板同意坐下来与供货商协商,支付货款。事后,供货商们特意前来感谢赖英艳,超市老板在承认错误的同时,也感激司法所帮他避免了更大的法律责任。

鉴于多年来赖英艳在基层调解工作中的突出贡献,2018年7月,越秀区司法局以赖英艳的名字设立"英艳家事纠纷调解工作室"。工作室成立以来,调解成功率、群众满意率、协议履行率均达100%。

面对群体事件赖英艳奋不顾身、勇敢面对,面对家庭琐事时赖英艳总是动之以情、苦口婆心。2018年的一天,辖内街坊80多岁的蔡阿婆来到工作室诉说她的两个儿子、一个女儿,都已成家立业,但为了争夺父母房产,全部搬进了蔡阿婆家居住。每天争吵不休,甚至还大打出手……

听了蔡阿婆的哭诉,赖英艳和她的同事们经过认真分析,决定分头找阿婆的儿女谈话。跟他们讲解继承法,讲解民法总则,让他们充分了解法律关于房产继承的规定之后,再打感情牌,逐个突破……经过无数次的电话交谈、上门访谈、短信沟通,两个月后,蔡阿婆的三个子女终于在春节前就房产和财产分配达成了协议。一家人终于吃上了一顿安静、和睦的年夜饭。

春节后的一天,蔡阿婆特意到工作室来找赖英艳,她的笑容特别灿烂,一进门就从包里拿出一顶毛线帽塞到赖英艳的手里说："别嫌弃，这是我特意为你织的，天气冷时你出去一定要戴上！"赖英艳说，在那一刻，她被面前的这位阿婆暖到了。

大道至简　衍化至繁

"这件事有何主任做主，我们就放心了！"一大早，广州市南沙区大岗镇人民调解委员会就来了十多名讨薪的工人，看到调委会副主任何永钊走进来，工头谢某忍不住向工人们说道。

"这一刻，是我职业中最高光的时刻，群众那一双双充满期待的眼睛，最能体现人民调解工作的价值，但这一刻往往也是我压力最大的时刻，怕群众期待的眼神变成失望的眼神。"

正因为如此，面对每一起纠纷，面对群众的每一个诉求，哪怕再小，何永钊都当成天大的事。"群众利益无小事"是他时常挂在嘴边的一句话，也是他时刻对自己的要求。

自1986年起，何永钊就开始从事人民调解工作，35年来，他一直坚守在调解第一线，调解各类矛盾纠纷1100余件，先后被广州市司法局评为"新时代羊城最美法律服务人"，被司法部评为"全国人民调解工作先进个人""新时代司法为民好榜样"。

"何主任，快去看看，庙贝村有人要跳楼！"2018年10月28日，何永钊下班刚走到自家楼下，就接到纠纷信息电话。纠纷就是命令，何永钊立即赶往庙贝村。原来，某工程包工头肖某向承包商和发包商索要承包款不成，工人找他要工钱，肖某又无钱可给，一时想不开的他就爬上了工地5楼楼顶的露台，声称拿不到钱就跳楼。

"小兄弟，我是调解员，你别冲动，先下来，钱我一定帮你拿到！"

何永钊顾不上个人安危爬上了5楼，看到露台上的肖某情绪非常激动，何永钊担心他体力不支、情绪失控发生意外，于是，一边通过闲聊的方式分散肖某的注意力，一边联系承包商和发包商尽快到达现场。得知肖某十分爱护家人后，何永钊又以家庭为切入口，劝肖某想想家人失去他的痛苦，同时告诉他获取正当的承包款项受法律保护。经过一个多小时的劝说，肖某的情绪终于有了好转。在肖某注意力放松，身体往回倾斜之际，何永钊一把上前把肖某从露台边缘拉了回来，带离了楼顶。待肖某情绪稳定后，何永钊向当事各方普及相关法律知识，情法结合，开展面对面、背对背的调解工作，一点点降低当事人的心理预期，引导他们互相理解。最终，承包商同意立即支付所欠工资，此时的肖某流着眼泪拉着何永钊的手不放。

除了做好自身工作，何永钊考虑最多的就是如何有效地发挥人民调解在维护社会和谐中的作用，如何带领全镇调解员更高效地化解矛盾纠纷。

大岗镇是工业重镇，随着南沙自贸区建设的换挡提速，人民调解如何助力辖区法治化营商环境建设，成为摆在何永钊面前的一个重要任务。在南沙区司法局的指导下，何永钊很快打开了工作思路。他积极推动成立大岗镇商会人民调解委员会，为化解企业之间、员工与企业之间的纠纷提供了平台。在他的积极推动下，三家涉外企业也成立了企业人民调解委员会，为大岗镇国际化商事纠纷调解打下了良好基础。

此外，何永钊还主动带领调解员与律师共同组成"法治体检"小分队，深入辖区的中小企业开展公益法治体检服务，帮助企业解决法律问题，从源头上预防化解企业的矛盾纠纷。

二 公益之盾

公益诉讼检察，是以法治思维和法治方式推进国家治理体系和治理能力现代化的重要制度设计，彰显了其高度契合国家治理要求的独特优势。检察机关开展公益诉讼的实践探索，是中国共产党领导和中国特色社会主义制度的优势转化为国家治理和社会治理效能的真实写照。公益诉讼检察作为一项新的制度，依然行进在积极、稳妥探索发展的道路上，也将随着国家治理体系和治理能力现代化的进程获得进一步发展完善。

党的十八届四中全会提出"探索建立检察机关提起公益诉讼制度"，全国人大常委会于2015年7月1日授权最高人民检察院在部分地区开展为期两年公益诉讼试点工作。2017年7月，检察机关提起公益诉讼分别写入我国民事诉讼法和行政诉讼法，标志着检察机关提起公益诉讼制度正式确立。

于广州而言，一方面社会公共领域延伸及公共事务数量在不断增长，另一方面公益领域受到破坏的情况时有发生。公益诉讼作为一种诉讼手段，反映了公共利益保护的迫切需要。为了更好地维护广州的生态建设环境，保障人民群众的衣食住行安全，从而支持广州市检察机关在公益诉讼方面的工作，广东省人大常委会、广州市人大常委会先后出台有关加强、支持检察公益诉讼的决定，要求加强有关行政机关、监察机关、审判机关、公安机关对检察机关公益诉讼工作的支持和配合。作为广东省确定的检察公益诉讼试点城市，广州市检察机关最早在2015年就已经开始了对检察公益诉讼工作的积极探索。多年来，广州市检察机关坚持"以人民为中心"，立足服务保障美丽广州建设，在全面履职中筑造坚固的公益保护检察屏障，在生态环境保护、食品药品安全等领域公益诉讼和新领域公益诉讼探索实践中，交出了一份人民满意的答卷。

青山绿水　法治福佑

生态环境保护功在当代、利在千秋，在这个问题上我们没有别的选择。因人与自然是相互依存、相互联系的整体，保护自然就是保护我们人类自己。过去一段时期，人们对自然只索取不回馈、只开发不保护、只污染不治理，导致森林、湿地、流域等生态环境遭到严重破坏。在广州市人民检察院公益诉讼人看来，"环境有价，损害必须担责"。近年来，广州市人民检察机关积极发挥公益诉讼职能，向破坏生态环境的违法行为亮出了法律利剑。

2017年的一天，花都区人民检察院在办理侦查机关提请批捕的李某强涉嫌污染环境一案过程中发现，花都区卫洁垃圾综合处理厂及其投资人李某强在处理垃圾过程中未按照环评要求作业，而是将原生垃圾及筛下物非法倾倒及填埋于厂区西侧山体。该厂从2005年设厂至2016年8月被广州市花都区环保局责令停业这十余年间，共向山体倾倒及填埋原生垃圾及筛下物超过30余万立方米、20余万吨，垃圾遍布面积达12万平方米。这一串串触目惊心的数字，无不诉说着广州市花都区卫洁垃圾综合处理厂对环境造成严重污染的肆意行径。

是可忍，孰不可忍。广州市人民检察院迅速成立由市区两级院组成的公益诉讼办案组提前介入办理。办案过程中，检察机关先后制发5份《检察建议》，督促当地政府、环境保护主管部门、城市管理综合执法部门等采取有效措施，防止环境损害进一步扩大。2018年4月19日，花都区人民检察院以污染环境罪对李某强、广州市花都区卫洁垃圾综合处理厂向法院提起公诉后，为防止被告转移财产，确保本案生效裁判得到有效执行，同年7月16日，广州市人民检察院即依法申请对卫洁垃圾厂、李某强采取诉前财产保全措施，查封李某强价值1000万元左右的银行存款、房产及汽车。同年7月27日，广州市人民检察院向广州市中级人民法院提起民事公益诉讼，诉请卫洁垃圾处理厂、李某强承担环境修复费用、服务功能损失费用、鉴定评估费，具体数额以鉴定机构评估和实际支出为准，并公开赔礼道歉。

鉴于该案对当地生态环境的破坏影响之深、损失之巨，为了把此案做实，广州市人民检察院邀请了广州市15名市人大代表、政协委员以及来自广州市环保局的特邀检察官助理，前往广州市检察机关公益诉讼办案现场见证勘验。代表们跋涉在布满垃圾的泥泞山体，深一脚、浅一脚，几乎每一脚踩下去，脚印之下就会冒出一汪污水，更令人大代表、政协委员们惊讶的是植被在长达10年的污水浸泡中几乎绝迹。

据调查，为掩盖其污染行径，李某强采用极其诡异的方式，将一车车的垃圾运过来，堆砌到一定高度之后，再在上面堆一层沙土，如此一堆垃圾、一层土，在外人看来，就是一座"小山坡"。只有深入其中，才能在裸露的山体中发现，生活垃圾与医疗垃圾混杂一体，令人触目惊心。一位人大代表感慨地说："以前只是在媒体上看见、在会议上听见检察机关办理了多少公益诉讼案件，直到到现场才真正明白这些数字背后意味着什么。"

在本案审理期间，为避免环境污染和资源破坏遭受永久性功能损害，广州市人民检察院启动先予执行程序，向广州市中级人民法院发出《先予执行意见书》，建议责令二被告对涉案场地所倾倒和填埋的污染物先予清理，由于二被告不能自行修复，当地政府已委托有修复能力的第三方修复，建议先予执行二被告名下已被冻结的银行存款，将被查封的房产、汽车及其他财产变价，用于支付修复费用，获法院裁定准许。

2020年9月11日，广州市中级人民法院一审宣判，支持了检察机关公益诉讼人的全部诉请，判决二被告承担涉案场地生态环境修复费用、期间服务功能损失费及生态环境鉴定等费用合计1.3亿余元，判决后，被告在《广州日报》刊登道歉声明，向社会公开道歉。

在本案中，检察机关将修复受损生态环境作为首要目标，从批捕阶段提前介入深挖案件背后实际投资人、违法获益者，到在诉前采取措施冻结被告资产，为后续执行做好准备，确保判决"不打白条"。同时，督促政府先行委托专业机构对涉案场地进行整治，探索出一条在民事公益诉讼中适用先予执行程序，保障环境修复、执行落实到位的成功之路。目前，涉案场地垃圾已清除完毕，基本实现复绿。

"一山环秀水，半岭隐涛声。"位于广州市中心的麓湖，一直是广州市民乐于留恋的山水园林。但随着园内游客人数增多，存在部分游客向湖水乱丢垃圾、投饵喂鱼等不文明现象，严重影响人工湖的景观性和生态功能。更有甚者，为了一己私利，置广州生态环境不顾，公然挑战法律的权威。

2017年12月间，江某其、江某镜、李某旺、江某付、何某伟等人，分别驾驶装有淤泥的泥罐车，行驶至越秀区广园路白云山管理处对面的下水道井口，将车上的工地黄泥浆偷排至该路段的下水道内。黄泥浆从广园路的下水井，经市政管道流至麓湖公园上坝，造成麓湖公园上坝的黄泥淤积，污染面积达3500平方米。

接到线索后，越秀区人民检察院通过现场实地勘察麓湖公园，走访区环保局、麓湖公园管理处等，获取水质监测数据和水体生态系统恢复方案等证据，委托环境保护部华南环境科学研究所对环境损害程度和范围、因果关系进行鉴定评估，取得查明案件生态破坏专门性问题的关键证据，与越秀区公安分局案件经办警察沟通交流，调阅、复制刑事卷宗材料，了解刑事案件进展。全面查明并认定案件事实后，检察机关依法对被告人以故意毁坏财物罪向法院提起公诉并附带民事公益诉讼，诉请判令五被告人承担刑事责任，并对麓湖公园黄泥进行清淤、水生态系统修复构建，体现了检察机关积极发挥法律监督职能，履行公益诉讼职责，切实保护生态环境，维护社会公共利益的决心。

如今，占地面积205公顷，水体面积达21公顷的麓湖公园经过建设、保护，逐步形成一个以湖光山色著称的城市大型山水园林。园林，林木苍翠，鸟语花香；园地，亭榭、桥廊林立；湖面，波光潋滟、水天一色。麓湖公园成为羊城八景之一、游人的打卡之地。置身此景，那些流连忘返的人们似乎看不到一丝关于检察人呵护这片园林的足迹，听不到一句有关检察人维护生态的动人传说。

科技赋能为检察公益调查插上了飞翔的翅膀。在南沙区人民检察院办理的一起新海村整治海洋功能区水域公益诉讼案中，检察公益诉讼部门与技术人员密切配合，综合运用多项前沿检察技术推动案件办理。

2011年，陈某某承租了广州市南沙区黄阁镇新海村上、中、下沙脊围仔岛屿，用于农业种植和养殖。2017年12月，陈某某未经许可，由水路运输建筑淤泥和建筑废弃物进行堆填平整使其与相邻沙脊连接。其做法不但违法占用河流滩涂荒地，而且削弱了被圈占水域的防洪功能。同时，陈某某在违法占用的土地上，搭建简易板房两间，用于生产生活、养殖家禽，建筑废弃物同生活废水、垃圾未经处理流入河道内造成水体污染，影响海洋功能区划狮子洋保留区的生态环境，属持续侵害社会公共利益行为。

由于该区域位于河道中央，仅能乘船到达，按照常规办案手段难以全貌取证及准确确定作案时间。为此，办案人员通过查看2008年至2019年的案发区域卫星遥感图片，确定人工填土始自2017年9月15日。为了获取更多的证据，2019年11月15日，办案人员会同技术人员使用无人机对新海村上、中、下沙脊围仔岛水域的区域地形地貌情况、区域生产生活情况、河流水体流动与日常通航情况、建筑废弃物填埋侵占土地与滩涂情况等进行航拍取证。

在取得充足证据后，2020年1月9日，南沙区人民检察院向有监督管理职责的6家行政机关发出诉前检察建议，建议行政机关进一步查清填土土壤性质及污染问题，及时采取必要手段制止违法损害，并加强对围河造堤、非法堆填建筑废弃物、违法建设行为的监管力度，依法对行为人处以行政处罚、对围仔岛水域建筑进行生态修复。

据统计，2020年1月至12月，广州市共立案办理生态环境和资源保护领域案件580件，办理诉前程序案件360件，提起公益诉讼（支持起诉）55件。其中2件入选高检院典型案例、3件入选省检院典型案例。

吃在广州　吃得安全

食在广州，渊源久远。萌芽于先秦，形成于汉唐，成长于明清，兴旺于民国，繁荣于当代的广州美食，吸引了无数的中外来客。为了确保"吃在广州，吃得安全"，广州市在体制机制、法律法规、产业规划、监督管理等方面采取了一系列重大举措，并取得一定成效，人民群众饮食安全得到基本保障，食品安全形势不断好转，但食品安全治理中的一些顽疾并没有得到根治，食品安全问题仍时有发生，影响到人民群众的获得感、幸福感、安全感。

2019年5月20日，中共中央、国务院发布了《中共中央　国务院关于深化改革加强食品安全工作的意见》，意见提出，必须深化改革创新，用最严谨的标准、最严格的监管、最严厉的处罚、最严肃的问责，进一步加强食品安全工作，确保人民群众"舌尖上的安全"。2020年6月29日，最高人民检察院召开全国检察机关"公益诉讼守护美好生活"专项监督活动动员部署电视电话会议，决定自2020年7月至2023年6月，开展为期3年的"公益诉讼守护美好生活"专项监督活动。本次专项监督活动旨在聚焦生态环境和食品药品安全领域公益损害突出问题，推动解决人民群众关注关切的公益损害问题，健全完善相关行业、领域治理体系，以确保广大人民群众"舌尖上的安全"。

一切为了人民，是我们党在百年奋斗征程中的一大法宝，也是中国特色社会主义国家制度的重要优势。民以食为天，食以安为先，对党和政府来说，能不能在食品安全上给老百姓一个满意的交代，是对执政能力的重大考验。

广州是中国改革开放的前沿阵地、共和国的橱窗，唱响海内外的广州美食业已成为中华民族的古老品牌、亮丽名片。美食之都的公益诉讼部门应该怎样把好"食物从源头到餐桌"的每一道关口，做到"食得放心"？检察公益诉讼人感受到了肩上沉甸甸的使命、责任。

近年来，广州市检察机关严格落实食品药品安全"四个最严"要求，以食用农产品、超市食品、网络餐饮、校园餐饮等为监督重点，深入开展"校园安心餐饮""凉茶安全"等专项监督，为食品药品安全开出公益诉讼保护"良方"，全面推进公益诉讼工作。2020年，全市共立案办理食品药品安全领域公益诉讼案件208件，督促查处假冒伪劣食品药品37.92吨，向侵权行为人索赔惩罚性赔偿金612万元。各区院因地制宜开展"小专项"活动，推动"公益诉讼守护美好生活"专项监督落实落地。

随着互联网络的迅速发展，网络营销成为一种新的营销方式，越来越受到企业重视。在利益的驱使下，一些不法商人利用网络平台的监管漏洞，销售假冒伪劣保健品的违法行为，严重损害广大消费者的健康安全和经济利益。

2018年初，荔湾区人民检察院在履行职责中查明，李某聪、余某锋利用网络大量销售假冒某品牌减肥产品。经鉴定，涉案产品含有法律禁止添加入食品的西布曲明、酚酞、大黄素等对人体有害的化学成分，长期食用会严重损害身体健康。李某聪通过网络销售上述有毒有害减肥产品共计21.638212万元；余某锋通过网络销售有毒有害减肥产品共计16.154704万元。

荔湾区人民检察院在进行刑事案件审查的同时启动了行政公益诉讼诉前程序，向区食品和药品监督管理局发出了检察建议，要求该局加强保健品市场监管。收到检察建议后，区食品和药品监督管理局强化了辖区内相关企业的行政指导，并督促企业落实食品安全主体责任。2018年9月26日，荔湾区人民检察院对余某锋、李某聪以涉嫌构成销售有毒有害食品罪向法院提起公诉，追究二人的刑事责任。同时，就本案涉及的损害社会公共利益的行为，向法院提起附带民事公益诉讼，诉请法院判处二人支付销售金额10倍的惩罚性赔偿金并公开赔礼道歉。检察机关针对本案涉及的网络销售有毒有害保健品问题，实现刑事、行政、民事三责同追，既督促相关行政机关加强对保健品行业的监管，又对销售有毒有害产品的不法分子提起刑事诉讼，同时提起刑事附带民事公益诉讼。通过追究相关责任人的刑事责任以及10倍惩罚性赔偿金，对同类违法行为起到了极大震慑作用，切实保障了人民群众的食品安全。

近年来，随着物联网和移动支付的发展与应用，自动售货机已成为新兴食品经营业态，然而，这一新兴食品经营业态在给广大消费者带来极大便利的同时，也让人们不禁有了"灵魂三问"：自动售货设施运营商是否有证经营？食品来源渠道是否正规？若发生消费纠纷，向谁主张合法权益？

黄埔区人民检察院关注到这一食品安全隐患，于2020年10月展开对区内的商业广场、公寓、电影院等公共场所的自动售货设施进行检察公益诉讼专项监督活动。在办案过程中检察官发现，这些自动售货设施运营商未在自动售货机的显著位置，公示营业执照和食品经营许可证、经营者的名称、联系方式等信息，既侵害了广大消费者的知悉权，又损害了社会公共利益。

为此，黄埔区院及时启动了行政公益诉讼诉前程序，并于2020年11月间向相关职能部门发出诉前检察建议，督促依法履行职责。并与相关职能部门积极沟通联系，就监管责任的落实、日常管理的措施等方面形成共识。在检察机关的监督督促下，相关职能部门出台了《关于推进自动售货设施日常监管工作的通知》，指导各相关监管单位在日常监管中加强对辖区自动售货设施运营商履行食品安全责任的检查，出动了66人次对全区147个自动售货机进行了系统检查，及时堵住监管漏洞，同时对在黄埔区内设置自动售货机的6家自动售货设施运营商进行约谈，要求运营商必须做到让自动售货机"持证上岗"。

道阻且长　行则将至

随着时代的发展，人民群众不仅对物质文化生活提出了更高要求，而且在民主、法治、公平、正义、安全、环境等方面有了更高水平、更丰富内涵的需求。为回应人民群众对美好生活的新需要，党的十九届四中全会通过的《中共中央关于坚持和完善中国特色社会主义制度、推进国家治理体系和治理能力现代化若干重大问题的决定》，在"加强对法律实施的监督"中明确要求"拓展公益诉讼案件范围"。这是检察机关的一项重大政治要务、重点改革任务、重要检察业务，是检察机关积极、主动发挥法律监督职能，服务大局，回应时代之需的责任担当。

公益诉讼，归根结底是为了保护广大人民的利益。为了人民，是公益诉讼的根本目的和价值追求。检察机关提起公益诉讼，正是代表人民的利益，反映人民呼声的"公益代表"。为了人民，代表人民，依靠人民，凸显了我国检察公益诉讼的人民性特点。

2019年以来，广州市检察机关聚焦民生热点、痛点、难点，在做好法律规定"必答题"的基础上，积极稳妥拓展公益诉讼新领域，重点聚焦事关人民群众生命财产安全的盲点，涉及特殊群体利益的道路交通安全领域以及互联网公民个人信息保护、文物保护等领域，取得了良好效果。

2020年3月，从化区人民检察院在公益诉讼随手拍小程序上，获得一条公益诉讼线索，神岗大桥建设工程交通钢栈桥存在一定安全问题。于是，市、区两级检察院秉持"稳、准、快"的办案思路，立即启动两级院一体化办案联动机制。通过全面调查、检测发现该桥属于三类桥,存在着病害个数多、使用时间超期、应对措施不足、桥身负荷加重等安全隐患。上述安全隐患如果不能得到及时处理,将影响桥梁结构,威胁过往人员和车辆的安全。

为切实降低桥梁安全隐患,预防桥梁安全事故,保障人民群众出行安全,从化区人民检察院启动行政公益诉讼诉前程序,向相关行政机关发出公益诉讼诉前检察建议,并由分管检察长进行释法说理,要求行政机关对神岗大桥建设工程交通钢栈桥依法及时进行中修,中修工程完工后,应进行验收。行政机关表示,将高度重视检察建议内容,依法开展桥梁安全维护工作,保障群众出行安全。

道路千万条,安全第一条。对严重影响人民群众生命财产安全,破坏社会经济稳定发展,损害国家与社会公共利益,引起全社会广泛关注的事件,从化区人民检察院依法探索开展工程质量和交通安全公益诉讼工作,积极履行公益诉讼职责,审查公共利益保护状况,督促行政机关依法履职,凝聚保护公益的合力,发挥持续可靠治理效应,弥补或减轻公益损害,以法治思维和法治方式推进社会治理现代化,回应人民群众关切的突出问题、焦点问题,为广州的经济社会发展创造一个良好的道路交通安全环境。

与桥梁安全相同的是,盲道安全问题也影响着人民群众的出行。2019年10月,南沙区人民检察院在履行公益诉讼监督职责中,发现辖区内部分盲道被损坏、违法占用,导致视障人士出行不便,社会公益严重损害,负有相关职责的行政机关可能存在怠于履职的情况。立案后,广州市南沙区人民检察院在进一步调查中发现,南沙区综合行政执法局、住房和城乡建设局、城市管理局、相关街镇政府等12家行政单位未依法履行对辖区内盲道建设、养护的监督管理责任。

办案过程中,广州检察公益诉讼协调指挥中心统一协调指挥,市、区两级检察院上下联动,促进调查工作全方位、高效、扎实开展,通过与相关行政机关、区残联等开展诉前圆桌会议、专家论证、公开送达检察建议书的方式，共同磋商论证整改方案，取得了良好的办案效果。随后，广州市人民检察院及时总结经验，聚焦视障人群脚底下的安全，按照从"点上突破"到"面上开花"的思路，在全市范围内深入开展"盲道公益诉讼专项监督"活动。

道阻且长，行则将至。作为国家的法律监督机关，监督，特别是对公权力的监督，是检察职能的本质特性。行政公益诉讼从诉前检察建议督促履职，再到提起诉讼，都鲜明地体现了对行政机关不依法履职、损害公共利益行为的监督。对行政机关等其他相关主体不履职或履职不到位的情况，通过公益诉讼检察的促进、激活作用，可以使已有的制度和未充分履行的职能得到更好的发挥。

在公益诉讼新领域的探索中，广州市检察机关还在个人信息保护、文物保护等领域公益诉讼案件的办理上做了有益尝试。越秀区人民检察院与该区市场监督管理局进行沟通座谈，送达相关检察建议，督促该局依法加强公民个人信息保护监管，助力维护正常社会经济秩序，构建诚实守信的社会信用体系；黄埔区人民检察院在履职中发现文物保护单位于野罗公祠被他人擅自用于经营餐饮场所，遂予以立案调查，积极与行政机关有效沟通，及时派员到现场制止承租人的行为，最终收回了该处历史建筑的使用权。

三 弱者尊严

法律援助是指由政府设立的法律援助机构组织法律援助的律师,为经济困难或特殊案件的人给予无偿提供法律服务的一项法律保障制度。

党的十八大以来,我国法律援助工作取得长足发展,法律援助通过向经济困难和特殊案件的当事人提供法律帮助,使他们能平等地享受法律保护。2013年2月23日,习近平总书记在中共中央政治局第四次集体学习时强调,要加大对困难群众维护合法权益的法律援助。

为落实习近平总书记提出的决不允许让困难群众打不起官司的要求,近年来,广州市法律援助知晓率和便利度不断提升,法律援助覆盖面不断扩大,广大人民群众在法治建设中获得感越来越强。

法律援助 法制红利

在广州人的传统风俗中,"11月8日"是个备受青睐的日子,意思是"要发、要发"。而1995年11月9日上午9时揭牌的广州市法律援助中心(后更名为广州市法律援助处)则没有选择这个吉日。首任中心主任赵晓飞的解释是:我们中心的宗旨不是"要发、要发",而是"要救、要救",为贫困百姓提供法律援助。

"要救、要救"，是广州市司法局对社会的庄严承诺。近年来，在市区两级法律援助机构的共同努力推动下，已建成市、区（县级市）、街镇、社区四级法律援助网络，建立了12家法援机构、360个法援工作站和覆盖城乡的法援联络点，所有工作站点均提供法援咨询、案件初审等服务。

为使困难群众得到更多的实惠，在简化当事人申请法律援助程序的同时，稳步推进法援申请人家庭经济状况核对和法援经济困难证明事项告知承诺制，为盲人制作发放《广州市法律援助指南（盲文版）》；在全国首创并推行"点援制"法律援助服务。为残疾人、老年人、妇女、少数民族等特殊群体开通"绿色通道"，对未成年人提供特殊保护，对行动不便、不能亲自前来申请的特殊群众，实行电话预约和上门服务制度。聘请小语种翻译员陪同律师会见外籍受援人。开发"广州市法律援助信息管理系统"，研发"广州市法律援助"微信小程序，增加预约、网上申请和"摇珠"指派案件报名等功能，研发法援电子档案系统，实现法援案件从咨询、申请、受理、指派到办案、结案等全网办和法律援助机构对案件全流程的网上监管。

广州市司法局工作人员介绍说，新修订的《广州市法律援助实施办法》，新增残疾老年人、孤残儿童、群体性劳动争议案件的劳动者一方、营以下现役军官等10类无须提交经济困难申报材料的人员。首创刑事诉讼全流程法律援助全覆盖机制，即刑事案件犯罪嫌疑人、被告人、申诉人在侦查、审查起诉、审判、申诉、再审阶段申请法律援助无须提交经济困难申报材料。此外，法律援助服务大厅专门设立劳动者维权绿色通道，与全国60多个城市建立农民工法律援助异地协作机制，解决农民工跨地域维权案件调查取证难、信息查询难等问题，帮助劳动者通过法律途径维护合法权益。

劳资纠纷　成功化解

法律援助，是指为了保证公民享有平等、公正的法律保护，完善社会法律保障制度，由国家设立的专门机构，为经济困难或特殊案件的当事人减免费用，提供法律服务的一项法律制度。

2016年1月4日，对原广州市爱果益家投资管理有限公司（以下简称"水果营行"）的500多名员工来说，是一个极为兴奋的日子，因为这天广州市法律援助处成功为他们讨回了5871390.7元的工资及提成。

早在2015年底，"水果营行"拖欠500多名员工3个月工资及提成，员工们在多方求助无果的情况下，抱着试试看的心态来到广州市法律援助处咨询，当工作人员得知这一情况后，意识到这是一起涉及农民工的群体性案件。于是向员工代表提出了3点意见和指引：一是请被欠薪的员工保持冷静，在法律框架内反映自己的合法利益诉求，不影响政府相关部门的正常办公秩序；二是详细讲解法律援助的相关程序并告知员工群体性案件符合法律援助条件；三是告知员工如需申请法律援助，须准备好身份证、劳动合同、工资流水账复印件等相关案件资料，确保有序申请法律援助。

12月21日上午9时，500多名员工聚集在广州市法律援助接待大厅、会议室、办公区和室内外走廊等场所。广州市法律援助处立即启动应急预案，先后在一楼接待大厅、二楼会议室分别开设两个案件受理现场。在听取员工详细诉求后，法律援助处请来6位律师，分别向员工各分组代表了解案情，协助员工搜集相关证据。并通过广州司法网、广州市法律援助网、广州市法律援助处微信公众号等媒体及时发布案件受理情况。与此同时，法律援助处副主任陈志宏还专门组织承办此案的6位律师针对案情进行了集中研讨，明确要求为员工代表做好仲裁请求解释工作，积极配合政府相关部门依法妥善处理。

在法律援助处及律师的多次努力下，2016年1月4日，天河区仲裁委对该案做出仲裁裁决："水果营行"支付员工工资5594314.89元、提成277075.81元，合计5871390.7元。

随着我国城镇化建设步伐的加快，越来越多的农民加入到城市建设中，但由于处于弱势，他们面对侵权行为常常是无助、无奈，甚至"以命相搏"，以跳楼、跳河、爬塔吊等极端方式表达诉求。广州市法律援助机构以帮扶弱势群体、维护公平正义为己任，努力在维护农民工权益中发挥积极作用。

这是一起因工厂提前解散，拖欠785名工人经济补偿金达1756万元的案件。某钻石厂因无力经营决定提前解散，并终止与785名工人的劳动关系。因该厂工人数量多，涉及经济补偿金、社保金、公积金等数额巨大，劳资双方无法达成一致意见，导致矛盾激化……

为获得应有的补偿金，追讨欠缴的社会保险、住房公积金，785名工人在万般无奈的情况下，找到了从化区法律援助处。

从化区法律援助处受理这一案件后，局领导带领法律援助处工作人员实地调查了解案件详情、耐心倾听工人的集体诉求并授权委托推举诉讼代表人、迅速制订援助方案、组建律师团队，指派有丰富群体性案件办理经验的广东韬策律师事务所余燕娜、广东建助律师事务所刘世红负责并由8位律师组成的办案团队承办此案。

这是一场马拉松式的长跑，自2019年4月23日至5月10日，刘世红、余燕娜两位法援律师组织、参与协调会议23次，解答工人提出的各种法律咨询问题达780余人次，代理协助工人置换仲裁调解书785份，协助工人与厂方签订和解协议书785份，并监督厂方及时兑现协议书中40%的经济补偿金。

虽然从化区劳动仲裁委出具了仲裁调解书，工人也得到了40%的经济补偿金，但要落实余下的60%补偿款，必须申请区法院执行。根据从化区人民法院提出"一案一立"的要求，2019年5月21日，两位律师如期将六大箱立案材料搬到从化区人民法院申请立案。同年12月19日，从化区人民法院依法判决,并为工人现场办理领取执行款项的相关手续。至此,这起涉及785名工人、经济补偿金及三期补贴达1756万元的大型群体性劳资纠纷案得到了圆满解决。

广州精神　律师形象

有着"新时代羊城最美法律服务人"称号的杨杨,是广州最著名的村居律师。自2006年9月执业开始,杨杨就积极参与法律援助工作,乐此不疲地奔波在乡间——因为这里的村民有问题第一时间就会想到他。

2014年,广东全面铺开法律顾问进村(社区)活动,杨杨成了一名村(社区)法律顾问。驻村没几天,他就遇到了一件让人哭笑不得的事儿。

某天5时许,老人樊某喝早茶遇到老朋友李某,开玩笑叫了一声李某小时候的绰号。李某觉得没面子就和樊某理论,进而两人发生争执斗殴,闹到了村委会评理。

"这已经构成斗殴了,验出伤来是要负刑事责任的。" 杨杨根据法律规定分析后果,再讲情理,"你们双方都有过错,也都受了轻微伤。大家都是同村人,还是以和为贵吧。"杨杨一番在情在理的话,打动了两位老人家,双方接受了他的建议。

"其实很多时候是因为村民不懂法,遇到问题想要解决却苦于找不到途径,才导致合法权益受到损害。"因此,杨杨把化解纠纷矛盾作为村(社区)法律顾问的一项重要工作,引导他们通过调解化解纠纷。

2016年1月11日,在村民开设的建材厂内务工的锅炉工老潘,来到调解室找杨杨控诉老板:"单位不但没有签劳动合同、不买社保,在我受伤后还不让我回厂继续工作,而且拖欠了两个月工资。"

"听到这些情况后,我当时很同情老潘。"考虑到外来务工人员生存的不易，杨杨赶紧把老板找来了解情况，可是却发现事情并不像老潘说的那样。

"工厂与老潘确实没有签合同，但是涉及工资金额和入职时间均有出入。"老板表示：工伤期间的医疗费、误工费、伙食补助费、停工期间工资已经全部发放；由于老潘出院后直接返回广西老家属擅自离岗，工厂这才急忙高薪招人顶替了他的工作。

了解实情后，杨杨耐心向双方进行释法，告知相关的维权途径和成本。于是，在杨杨的调解下，双方同意解除劳动关系，老潘成功拿到了拖欠的工资和未购买社保的补偿金。

"这也告诫我，虽然很同情他们的遭遇，但不能偏听偏信，一定要客观公正，这样才能维护双方的合法权益。"杨杨说。

2017年9月25日，广东省首个以律师名字命名的调解工作室"沙亭村杨杨律师调解工作室"正式揭牌。自调解工作室成立后，哪家夫妻不和或有什么矛盾，哪家长幼辈之间有什么意见等，都会第一时间来找杨杨，村民们早已把杨杨当成了朋友和亲人。

用杨杨自己的话说就是："做公益律师、做法援律师，不但能帮助别人，还能得到受援人的认可。经手的每一个案件，都在坚定我做好律师工作的信念，并积极参与公益事业，通过法律援助、所所结对等方式，无偿为需要帮助的群众提供法律服务。"

为解决我国律师资源严重短缺县、无律师县，贫困地区百姓法律援助困难的问题，2009年，司法部、共青团中央发起了"1+1"中国法律援助志愿者行动。

经个人自愿报名，广州市司法局审核，时任广东博厚律师事务所律师郑穗军光荣入选。在参加志愿者行动的10年时间里，郑穗军从海南到西藏、从新疆到青海，先后办理了上千起法援案件，数万名群众受益。

"印象最深的就是2013年在西藏自治区的比如县，那里海拔4000米，缺水少电。我住在单位宿舍4楼，喝水得自己从院子里打水提上去，由于高原反应，每上一层楼就要休息20分钟。"

艰苦的条件没有让郑穗军产生退意，反而磨炼了他的意志。在青海省黄南藏族自治州时，一起民间借贷纠纷案在西宁市城东区人民法院第二次开庭。时值冬季，暴风雪肆虐的青藏高原，高速公路封路。郑穗军不得不冒雪前往法院进行质证。

在青海的黄南藏族自治州，郑穗军还担任过多地"不在编、不领钱"的村（居）委会法治村主任、法治主任，积极参与民间自治、普法宣传和法律进校园等系列活动，授课超过200次，听讲人数超过2.55万人。

让法治理念走进群众内心、让群众真心接受，是郑穗军的期盼。这10年来，他服务的都是少数民族聚集地区，在郑穗军心里，这些地区除经济落后外，法治建设也相对滞后。

海南某县是黎族苗族同胞聚集地，女性一旦出嫁，她们此前拥有的自留地便"自动取消"，土地收益等合法收益也被剥夺。郑穗军得知这一情况后，主动为"外嫁女"争取土地分红权益。

这一起系列性案件前两次均是单独诉讼，村里其余的"外嫁女"知道后便一起到法援中心求助，其案也就变成集体诉讼。

那段时间，郑穗军干得最多的事就是到村里一次又一次地与村干部拉家常、讲法律："她们有的是出嫁后户口没迁走，有的是离婚后户口又迁了回来，情况各不相同。没了土地，她们连生存下去都很困难。"听到郑穗军关于法理人情的劝说，村干部也认为，村规必须服从国法，传统做法不能代替法律，最终村干部同意按照法律规定给"外嫁女"补偿分红。这起拖了近30年、引起村民多次上访的"外嫁女"维权案终于圆满解决，该案例被中国法律援助基金会等部门评为"1＋1"中国法律援助行动十佳案例。

妇女儿童是弱势群体，在郑穗军的记忆里有这样一个案件：一名深陷离婚矛盾还要抚育3岁孩子的藏族妇女，其丈夫只愿承担6万元抚养费，郑穗军通过对当地经济水平、孩子抚养到18岁所需经费等多方面计算,通过调解、说服、法律等手段迫使其丈夫支付了12万元经济补偿和抚养费。这名妇女悄悄留下3000元钱表示谢意,郑穗军发现后赶忙追上退还。

诸如此类,对郑穗军来说是屡见不鲜,尽管他是为穷人打官司,但这些穷人常常因郑穗军的辛苦而过意不去,有的拿出家中祖传的各类饰品,或是自认为是家中珍藏最有价值的物品来答谢郑穗军,每当遇到这种情况他总是含泪拒绝。

贫困地区的人民群众没有忘记郑穗军给他们带来的法援之光,党和政府没有忘记这11年来郑穗军的功绩,继被评为全国法律援助工作先进个人,多次被评为全国优秀"1+1"法律援助律师、司法部法律援助标兵、中国法律援助基金会十大法律援助律师后,广东省司法厅为他记个人二等功1次。此外他还被评为广州市第四届优秀律师、广州市政法委第五届广州市人民满意的政法干警,是广州市律师2016—2019年度行业服务杰出贡献奖、广东省五一劳动奖章获得者。

用广州市律师协会会长邢益强的话说就是,这11年来,郑穗军收获最多的是人民群众对党的信任,对中国司法的信仰。无论是内地的农民工还是少数民族困难群众,为他送来的锦旗上都会写有"话党恩""报党恩""党的恩情"等字样。虽说他常在艰苦缺氧环境中工作,但他不缺奉献精神,是广州律师公益活动的标杆式人物。2018年,广州律协以他的名字设立了一项公益奉献奖"郑穗军奖",鼓励更多的律师参与公益事业。

司法救助　解围济困

除了法律援助外,司法救助的力度也在不断加大。为此,广州市政府设置专项资金对受到侵害但无法获得有效赔偿的当事人给予救助,帮助他们摆脱困境。

"强化执法办案与化解矛盾并重、法律监督与司法救济并重，开拓思路、夯实基础、完善机制，积极稳妥推进司法救助工作，为决战决胜脱贫攻坚、全面建成小康社会发挥检察力量"，这是广州市人民检察院开展司法救助的举措。2018年以来，广州市检察机关共办理司法救助案件214件，涉案289人，发放救助金926.9万元。其中花都区人民检察院办理的陈某等3人司法救助案被评为广东省检察机关国家司法救助工作服务脱贫攻坚"优质案件"。

2018年4月，陈某生因为其妻子提出离婚并离家出走，带其3个小孩陈某（9岁）、陈某（7岁）、陈某鹏（5岁）到公园内，致电并以自杀要挟其妻到场与其见面，其妻不至。陈某生将从家里带来的氯氮平片（其母用以治疗精神病的药物）分给3个小孩，令3个小孩服用，并拍摄小孩服用药物的视频发送给其妻子，药物致3名孩子昏睡送医院救治。

广州市公安局花都区分局将案件移送花都区人民检察院审查起诉，检察官了解到当事人3个小孩均是未成年人，3人的奶奶90岁高龄，父亲陈某生家庭属于湖南蓝山县建档立卡贫困户，母亲离家无法联系，父亲收入微薄，三姐弟目前均在就学，学费负担重等家庭经济困难后，在告知当事人申请救助权利时，及时向控申部门移交了救助线索。控申部门依职权于2019年4月2日受理了被害人陈某等3人国家司法救助案，并进行走访调查。经过审查，依法同意陈某等3人提出给予司法救助15000元的意见，2019年4月10日提请花都区人民检察院审批，经检察长批准，同意给予陈某等3人司法救助金15000元。2019年4月29日，在花都区花东镇社工服务站家庭领域的社工见证下，花都区人民检察院向被害人陈某等3人支付了司法救助金。

"司法救助是一件彰显司法人文关怀、衡量检察工作温度的重要工作。"广州市人民检察院副检察长周虹说，"怎么体现这种温度？其中很重要的就是竭尽所能为群众提供便利，更重要的是，我院把司法救助提升到一把手工程，足以说明对这项工作的重视程度。"

2018年2月，最高检印发《最高人民检察院关于12309检察服务中心建设的指导意见》，要求各级检察机关整合所有服务群众功能，建设"一站式"检察服务平台，即12309检察服务中心。自2018年8月起，广州市检察机关陆续建成12309检察服务中心，并在实体大厅悬挂统一的牌匾和标志开始运行。该中心的成立为司法救助申请提供更加通畅的渠道。

12309检察服务中心，包括网络平台和实体大厅两部分，其中网络平台包括12309网站、12309移动客户端、12309微信公众号和12309检察服务热线，主要目的是方便群众反映诉求；12309实体大厅包括业务咨询、控告申诉、国家赔偿与司法救助、案件管理4类工作区域，主要是满足有"见面、见人"需求的群众。

截至2018年12月，广州市人民检察院已处理网络平台数据近4000条，实体大厅接待律师超过5000人次、接待来访群众超过6000人次。

司法救助，针对的是遭受犯罪侵害或民事侵权，无法通过诉讼获得有效经济赔偿，造成生活困难的当事人，要按规定及时给予救助，帮助当事人摆脱生活困境。这让许多刑事案件受害人和他们的家属看到了希望，感受到了温暖。

由国家给予刑事被害人及时有效的补偿救济，既体现了国家的义务和责任，也有利于保障刑事被害人的人格尊严与合法权益。广州市检察机关率先开展了领导带头＋全员参与，构建救助格局；全面排查＋主动挖掘，拓展救助线索；简化程序＋高效审查，提升救助速度；司法救助＋社会救助，拓宽救助范围的四个"＋"活动，完善细则，实现司法救助工作的制度化、规范化，帮助那些受到犯罪侵害又无法获得有效赔偿的当事人摆脱生活困境，促进社会和谐稳定，维护司法的权威和公信。

决不允许让普通群众因贫困打不起官司是习近平总书记的要求。在广州市检察机关大力开展司法救助的同时，广州市法院的法律救助工作也在提挡加速。为保护国家赔偿、司法救助申请人权益，减轻困难群众的负担，适应人民群众日益增长的司法需求，增加获得感，广州市中级人民法院赔偿办公室与广州市司法局法律援助处开展了国家赔偿、司法救助案件法律援助律师代理制度试点，并于2020年4月21日与广州市司法局共同印发《广州市开展国家赔偿和司法救助案件法律援助律师代理制度实施细则》。为了提高法律援助的专业性和有效性，赔偿办公室还指派法官前往法律援助处对其选派的律师进行事前培训并设置专门联络人员，梳理相关指引材料。

另外，广州市中级人民法院赔偿办在司法救助案件的审理中也注重考虑当事人情况，急群众所急，积极做出新尝试。这是一个大额司法救助、适当突破救助限额的案件。2014年10月11日21时许，当事人李某某意欲瓜分梁开进等人经营的啤酒生意利润，纠集多人前往原萝岗区东区火村开源大道科技企业加速器附近，与梁开进等人再次谈判未果，双方发生斗殴。其间李某某持铁棍殴打梁开进头部，致其颅骨骨折，颅内出血，呈植物生存状态（经法医鉴定，梁开进的损伤程度为重伤一级）。案发后李某某逃离现场，2015年8月6日被抓获归案。案发后梁开进分别在中山大学附属第三医院岭南医院、广东三九脑科医院、湛江中心医院治疗，医疗费共计人民币956412.85元。经南方医科大学司法鉴定中心鉴定，梁开进的颅脑损伤致植物状态，伤残程度为一级。2016年12月30日，广州市中级人民法院做出的（2016）粤01刑初446号刑事附带民事判决，判处李某某赔偿梁开进1010714.52元。

2018年3月20日，梁开进之父以未执行到生效刑事附带民事判决确定赔偿款且家庭生活困难为由，向广州市中级人民法院申请司法救助100万元。经司法救助委员会讨论，广州市中级人民法院决定给予司法救助申请人梁开进司法救助款30万元。

根据《最高人民法院关于加强和规范人民法院国家司法救助工作的意见》第三条第一项"当事人因生活面临急迫困难提出国家司法救助申请，符合下列情形之一的，应当予以救助：（一）刑事案件被害人受到犯罪侵害，造成重伤或者严重残疾,因加害人死亡或者没有赔偿能力,无法通过诉讼获得赔偿,陷入生活困难的"的规定,应给予其司法救助。梁开进申请救助100万元,超过了广东省上一年度职工月平均工资36个月平均工资总额(约20万元),但并未超过法院生效刑事附带民事判决的未执行到位的标的数额,根据《最高人民法院关于加强和规范人民法院国家司法救助工作的意见》第六条"救助金以案件管辖法院所在省、自治区、直辖市上一年度职工月平均工资为基准确定,一般不超过36个月的月平均工资总额。损失特别重大、生活特别困难,须适当突破救助限额的,应当严格审核控制,救助金额不得超过人民法院依法应当判决给付或者虽已判决但未执行到位的标的数额"的规定,广州司法救助委员会考虑到梁开进年轻且成为植物人、家中为其治病变卖房屋仍拖欠医院医疗费的特殊情况,认定其属于损失特别重大、生活特别困难的情形,决定适当突破救助限额,酌情给予梁开进司法救助金30万元。

社会的公平正义,既包括对犯罪分子、犯罪行为的严厉惩处,也包括对遭受侵害的人的权益补偿。尽管我国已经出台了一些法律规定,比如规定对犯罪分子除依法给予刑事处罚外,可以要求附带一定的民事赔偿。但在实践中,我们却常常看到,要么犯罪分子本身就没有什么财产可供执行,要么因为案件迟迟没有侦破,导致被害人的赔偿问题根本无从解决。面对"我愿意赔,但我没钱"这样的现实,刑事案件受害人及其家属只能是既流血又流泪。

开展司法救助与打击犯罪、保障人权一样,也是维护社会公平正义的根本要求。建立健全刑事被害人救助制度,是实现现代法治文明和司法公平正义的重要标志。我国正处于社会矛盾凸显期、刑事犯罪高发期,越来越多的矛盾以案件形式进入司法领域,受害人及其近亲属得不到有效赔偿,生活陷入困境的情况也在不断增多。实际上,在涉法涉诉信访案件中,有相当一部分是因为得不到赔偿而引发当事人反复申诉上访甚至酿成极端事件。如果他们的问题得不到解决,公平正义在他们的眼里就只是一句口号、一纸宣言。

2016年12月22日,广州市司法局副局长何友汉,代表局党委分别给两位来穗务工受援人送上国家司法救助资金共计181650元。

原来黄女士的儿子不幸被精神病人曹某杀害。事发后黄女士提起了附带民事赔偿,市法律援助处受理后派出律师多次与曹某家人联系赔偿事宜。终因曹某的家人以家庭经济困难为由拒绝了黄女士等人的赔偿请求。因黄女士家庭经济十分困难,市法律援助处建议市司法局根据《关于建立完善国家司法救助制度的实施办法》第七条第三项的规定,给予其司法救助。

同时获得司法救助的还有广西籍来穗务工人员黄某,他于2011年3月15日在工作中右手中指被割伤,广州市劳动能力鉴定委员会认定为工伤、伤残等级为十级。黄某为获得赔偿来回奔波,又因工伤手指受损,找工作受限,生活陷入困境。鉴于黄某的实际情况,市法律援助处建议市司法局根据《关于建立完善国家司法救助制度的实施办法》第七条第二项的规定,特为其申请司法救助。

四 智慧司法

历史往往有惊人的相似之处。1987年,中国首个模拟蜂窝移动电话基站——广州移动西德胜基站建成,写下了我国移动通信发展史上庄重的一笔。这一史诗性、标志性的基站,是中国信息通信工业的活化石,在岁月的长河中见证了现代通信技术和业务是如何"飞入寻常百姓家"的光辉历程。

时隔30年的2017年,中国首个5G基站在广州大学城建成。它的建成运营不仅是广州乃至全国通信工程建设史的又一座丰碑,更成就了年办理案件数量居全国之最的广州司法机关。

三十年过去,弹指一挥间。从1G到5G,平均每6年跃上一个台阶,从1988年的0.3亿用户到2019年8月底的15.96亿户。从1G空白、2G跟随、3G突破、4G并跑,到5G自主研发、领先世界。广大电信人以"可上九天揽月,可下五洋捉鳖"的精神为广州市各司法机关提供了强大的技术支撑。

规范文件 数据平台

借助5G通信技术的强大优势,一项关于广州市创建"全国公共法律服务最便捷城市"的工作被列为广州市委、市政府重点工作。2019年,广州市司法局随即提出了公共法律服务均等普惠化、平台集约化、业务标准化、服务智能化的"四大工作目标",通过"十大创新项目""百条工作举措"全力推进公共法律服务体系建设,建成覆盖城乡的四级公共法律服务实体平台2943个,在全国率先建立5G市级公共法律服务中心、"广州公法链",推出"手机秒办公证""广州法视通"。

早在2019年1月1日,"广州市行政规范性文件统一发布平台"上线运行,这是全国首个集"录入、审核、发布、检索、清理"功能为一体的规范性文件智能管理平台,是广州市运用信息化技术和大数据手段提升文件管理水平的有益探索,真正实现全市规范性文件"一次录入、分级审核、数据同源、统一发布、信息共享、动态更新、周期管理、自动清理、智能检索、关联解读"。这个标志着广州市行政规范性文件迈入标准化、精细化、动态化管理新阶段的平台,不仅可以发布全市统一的行政规范性文件,还能为市、区、街镇规范性文件提供集约管理、信息共享,更为可贵的是,它给社会公众高效查询政府各类文件带来了实在的便捷。

一直以来,广州市高度重视规范性文件管理工作,在多次实践探索的基础上,建立起一套以"前置审查、有效期制度、统一登记、统一编号、统一公布、数据库管理"为特色的"1+1+8"(即1部地方性法规、1部政府规章、8个配套文件)的行政规范性文件管理制度体系。为推动全市规范性文件全覆盖、标准化管理,实现规范性文件从审查到发布、从生效到失效的全生命周期闭环管理起到了积极的促进作用。切实解决了区一级规范性文件管理前置审查不到位、文件清理不及时、文件效力不明确等问题,有效避免了文件数据来源多,信息发布、文件修订不及时,文件报备滞后和漏报等问题,全面提高了规范性文件标准化、数字化、智能化管理水平,在建设法治政府、数字政府、服务型政府建设的道路上迈出了坚实一步。

为建成覆盖线上线下全业务、全时空的法律服务网络,广州市司法局以应急和指挥体系为总揽,统领各项司法产品服务及业务,打通行政立法、行政执法协调监督、公共法律服务、综合保障与政务管理等业务壁垒,以

"制度创新＋技术创新"的方式，推动覆盖线上线下"问律师""智慧社矫""精准普法""智慧法援""智慧公证""羊城慧调解"等区块建设，使群众在足不出户的情况下即可享受便捷的"全天候""零距离"公共法律服务。

继广州市行政规范性文件统一发布平台上线运行，广州市司法局率先在全国建成的"广州公法链"上线运营。据广州市司法局副局长何友汉介绍，电子司法鉴定意见书应用区块链加密分布式存储等技术，全流程记录鉴定意见书文本上传、鉴定人身份识别、鉴定人签章、复核签发、电子司法鉴定意见书生成以及委托人提取意见书与源文件哈希值比对查伪等步骤，彻底解决查验不便和被篡改使用的问题，为司法鉴定争议调查溯源提供可靠证据。对鉴定人、鉴定机构，乃至负责管理系统的工程技术人员都形成严格互相监督制约机制，从程序上防范各种风险发生。

鉴于电子司法鉴定意见书发挥的服务管理效能和受到社会广泛好评的成功经验，广州市司法局正加速推动公证书和其他法律文书电子化进程，努力扩大权威、可靠、便捷的电子文书覆盖范围。

科技兴警　护航羊城

天为棋盘星作子，北斗光华耀太空。2020年7月31日，北斗三号全球卫星导航系统建成暨开通仪式在北京举行。它必将坚定广大公安民警坚定不移地走科技兴警之路的信心，在创新实践中建功立业的决心。

科技是"国之利器"，也是"强警利器"，是推动公安工作转型升级、跨越式发展的重要力量。科技赋能之下，广州警务倍增"智慧成色"，从打破数据"孤岛"到实现"一网通办"；从广泛对接民生需求，到提升快速破案能力；从防范化解风险能力到社会治理的科学化、智能化、专业化，科技兴警，使广州的经济社会更加平安，广州人民的生活更加美好。

从勘查犯罪现场，仅靠一把软毛刷提取指纹脚印，到如今的专业现场勘查车、足迹扫描仪、超级物证发现仪；从寻找被拐儿童的"人海战术查""翻山越岭找"到通过一份DNA样本即可追根溯源；从驾车奔波一路追逃到无人机航拍将清晰画面即时传到指挥部……广州公安科技从一穷二白到高精尖强的蝴蝶效应，科技给广州警方带来一系列的警务变革，呈现高质量发展的壮丽画卷。

2019年8月，国务委员，公安部党委书记、部长赵克志到广州视察调研，高度评价了广州市公安局利用信息化手段加强和创新社会治理的做法，公安部副部长杜航伟、林锐，广东省委常委、广州市委书记张硕辅，广东省副省长、公安厅厅长李春生等各级领导均先后对广州市公安局智慧新警务工作进行批示并给予充分肯定。

大数据时代是一个充满无限生机的时代，更是科技兴警的一个全新时代。习近平总书记指出，要遵循司法规律，把深化司法体制改革和现代科技应用结合起来，不断完善和发展中国特色社会主义司法制度。

为推进以"四标四实"为核心的基础信息采集工作，广州市公安局共汇聚2.57亿条城市基础数据，采集编列全市"标准地址库"信息1674万条，全面摸清了广州市人口、房屋、单位、设施等城市基础要素，实现了"民生服务更便捷、城市治理更精细、行政管理更高效、治安防控更严密"的预期目标，形成了超大城市基层社会治理的"广州经验"，较好地实现了防控工作从事后被动处置向事前精准预警变革。

在疫情防控期间，广州市公安局充分发挥"公安＋社会数据"在重大公共安全事件中的作用和优势，广泛融合航班、铁路、物流、医院等社会数据，短期内建成在穗疫情风险数据分析系统，对关注人群开展每日动态监测和发布预警，对全市卡口车辆数据进行比对、筛查，并通过社区"三人小组"进行上门核查管控，使预警准确率达到99.5%，基于"四标四实"平台开发的"新型冠状病毒疫情数据统计系统"的准确性、安全性，在有关部门的协调下，该系统接入全市各区、派出所、社区的走访核查统计数据，从宏观上对本地疫情进行了态势研判，为上级领导科学决策提供重要参考。

凡益之道，与之偕行。一度，指挥决策出现各自为战的局面。自"四中心＋N"平台建设以来，一个创新的"互联网＋报警"模式的接处警、信息处理、治安防控、应急处突、勤务管理为一体的"合成作战"方式形成。这一全新的一体化指挥云平台，整合汇聚了人员、车辆、"四标四实"标准地址、气象、视频、信息等50多类数据资源，设置自动查询、关联、匹配等功能，实现指挥中枢和一线民警点对点紧密互动，突发事件时，能达到"反应快、指挥快、到场快、处置快"的目的。

在情报指挥联勤运作核心建设方面，视频指挥调度以800兆无线通信网络为依托，突破传统空间维度，将地下、低空、水域、虚拟网络纳入巡防体系，其"多维度""全天候""无死角"的巡防网络，能够全方位、多层次服务"1、3、5分钟"快速处置圈，营造24小时见警、管事、巡逻的高压态势。

变小平台为大舞台，以小应用撬动大变革，移动应用的"灵魂四肢"与公安数据的"智慧大脑"充分融合，使治安防控从"传统单一"的模式向"合成融合"的方式变革。近年来，广州公安在"情报、指挥、巡逻、视频、卡口、网络"六位一体的社会治安防控体系的基础上，充分应用大数据分析技术，形成一体化的智慧防控网络。在"1＋4"（1个省级示范点，4个市级试点）智感安防区建设中，他们把推进33个智感安防区试点建设作为重点，仅在试点期内，"城中村"警情同比下降14.1%，极大地提升了重点部位的警力布防、现代警务的预防预警预测能力。

大型群众性活动安保工作是公安工作的重点难题，存在着人群高度聚集、不确定意外事件和恐怖活动引发的多种风险。自大型活动安保信息平台建设完成后，它一改长期沿用的人海战术，民警只要坐在电脑前就可以利用无人机管控体系、识别功能等现代科技手段，实现提前预警、精准查控、全域可视。并通过大型活动安保信息平台规范警务流程，使安保工作的预见性、精准性和规范化程度大幅提升。

随着电信网络新型犯罪手法不断翻新，广州市反诈中心应运而生。该中心通过与警情、案件数据无缝对接，开展数据侦查，驱动相关警种协同联动，通过运用"资金流"、"信息流"、信息研判、调查取证等一系列措施实施精准打击，实现了大案收网总揽全局的工作目标。

时代在变，技术在变，为民服务的初心不变。以科技兴警，归根结底是为了服务人民。广州公安将民生服务从窗口排队向"掌上实时"转移。在牢牢把握"放管服"改革主线，全力优化营商环境的同时，不断推出简政放权、优化服务、便民办事新举措。截至2020年12月，共172项市级公安政务服务事项可实现掌上办理，容缺部分最多跑一次。在"政务服务质量"方面，创造了多项综合指标在全市各局委办中排名第一的纪录。

户政部门持续强化大数据思维，紧紧围绕"科技元素再提升、审批效率再提速、网办服务再提质"的要求，谋划了一批便民利民的户政服务新举措，在2021年首个中国人民警察节到来之际，集中向广大市民送上全新的户政服务大礼包。

一直以来，广州公安户政部门不断"减证便民"，实现业务标准化，让办事流程更阳光、透明。同时，挖掘内部潜力，推广告知承诺制，精简了大量证明材料以及证件复印件，有效减轻群众办事负担。2020年以来，为进一步改善群众办事体验感，广州公安户政部门打造推出了户政业务无纸化办理新模式，依托高拍仪、窗口评价器等设备，实现群众办事无须再提交办事材料复印件、现场一次电子签名即可应用到多类业务表单中。目前，新模式已在荔湾区、白云区公安分局综合办证大厅上线应用。

"网上户籍室"是广州公安户政部门推出的"互联网＋户政"的新举

措,这个集咨询、预约、网上办理于一体的"网上户籍室",涵盖了全市95项户政公共服务事项,并实现51个事项网上预受理预审核、20个事项群众办事"零次跑动"。在此基础上,广州公安户政部门再度发力,为户口注销、户口恢复等11类业务25个事项开通网上预受理预审核功能,实现户政网办业务增加至76项,业务可网办率达到80%。同时,广州公安户政部门进一步优化业务流程,新增21项户政业务可通过选择寄递服务的方式实现"零次跑动"。目前,借力寄递服务,全市户政业务"零次跑动"事项已增加至41项,为更多群众提供更便利、快捷的服务。

监管部门依托互联网服务窗口,为律师、家属提供移动端网上服务,从而解决会见难等问题;出入境部门进一步提升优化"智慧小屋""签注易"等智能服务,在全国首次实现证照全流程自助办理,全流程仅需3分钟,让百姓充分享受"放管服"改革的红利。

智慧交通是在智能交通的基础上,融入物联网、云计算、大数据、移动互联等高新IT技术,通过高新技术汇集交通信息,提供实时交通数据下的交通信息服务。广州公安交警部门将大数据思维、科技智能设备与交通管理实际相结合,打造"125"警务机制,提升道路交通安全精准治理效能。而禁毒部门则运用污水监测、毛发检测等新技术,实现对吸戒毒人员有效管控。

掌上法庭　容缺受理

2017年6月26日,中央全面深化改革领导小组第三十六次会议决定设立互联网法院,这是司法主动适应互联网发展大趋势的一项重大制度创新。

互联网法院,以网络平台设备为载体,利用网络进行诉讼、解决网上的矛盾纠纷,是互联网技术在司法实践中的深度运用,是探索互联网司法规则的先行者、试验田。

伴随着中国移动通信技术的飞速发展，广州中院也发生巨大改变：从简陋的办公环境到具备"智审"裁判辅助系统的"法官智慧办公室"；从手书卷宗到智能卷宗系统；从书记员笔录法庭到连接互联网的智慧庭审系统。广州中院全面进入了高科技数字时代。

数字时代开启了一个全新的社会司法治理体系，网络化、数字化和智能化技术突破了天然的物理时空，进而形成了一个既立足于物理时空又超越于物理时空，既包容物理世界又对其进行数字化重建的全新社会。它改革了人们原有的生产规律、生活节奏，甚至改变了原有的社会组织形态、社会治理体系、法律制度规范等。有专家坦言，在人民呼唤数字时代智能化时，必将面临数字时代发展逻辑带来的挑战和重塑，亟须法学理论的积极回应和探索重构。法律与人工智能结合的研究，是加快建设人民法院信息化，推进审判体系和审判能力现代化，应对新形势下面临的任务和挑战，是时代所需，是国情所唤，是人民所拥，是政策所导。

何为智慧法院？智慧法院是人民法院依托现代人工智能，围绕司法为民、公正司法，坚持司法规律、体制改革与技术变革相融合，以高度信息化方式支持司法审判、诉讼服务和司法管理，实现业务网上办理、流程依法公开、全方位智能服务的组织、建设、运行和管理形态。智慧法院并非传统诉讼制度、诉讼规则与电子通信技术的简单相加，而是通过审判组织优化、审判职能转变以及审判方式的改革来适应技术的运用，对法院进行再造和转型，建立适应信息社会需要的智慧法院和阳光法院，更好地完成国家治理功能。

广州中院坚持以问题为导向、以需求为导向，大力推进法院信息化建设，初步建成了满足当事人需求、法官需求及司法决策需求的具有广州特色的"智慧法院"体系，推进了审判体系和审判能力的现代化。

早在2017年4月，广州中院在一份《推进智慧法院建设的情况报告》中提到，目前广州中院在司法工作中面临着三对主要矛盾。一是日益增长的群众需求和有限的司法资源之间的矛盾。2016年，全市法院受理案件数达370346件，2017年突破40万件。但在2006年到2017年这10年间，全市法院法官从1362名降至1350名。第二个矛盾是日益繁重的办案任务和司法效能相对滞后之间的矛盾。1999年全市法院法官人均结案93件，2016年法官人均结案275件。第三个矛盾是日益复杂的司法外部环境和提高司法公信力之间的矛盾。随着自媒体、新媒体的迅猛发展，司法工作受社会关注的程度越来越高，对法院的司法能力提出了更高的要求。

这三大矛盾仅仅在广州中院存在吗？不，应该说，它是全国法院系统的矛盾。意识到这一矛盾存在的最高人民法院院长周强提出，司法改革和信息化建设是人民司法事业发展的车之两轮、鸟之两翼。在他主持的人民法院信息化建设工作领导小组第一次全体会议上，提出建设立足于时代发展前沿的智慧法院。自此，"智慧法院"这个字眼出现在各大媒体的报道之中，走进大众视野。周强强调："加快法院信息化建设，把科技与审判执行工作深度融合，让科技服务审判工作，服务人民群众，真正实现审判体系和审判能力的现代化。"

基于上述三大矛盾的制约，在司法资源短期内不可能大幅增加的情况下，广州法院积极响应最高院关于进一步推进智慧法院建设的系列文件精神，向科技要生产力，通过提高互联网＋云计算＋大数据＋人工智能等技术应用的深度广度，推动信息化工作与审判执行工作深度融合。实现广州法院审判体系和审判能力现代化是时代使命，是人民群众新时代的司法需求。

一方面，新一轮科技革命正成蓬勃之势，不能与时俱进的司法理念和司法方式、司法理论和司法实践必将被时代、被人民所抛弃。另一方面，智慧法院建设是民心所向。从前，群众有纠纷要到法院诉讼，从立案到开庭，再到宣判、执行，数不清要跑多少趟法院。而智慧法院的建成实现了网上立案、电子送达、在线庭审、线上调解、语音识别、数据统计、扫码缴费、互联网庭审和授权见证、电子律师调查令办理以及一系列区块链技术应用，让人民群众足不出户即可掌上办理各种诉讼业务，真正实现"数据多跑路，让群众少跑腿"。

按最高院、广东高院指导意见，在广州市委、市政府的大力支持下，2017年4月26日，广州市白云区人民法院诉讼服务中心率先设立了导诉机器人，开启了人民群众接触法院办理诉讼案件的行程之旅——当外形可爱、声音甜美的机器人导诉员"小宝"正装上岗时，前来目睹这一崭新法官形象的人们赞不绝口，不负众望的"小宝"在不到10分钟的时间内就回答了98人提出的各式各样的问题，并将文字同步显示在胸前的液晶屏上。

被广法人称为"小宝"的"云法讼宝"，是白云区法院参与开发的一款具有语音对话功能的导诉机器人，它具备人脸、语音识别功能，可提供法律咨询、法规查询、诉状模板、办案流程等5000多个法律程序，可回答2万多个实际问题，储存指导案例40000个，其参考答案可供提问、查询。

针对当事人、律师、法官的不同需求，广州法院还先后开发出审务通、律师通、法官通三款手机APP，与12368诉讼服务平台一起简称"三通一平"。这一系统的建立，可实现24小时网上立案、提交申请、手机送达、查询案件进度、查阅文档、联络法官等39项诉讼服务。

"被执行人难找、被执行财产难寻、被执行人难惩罚"是长期困扰法院的老大难问题，自智慧法院建成后，实现法院跨区域网络执行联动，与银行机构、公安、工商、国土等部门网络对接，让网络查找被执行人名下存款、房产、车辆等变得触手可及。对此，广州中院曾经分管法院信息化建设的吴筱萍副院长说：在传统司法实践中，各部门信息共享的力度有限，被执行人拒不执行人民法院生效裁决很难启用强制措施，原因是财产查控难，而建成智慧法院以后，执行法官足不出户，就能够一键查控被执行人所有银行账户、车辆、工商、社保、征信等14类信息，这就是2016年6月我院上线的"天平"执行联动查控网络系统。该系统启用以来，那些有钱不还的"老赖"成为"过街老鼠"，无处藏身。

广州中院目前分管法院信息化建设的副院长吴翔对此也深有感触:"执行难"问题是长期困扰法院的"难点",也是长期受人民群众关注、控诉、抱怨的"矛盾点"。随着智慧法院的建设,执行难现象必然得到有效遏制。由此可以预见,建设智慧法院是破解法院难题的大智慧,诸如"案多人少""审判效率较低""审判时间过长""群众法律常识欠缺、法治观念淡薄"等严重制约司法进步、法院发展的突出问题,都将在智慧法院的建设进程中烟消云散成为历史。

广州互联网法院院长张春和,早些年也曾经担任过广州中院分管法院信息化建设的副院长,他认为网络的最大优势就是跨空间、地域的阻隔,就广州中院的减刑假释协同办案平台而言,其辖区内有5所监狱,特点是多且散。借助该平台,监狱可网上提请罪犯减刑假释,流转给检察机关网上审查,法院直接提取信息批量立案,通过远程视频庭审系统,法官、检察官、监狱干警、罪犯可分别在法院、检察院、监狱参加远程视频庭审活动,这使该类案件法官人均结案同比上升135%。

除了硬件的提升,在软件方面,深化司法大数据应用、提高辅助裁判能力,是广州智慧法院建设的另一核心目标。也就是说,通过类案识别技术,智审辅助裁判系统向法官主动推送类似案例,既有利于规范法官裁量权的行使,实现同案同判、规范量刑,又能提升类案审判效率,让法官把更多的精力放在疑难、复杂案件上。智审系统功能强大,法院可根据大数据严把案件质效关。

随着司法责任制的落地,现在法院院长、庭长的审批权已经大大缩减。但是作为管理者,对整体案件情况和法官的办案情况,还是必须准确掌握。如何掌握这些案件情况?如何评判法官的办案质效?是仍然采用过去的传统方法,还是建立一套与之相适应的系统?对此,广州中院科信处处长黄健说,早在2018年初,我们老处长就考虑到这一问题,并正式建成了广州法院大数据管理分析平台,该平台依托大数据可视化系统,提高决策科学性。从此，法院的司法统计工作实现了从手工逐案统计向系统自动生成的跨越，统计人员可自主选取分析项目，生成个性化报表，辅助领导决策，大数据也为法官绩效评价提供了依据。法院可实现对弱项办案指标予以监控、示警，对指标不理想案件及时进行反查。

2019年3月1日下午，广州互联网法院法官胡剑敏对一起网络传播权纠纷案公开审理并当庭达成调解协议：被告同意支付原告赔偿款1000元。20名全国人大代表现场旁听。法庭内，法官端坐审判台前，紧紧地凝视着对面清晰的大屏幕。屏幕里，当事人在法官引导下有序答辩、举证、质证……

目前，广州两级法院已经全面普及互联网庭审，全市13家法院，共有120个法庭满足互联网开庭需求。在此基础上，广州中院又进一步扩展互联网司法应用，为支持粤港澳大湾区建设，方便港澳当事人参与诉讼，依托5G＋区块链技术建立涉港澳案件授权见证通，港澳当事人委托内地诉讼代理人，实现全流程在线办理，授权耗时仅需半小时，提速万倍。

尝到一"盘"（键盘）一"鼠"（鼠标），利用互联网、手机、微信、微博等载体就能做好司法信息服务，就能确保实时动态人民知晓、公开透明、人民信任甜头的广法人，深感"大数据、大格局、大服务"背景下，建设大数据分析平台，研发自服务智能终端，提升"互联网＋"时代的司法公信力和群众满意度是时代的迫切要求。于是在2019年4月2日，广州中院与广州联通联合签署了《广州5G智慧法院建设战略合作协议》，并为双方的第一个合作项目"广州5G智慧法院联合实验室"揭牌，此次合作标志着全国首个5G智慧法院正式启用。

5G作为面向产业互联网和智慧城市服务的新一代移动通信技术，具备"大带宽、低时延、大连接"特性，将对3D、超高清视频、AR、智能楼宇、自动驾驶、人工智能、大数据分析等行业产生根本性变革，是科技战略的未来制高点。2019年是5G试商用元年，作为工信部批复的5G试点城市，广州已处于全国城市5G发展中的领跑阵营。

领跑全国的不仅有广州的5G发展,更有广州中院的各类智慧业务。从技术层面上看,双方的战略合作涵盖了目前5G技术的核心应用,明确将共建广州5G智慧法院联合实验室、5G智慧法院未来诉讼服务中心、5G智慧法庭、5G智慧执行、5G＋VR超清直播等8个合作项目,推动5G技术与法院诉讼服务、智慧庭审、智慧快审、智慧审判、智慧执行、智慧安防等的深度融合。

在实验室建设上,双方都投入了高规格人才予以保障。延续广州智慧法院建设的"法官＋技术人员"模式,除了技术攻关小组,8名一线法官将成为实验室成员,发挥他们熟悉审判业务、与当事人直接打交道、掌握第一手情况的优势,为5G技术与法院业务的深度融合出谋划策,确保建设方向符合群众需求、审判需求。

广州5G智慧法院是在原有智慧法院建设成果的基础上引入5G技术的,利用5G技术"大带宽、低时延、大连接"特点,结合人脸识别、大数据、人工智能等技术,推动智慧法院建设成果在落地应用上实现了质的飞跃,特别是构建线上、线下深度融合的诉讼服务新模式,较好地实现了远程庭审无延时、法官外出执行任务可实现实时远程指挥、远程办公办案、VR智能安保等,用技术变革法院工作,从而提升诉讼服务、司法裁判、内部管理质效。

2019年9月10日,最高人民法院副院长张述元在广州举行的全国法院第六次网络安全和信息化工作会议上,对广州中院敏锐捕捉5G将带来的技术和社会变革,积极探寻5G技术为法院业务提质增效的可行路径,确定将5G智慧法院建设作为推进下一代智慧法院建设的方向做了高度的评价。

以执行信息化、电子卷宗、电子诉讼等为重点的广州中院,在智慧法院建设上始终走在全国法院信息化建设的前列,在获评全国法院信息化工作先进集体的同时,作为全国唯一中级人民法院代表在全国智慧法院建设推进会上介绍经验,广州智慧法院入选广州2017年最具改革创新代表性的十大项目。

作为广州智慧法院的重要内容,广州中院建成24小时全天候网上诉讼服务平台,上线"广州微法院"小程序,当事人可刷脸查询开庭信息、在线阅卷、证据交换、远程开庭。

身处浙江宁波的当事人胡先生就通过"广州微法院"小程序,免去了诉讼奔波之苦。2018年初,因一单50万元货品在验收时规格出现问题,买方公司拒付货款。胡先生在律师的建议下登录"广州微法院",刷脸认证、填写诉讼材料、网上提交证据,不到半小时就成功立案。几天后再次登录查询时,案件已确定了合议庭成员和开庭时间。

据了解,广州法院网上立案平台自2014年12月开通,历经三次升级,现在仅需当事人或代理人的手机号动态码验证即可登录立案,在网上立案的材料上传环节再扫描身份信息,由系统自动识别,无须重复录入,极大简化立案手续。

2018年以来,广州中院进一步简化网上立案程序,推行网上立案容缺受理机制。网上立案申请人只需提交起诉状(申请书)、当事人主体材料、诉请主要依据、管辖依据即可完成网上立案程序,其余材料在规定期限内补充完整即可,极大减少当事人诉累。

对于重要的诉讼参与人——律师,广州中院开发了律师通手机APP,可一键办理提交材料、扫码出入法院、在线申请调查令等事项。为提高诉讼服务平台操作的便利性和律师群体使用的积极性,广州中院在试点律师事务所进行用户体验,根据律师反馈的意见进行改进,如区块链律师调查令。此外,广州中院还打通网上立案系统与微信立案系统数据连接,为法官审查、当事人立案和大数据管理提供便利。

高墙内外　阳光执法

刑罚执行，是实现刑事司法正义的最后环节，也是容易滋生司法腐败的领域。监狱，是国家刑罚执行机关，人们习惯把监狱与高墙、电网联系在一起，森严而神秘。怎样才能让刑罚执行权在阳光下运行，让司法公正的阳光照进高墙？

2018年11月，司法部印发《关于加快推进"智慧监狱"建设的实施意见》，同年12月发布了《SF/T 0028-2018智慧监狱技术规范》，为全系统实施"智慧监狱"建设制定了可行的操作手册。由此可见，无论是完善司法管理体系方面，还是政府方面，都需要监狱、戒毒场所智慧化。

2019年6月25日至30日，司法部"智慧监狱示范单位"审核验收组专程对广东省英德监狱、惠州监狱、从化监狱、明康监狱、深圳监狱、广州花都监狱开展全国第二批"智慧监狱示范单位"审核验收，广州花都监狱成为广东首批"智慧监狱示范单位"。

审核验收组严格按照《司法部"智慧监狱示范单位"审核验收评分标准》，通过集中研讨、现场测试、功能演示等方式，分别对指挥中心、AB门、围墙周界、生产车间、监舍和武警作战勤务值班室等功能区域建设情况进行了全方位查验。认为广州花都监狱在"智慧监狱"建设过程中于突出科技意识、重视人才培养、注重实用性等方面为全国智慧监狱建设提供了可复制、借鉴的成功经验。对广州市司法局在推进"智慧监狱"建设工作中，增强信息化管理、维护监管安全、促进教育改造、提高执法公信力等方面给予了高度肯定。

获得司法部高度好评的还有全国"智慧戒毒"示范所的广州市岑村强制隔离戒毒所。

"智慧戒毒"是一个建立在公安、检察院和法院等政法机关对接基础上，满足安防管理、监管改造、警务管理、指挥调度需要的高度集成的戒毒管理平台。在现有信息化基础上,打破原有格局,实现深度的数据融合、流程融合、模型融合,突出强化信息技术在安全防范中的支撑保障作用。其中EHIGH恒高监狱定位系统通过目标跟踪、区域管控、电子巡查、罪犯管理、联组互监、生命体征、电子点名、视频联动、异常行为监测等功能,构筑人防、物防、技防、联防一体运行格局,实现戒毒所从信息化向智慧化的跨越发展。

近年来,广州市岑村强制隔离戒毒所在司法部、广东省戒毒局的指导下,扎实推进智慧安防、智慧管理、智慧戒治、智慧服务建设,逐步形成了流程化运行、智能化操作、一体化集成、移动化应用的"智慧戒毒"体系,创造性地运用智能心理云平台、虚拟现实(VR)心理矫治系统开展与高校专家合作,开发了以体质测评数据为基础、运动处方为核心的戒毒人员运动与健康管理系统,获得了国家版权局颁发的软件著作权。调研课题《"健康中国"背景下我国强制隔离戒毒人员体质健康管理体系研究》获中宣部主导的国家社会科学基金项目立项,《戒毒人员体质健康评定标准与体能康复训练》等课题通过司法部戒毒管理局审查和评审。

此外,岑村强制隔离戒毒所还建立了集医疗、教育、科研、预防、保健、康复于一体的共建医联体,实现场所与权威医院人才共享、技术支持、服务衔接的医联体模式,提高了重大传染病的诊疗、研判、救治能力。

| 第五章 |

羊城护法人之歌

一　铁血警魂

党的十八大以来，以习近平同志为核心的党中央对公安队伍建设十分关心。在2019年5月8日召开的全国公安工作会议上，习总书记强调坚持政治建警、改革强警、科技兴警、从严治警，履行好党和人民赋予的新时代职责使命。并指出和平时期，公安队伍是牺牲最多、奉献最大的一支队伍。对这支特殊的队伍，要给予特殊的关爱，政治上关心、工作上支持、待遇上保障，全面落实从优待警措施。要完善人民警察荣誉制度，加大先进典型培育和宣传力度，增强公安民警的职业荣誉感、自豪感、归属感。

哀乐低回　风范永存

2020年10月31日，共和国一个极为普通的清晨，随着广州社会各界人民群众、市公安局非一线执勤民警陆续从四面八方赶来，这个普通的早晨变得格外沉重、庄严、悲怆。

哀乐低回，云天低垂。晨风中，李世全，着一身崭新的警服，静静地躺在鲜花翠柏丛中，胸前覆盖着鲜红的中国共产党党旗。

他，面容平和，眉宇间仍透露出顽强、坚毅、执着。

他，双目紧闭，似在安详酣睡，因他太累，太累……

他走了，匆匆地；他要去慰问那些为建设平安广州、法治广州而英勇牺牲的公安民警。

他走了，匆匆地；他属于大地，属于人民。

他走了，匆匆地；他把平安广州、和谐广州，留给了广州人民。

他，留下的何止这些，更有广大民警的心碎、伤痛。10月24日，广州市公安局政治部主任李世全不顾身体极度疲累，前往"白云山重阳节登高活动"安保现场，从山麓徒步上山，到沿路逐点逐岗检查工作，从现场指挥、检查、督导到看望慰问执勤民警，拼尽全力的他倒在了安保活动现场，经抢救无效，于次日去世，终年52岁。送别仪式上，600名民警整齐列队向李世全同志鞠躬，他们仍不愿相信，这样一位好领导、好兄长、好战友、好同事，竟与世长辞。

在众多哀悼者中，有这样一位不远数百公里奔波、带着全村村民嘱托而来的老人，面对李世全的遗体泣不成声："3年了，每次都是你来看我们，这次换我来看你，怎么就是最后一面了呢。"这位名叫孔祥标的老人，是梅州大埔县梓里村的村支书。梓里村是广州市公安局对口帮扶的贫困村。3年来，李世全作为市公安局脱贫攻坚工作领导小组副组长，先后20多次，往返近千公里去当地看望村民、指导当地扶贫工作。

与梓里村村支书孔祥标同来的村办小学校长范伟增含着眼泪说："李主任虽然远在广州，但比我这个校长想得都细。"2017年，李世全到学校走访，看到饭堂条件差、学生们的午饭冰凉。回到广州后，他立即牵头相关部门为学校翻修饭堂、新建午休室，如今孩子们不仅吃上了卫生、暖心的午饭，还能好好睡上个午觉。

广州市公安局指挥中心民警金劲没有忘记：近年来广州市公安局所有重大工作，李世全一件都没落下。特别是疫情防控期间，他身先士卒，冲在抗疫第一线，他布置一项又一项任务，巡视一个又一个防疫点，先后30多次到防疫一线参加疫情防控和检查慰问，既当指挥员，又是战斗员。从9月25日到10月25日牺牲的那天，他常常是白天在外检查督导，晚上回办公室继续处理公务，几乎每天吃住在单位，办公室里存放的两箱方便面已吃了一大半。李世全说："吃完这些泡面，就忙完这项工作了。不过工作还要一直干，泡面还要一直备着。"

广州市公安局花都区分局民警陈煌没有忘记：那是2001年初，治安支队开始牵头负责广交会安保工作，并由时任秘书科副科长的李世全着手组织落实。李世全充分发挥其调研能力和创新思维，迅速组建起广交会保卫办，提出"以面保点"的安保新思路，首创了广州公安"以社会面稳定确保重点场所安全"的安保理念，最终，建立起从无到有的广交会安保模式。2003年，李世全又将这套思路运用到春运安保中，实现了春运安保模式的升级，守护了千万人的回乡之路。2008年，李世全履新指挥中心指挥处副处长，当时的指挥处就是110接处警中心，主要工作是接警通传。李世全以问题为导向，探索求新，将其安保工作经验植入指挥中心指挥体系和社会治安防控体系之中，由他牵头开创的扁平化、可视化、信息化勤务指挥体系与"六位一体"（指挥、情报、卡口、视频、网络、巡逻）社会治安防控体系，已成为广州公安最耀眼的名片之一。

2015年，李世全又积极推动成立反电信诈骗中心，首创了全国反诈新模式。在长达8年的时间里，李世全牵头推进的广州公安指挥系统，使职能单一的110接处警中心一跃变成集指挥接处警、参谋决策、应急处突功能为一体的大指挥中心，真正发挥了"大脑中枢"作用。

2017年，李世全调任广州市公安局政治部主任，他以业务干部的视角审视创新队伍建设，从顶层设计到落地执行全链条提升，开创了公安政治工作新局面。他立足创新和改革，为警队解决实际问题，让改革红利惠及各级民警，有效地促进了公安队伍建设、鼓舞了民警的士气。

广州市公安局从化区分局民警郭雪梅没有忘记：李世全总是眉眼和善，走路步速很快，说话不紧不慢、语气平和。他能记住和他共事过的每一个同事的名字，甚至他们家里的情况也能说出一二。在他就任市公安局政治部主任期间，从来没有托分局或是下属办过一件私事。

他关心民警的个人成长进步，热心帮助有困难的民警解决难题。一位民警在母亲突然病倒的危难之际，拨通了李世全的电话。李世全连夜联系医院和专家，终于将其母亲从死亡线上拽了回来。平日里，李世全守得住清贫，耐得住寂寞，一辈子想着对别人好，却总是不记得善待自己。

李世全曾在从化区公安分局挂职副局长，2018年从化区公安分局女警陈洁因公牺牲，民警们在台上讲述陈洁生前的点点滴滴时，李世全在台下与民警们一同落泪。当年，同事们写了悼词，其中有句"来世复相见，与你再同袍"送别陈洁，不曾料到，时隔两年，还会用到李世全主任身上。

就在李世全离世的第二天，他82岁的老父亲难忍悲痛，与世长辞。"自古重阳长久，岂料世事难全。"

生命履职　永久造型

2017年5月19日，习近平总书记在会见全国公安系统英雄模范立功集体表彰大会代表时说："这些年来，每当看到公安民警舍生忘死、感人肺腑的事迹，我都深受感动；每当听到公安民警在血与火、生与死的考验面前赴汤蹈火、流血牺牲的消息，我都深感心痛。"

和平年代，公安队伍是一支牺牲最多、奉献最多的队伍，几乎是时时在流血、天天有牺牲。仅2017年就有361名民警为党和人民的事业捐躯，6234人因公负伤或致残。他们的英勇事迹感人至深、催人泪下。

1995年12月18日，一辆载有21名乘客的中巴车从广东中山开往广州。15时许，车辆途经番禺灵山镇，就在还有不到一个小时就将抵达终点时，车上突然出现3名歹徒，持刀抢劫乘客财物后逃窜。接群众报案，番禺公安灵山派出所副所长何焯华、副指导员甄焯均立即带领民警杜庭斌等赶赴现场。被抢的乘客说："歹徒持着刀、枪,朝平稳村方向逃窜。"杜庭斌、曾强即驾摩托车率先入村追捕,其他民警也兵分几路进行包抄。

在一条田埂上,杜庭斌、曾强发现正在逃窜的劫匪黄琪、韦勇、莫振添。在双方相距约50米处,杜庭斌鸣枪警告,喝令歹徒不准动,但歹徒继续逃窜。杜庭斌等追了约100米,离3名歹徒越来越近了,杜庭斌再次鸣枪警告。歹徒莫振添、韦勇狗急跳墙,用双管火药枪向杜庭斌、曾强二人射击。

杜庭斌不顾个人安危扑向莫振添,曾强扑向韦勇,经过一番激烈搏斗,歹徒被制服。正在杜庭斌、曾强给嫌疑人戴手铐时,持刀逃跑的歹徒黄琪眼见同伙被擒,凶相毕露,挥舞着锋利的菜刀冲了回来,疯狂地向杜庭斌、曾强两人乱砍。

曾强的头部、背部被黄琪连砍4刀,身负重伤,与韦勇一起滚落田沟,但曾强仍一手抓住韦勇持枪的右手,一手抓住他的腰。杜庭斌的头部、身上被砍27刀,仅枕部就被砍了13刀,最大创口长达13厘米,枕骨开放性粉碎性骨折,脑组织外溢,左耳廓连皮带肉几乎被砍脱,左手腕几乎被砍断。他强忍剧痛仍顽强地与莫振添搏斗。莫振添拼命挣脱,企图从田里逃跑,杜庭斌拖着沉重的身躯追了几步,竭尽全力将最后一颗子弹射向莫振添,将其当场击毙。当民警和周边群众赶来抢救时,杜庭斌倒在血泊中,献出了年轻的生命。杜庭斌牺牲后,被公安部追授为"全国公安系统一级英雄模范",被广东省人民政府追认为革命烈士,被中共广州市委追授为优秀共产党员。

1970年出生于番禺灵山镇高沙村的杜庭斌,从小学到中学,一直是老师称赞的好学生。他曾任班长、团支部委员。立志将自己献给公安事业后,每逢危难关头杜庭斌总是奋勇当先、无所畏惧。

1994年10月至1995年6月,番禺灵山、横沥、潭州一带海面连续发生多起抢劫船艇案件。杜庭斌与战友们精心侦查,发现嫌疑人藏在蕉门水闸附近一艘船上。1995年6月29日深夜,杜庭斌与番禺公安刑警大队前往围捕。该匪跳水逃命，杜庭斌第一个跳入水中追捕。水下情况复杂，危险性很大，但杜庭斌不顾个人安危，单枪匹马在水中追了100多米后同劫匪展开了激烈的搏斗。该匪用拳头猛击杜庭斌的头部，杜庭斌正气凛然，毫不退让，最后在战友们的协助下，将这名穷凶极恶的海盗头子抓获，并从中破获海上抢劫案13宗，追回赃款赃物价值8万多元。

1995年6月，灵山镇志兴服装厂一名职工被两名歹徒勒索，歹徒声称如不交出1万元，就将该职工劫走。杜庭斌接到报案后，即与其他民警和治安队员赶赴现场。当事主向嫌疑人交款时，杜庭斌第一个冲上去，将一名歹徒按倒在地。另一名歹徒见势不妙，从腰间拔出一把水果刀向其头部挥去，杜庭斌被砍伤左眼角、肩膀，鲜血直流，但他奋不顾身，与其他民警合力将两名歹徒制服。

1995年7月，一名事主因欠赌债被一伙赌徒绑架。杜庭斌等民警赶到现场时，赌徒已将当事人劫持上车。杜庭斌迅速跳上车，抓住一名赌徒。其他赌徒见状，用钢珠枪向他射击，接着又用刀砍其头部。杜庭斌的鲜血染红了衣服，但毫不畏缩。当赌徒强行开车逃跑时，他又机智地开枪击穿其汽车轮胎，最终将凶犯缉拿归案。

1995年8月6日，灵山镇3名歹徒拦路抢劫并开枪打伤一名治安队员，杜庭斌参加围捕工作。8月8日，发现3名持枪歹徒藏匿在庙青村的一个猪舍内，杜庭斌第一个猛扑上前，将其中一名歹徒摔倒在地。民警们齐心协力没开一枪，就将3名持枪歹徒抓获。经查，这些歹徒是不久前在内蒙古自治区抢劫银行、杀人后被通缉的要犯。为此，杜庭斌荣立个人三等功一次。

1995年10月25日，灵山镇某小学一名学生被绑架，绑匪勒索其家人8.5万元，多次转移交款地点，还声称收款后24小时才释放人质。民警们考虑到儿童的安全，吩咐事主先交钱，然后跟踪绑匪到其藏匿人质的地方，解救小孩。接着，他们连续伏击了十多个小时，直至第二天凌晨2时，杜庭斌见绑匪露头，又是第一个冲上前把绑匪抱住。绑匪自恃身高体壮挣脱逃跑，杜庭斌与战友们奋力追了几百米，在战友的协助下将其制服。

……

天地英雄气，千秋尚凛然。诸如此类，杜庭斌有着太多的经历，也有着太多太多的英雄故事。岁月静好，那是英雄的人民警察在替你负重前行。山河无恙，那是人民警察在为你流血牺牲。"鲜花哪里去了／被姑娘们采去了／姑娘们哪里去了／给小伙子献花去了／小伙子们哪里去了／小伙子上战场去了／战场哪里去了／战场被坟墓取代了／坟墓哪里去了／坟墓被鲜花覆盖了。"英雄，无论是生，是死，无论是战争年代还是和平时期，在人们心里，他们都是永生的精灵，时代的先锋。

守护生命　捍卫信仰

在广州公安防排爆队伍中，有这样一位58岁的民警，其从事的防排爆职业与他37年的党龄相伴。37年来，他一边面对鲜艳的党旗，一边面对一触即发、险象环生的爆炸装置。在一次又一次的重大险情中与死神擦肩而过，又在一次又一次的生死抉择之间，用生命谱写人民警察对党和人民的无限忠诚。他就是全国优秀人民警察、广东省五一劳动奖章获得者，广州市公安局治安管理支队三大队排爆民警彭金祥。

2005年5月12日，广州海珠区侨港路某民房内发现一爆炸装置。经现场勘查分析，这是一个带有反倾斜设计装置，拥有多重引信、多个开关的炸弹。由于这种爆炸装置第一次在广州出现，危险系数极高。彭金祥穿着重达40公斤的防弹衣蹲在地上查看，发现爆炸装置上的炸药、定时器、电池等引爆装置呈双线分布，近20根颜色相同的电线需要按规律逐一剪断，一个误剪，甚至是一个颤抖就有可能触动炸弹的反倾斜装置而引起爆炸。

经过仔细检查，彭金祥发现左侧3根较细的电线是炸弹爆炸的关键，于是果断拿出铁钳迅速剪断定时器和电池相连的两根电线,就在准备剪断第三根线时,爆炸装置的红灯亮起!与炸弹打交道多年的彭金祥左手按住电线的一端接头,右手以迅雷不及掩耳之势将电线剪断,本能地向外跃起扑倒在地。所有在场的人都以为随之而来必然是一声巨响,然而四周却是一片沉静。1秒、2秒、3秒……10秒过去了,炸弹哑然失声,彭金祥又一次成功了。见此,在安全区疏散人民群众的同事一拥而上,把一脸喜悦的彭金祥抱起。

对于排爆民警来说,每一次拆弹排爆都是"命悬一线",无人敢保证一定成功,有人问彭金祥:"你拆弹的时候怕吗?"他说:"害怕,因为我深知爆炸物的威力,但如果仅仅是因为害怕而退却,那就不是人民警察。"

那是一个除夕之夜,好不容易与家人团聚的彭金祥正准备吃年夜饭,突然接到立即赶往某大学宿舍处理警情的命令。当他赶往学校时,身捆炸药包勒索大学生的歹徒已被刑警制服,并取下了炸药包。彭金祥拿起炸药包,发现导火索线、开关、定时器裸露在外,便拿到远离人群的地方拆解。对此,有人劝彭金祥:"今天是大年三十,不如先将炸药包运回仓库,陪家人吃完年夜饭,过了年再拆。"

"过了年再拆",彭金祥何尝没有想过,但一想到炸药包随时都有爆炸的可能,便顾不上家人的等待,更顾不上陪家人品味年夜饭。经过1个多小时的努力,炸药包内1200多克炸药和定时器被取出。当听到外围群众雷鸣般的掌声时,他这才感觉到自己又一次活着。

"对于这份工作,我父亲、妻子都劝我不要干了。我理解他们的心情,我知道,我欠他们的太多。"彭金祥说。

2019年10月24日,瘫痪卧床6年的父亲去世,而他正在广交会场馆排爆备勤。作为家里最小的儿子,彭金祥一直是父亲的心头肉。父亲过世那天,直到最后一刻老人嘴里还喊着念着他的名字,担心他的安全。可彭金祥连最后一面也未来能与父亲相见。

于彭金祥来说，亏欠的何止是父亲，更有他的爱人。那是一个月色溶溶的夜晚，妻子突然从床上坐了起来，大声喊道："金祥，金祥，你没事吧，你没事吧？"

听到爱人的呼喊，彭金祥也坐了起来，他知道这是爱人又在做噩梦，自从担任这排爆员的工作后，爱人常常在梦中看到他……早先遇到这种情形时，彭金祥总是以"现代排爆设备如何先进，自己的排爆水平如何如何高超"这类的语言劝慰，可久而久之，这些劝慰在爆炸的巨大响声面前总是那样苍白、无力。

那是一个冬日的清晨，彭金祥像往常一样穿着整洁的警服走出家门，不知不觉中回眸一看，爱人正端端正正地站在窗前，目送自己远行，神情是那样的无助，目光是那样的呆滞。在她心里，彭金祥的每一次排爆就意味着一分风险，就好像一颗离她越来越远的星辰，眼看它逐渐变小、变暗、变冷，最终在一个无法触及的距离里消失。

目送，是爱人多年来养成的习惯，也是对自己深深的爱恋。于爱人来说，每一次的目送总是深深的隐痛。雁去雁回，刻画在她心里的无一不是望穿秋水的眼神，无一不是祝君平安的执念。

生命不需要解释，亲情更需要珍惜。世上最温馨的三个字不是"我爱你"，而是"我等你"。

等你，胜过万语千言。陪伴才是最长情的告白。只愿守着一份温馨的相知，温婉无语。

等你，能到垂暮之年，用执子之手与相爱的人相牵，那便是人生最柔、最美的依恋，那才是安然的释怀、时光的彼岸。

生命的上空，心与心的距离到底有多远？世俗阡陌，好想倚着你的肩；听风赏月，好想陪着你看花开花谢，一任情愫缱绻，冷暖人生，痴痴缠绵，哪怕是涩涩的镜花，哪怕是昨日的嫣红，都随着娇柔的期许，在暮色流光的照影里，我等你，等到属于平安广州的黎明。

彭金祥知道，这是爱人年复一年、日复一日的习惯。在她心里，每一声响，哪怕是轮胎爆胎的声音，也会给她带来一阵悲伤、一阵怅惘。因为她知道，上天给人的生命只有一次。

女人的肩膀要窄一些，这可以用她们穿着的服装做证。作为公安民警的妻子，有着比常人更多的凄苦。父亲6年瘫痪在床，是妻子照顾着老人家的饮食。儿子因病住院，彭金祥都没有守候在病床，而是将全部的精力献给了平安广州的伟业。近年来，他亲手拆除各类爆炸装置70余个（枚），参与收缴废旧炮弹10000多发，各类信号弹、燃烧弹3000多发，共约50吨，亲手鉴别并向军队移交各类毒气弹90多枚，查处并销毁烟花爆竹300多吨，无一失手。

蛛丝马迹　锐眼寻踪

2020年12月21日，第四期全国"公安楷模"评选发布活动在北京举行。旨在弘扬公安英模精神，激励广大公安民警不忘初心、拼搏奉献的"公安楷模"评选活动，共评出8名个人、2个集体。来自广州市公安局的戴维列在当选"公安楷模"的同时，被授予"全国公安系统二级英雄模范"称号。

1988年7月参加公安工作的戴维列，现任广州市公安局刑事技术所所长、警务技术一级主任、主任法医师。他是全国知名的刑事技术专家，先后被公安部聘为第一、第二届全国刑事技术特长专家（毒物分析），投身刑事技术工作32年，一直奋战在刑事科研及现场勘查第一线，成绩卓著，为公安刑侦工作做出了特殊贡献。

近年来，他直接参与2000多宗重大刑事案件的过万件物证及毒物检验工作，且每一件检验结果都是零失误、零差错；参加并指挥上百宗重特大案件现场勘验，带领全市专业化现场勘查率从2016年初的15.3%提升到2019年的100%；带领刑事技术所获得市级以上科技进步奖31项，获得专利26项，入选全国首批DNA打拐实验室……

广州水域广阔，水中腐败尸体的死因鉴定一度成为广州乃至于全世界法医面临的难题。在无数次的实践检验中，戴维列发现硅藻的富集方法、消解提取、定性定量的研判可以直接证明腐败尸体是生前落水还是死后落水。这项研究成果填补了国内在硅藻研究领域的空白，先后协助全国22个省（自治区、直辖市）检案400余宗，解决了一批具有较强社会影响的案件。2017年，他的《法医硅藻检验关键技术及设备研发》项目荣获国家科技进步二等奖；2019年12月，以总分第一名的成绩荣获全国公安机关首届刑事技术"双十计划"攻关创新大赛金奖。公安部刑事侦查局为此专门举办了5期全国硅藻检验高级培训班，并在全国公安机关推广硅藻检验的新技术。

刑侦技术侦查，不仅有着时间、空间、地域的不确定性，更有着案情的特殊性、复杂性，还要最大限度地避免对当事人的伤害。这就需要法医每一次出现场，必须秉持"一丝不苟，精益求精"的工作理念。

那是一起在饭店喝酒次日中毒身亡的案件。经刑技所检验，饭店的酒和遗体内均有甲醇成分。这就需要判断甲醇是来源于制酒过程中的工业酒精，还是人为添加。前者涉及范围广、影响人群大，后者则是个案。

为了寻找确切证据，戴维列带领团队经过仔细分析检查，发现遗体内的甲醇含量很高，按常规推理和既往的经验判断，这种情况一般不会在涉及工业酒精案件内出现。由此推断，这种甲醇很可能是后期添加的。

根据判断，团队到饭店勘查发现该饭店使用的一种燃料中甲醇含量极高，气味和酒味非常接近，是不是有人将该燃料当成白酒使用？

根据这条线索，办案人员对燃料的销售、使用等情况展开调查，最后确定案情和推断一致。在对证据做出结论时，戴维列对年轻警员说，如果没有掌握正确线索、做出正确判断，案件就难以在短时间内被侦破。"这不仅影响死者家属，还可能因为错误判断，引发社会性恐慌，故此，我们做的每一件事都必须精益求精。作为一名刑事技术专家，不仅要秉持科技人员的钻研精神、创新精神,还要充分发扬公安民警舍生忘死、不怕牺牲的战斗精神、献身精神,只有这样才能为刑事科研领域的重大突破做出自己的贡献。"

自1994年起,广州市及附近沿海经济发达地区,出现一种利用三唑仑药物麻醉后适时抢劫、凶杀的案件。由于三唑仑是一种新型强效安眠药,每片剂三唑仑含量仅0.25毫克,不但代谢速度快而且代谢完全,一时无法在被麻醉抢劫事主体内、被麻醉凶杀的尸体内检出三唑仑成分,给侦查破案带来极大困难。

一方面,三唑仑检测成为全国刑事技术毒物分析领域难题;另一方面,此类案件发生呈逐年上升趋势,迫切要求解决这一难题。而面对实验室试剂缺乏等各种困难,戴维列主动提出并承担这一科研项目。

项目推进过程中,需要对服用三唑仑后,24小时内各时段尿样进行动态监测分析,为尽快开展监测分析试验,戴维列不顾药物对自己身体的伤害,请求作为先期试药。为尽快取得三唑仑在人体24小时内的代谢数据,他加大药品服用次数、剂量,最终成功建立了三唑仑、α-羟基三唑仑在人体内的分布模型,确定了麻醉抢劫案件中活体尿液是最好的检材,而麻醉凶杀案件中非活动的胆汁、尿液、胃组织均能检测出三唑仑成分。并对检材保存条件进行相关研究,以适应基层办案送检需要。

2019年初,遵照广州市公安局、刑警支队党委的决策部署,通过组建广州食药环法庭科学实验室、推动刑侦部门电子物证专业建设,强力推动食药环侦、电子物证等新专业、新技术、新业务发展。戴维列受领任务后,按照整合资源、科学建设、适度超前的原则,组建了由6位院士以及相关领域专家组成的专家委员会。

科技为侦查赋能,实验室成立后,先后协助全市食药环侦部门现场勘查十余宗,检验涉及保健品非法添加、食品(食盐)非法添加、美白产品非法添加、茶叶、假烟等方向,特别是在"2019年生产、销售有毒有害食品案""2019年生产、销售伪劣产品(药品)案件"的侦办中发挥了重要作用，为广州警方紧扣食药环领域，突出风险点，集中力量针对屡打不绝的顽固性难题开展专项整治提供了科学技术支撑。仅2019年第三季度，就侦破食品药品环境类案件251宗，依法刑事拘留448人，逮捕299人。较好地形成强有力的打击态势，达到了预期的社会震慑目的。

一片真情　走过四季

邹永波工作地所在的天河—体育东路口，是一个机动车通行率高，路口延时降低，通行周期缩短的路口。自9年前担任这个路口的交通指挥后，邹永波总结出路口指挥、疏导，查处假牌、假证机动车辆，快速处理交通事故，处置暴力抗法4项内容的"邹永波系列工作法"。这个以他个人名字命名的工作法，成为广州市公安交通民警开展道路交通管理工作的教材。

天河路与体育东路的交叉路口，是广州的东西大动脉，日均过往车辆接近8万辆次。站在岗台上指挥交通的邹永波常常是晴天一身尘，雨天一身泥。面对滚滚车流，他每天琢磨最多的是如何让自己管理的路口顺畅，减少堵塞。

他发现路口附近的天河南二路一带受天河公交总站的影响，早上高峰期的体育东路南北方向的车流和人流都有一定的时段规律，于是他趁中休时间统计交通流量、分析交通流向，多次向大队提出调整交通信号配时的意见建议，提高了路口的通行率，避免了人车争道等不良现象。

作为一线执勤民警，邹永波经常会遇到一些不理解、不配合甚至恶语相向的交通违法人，但他总是保持理性平和的心态，冷静地向这些交通违法、违规的人讲明事实和道理，让违法者口服心服。一次，一辆小轿车违法变线占用行车道被邹永波截停，司机一下车就破口大骂，邹永波仍然很有礼貌地向他敬礼，并耐心解释他的违法行为给交通造成的严重影响，引导他换位思考,最后司机不仅接受了处罚,还对着邹永波竖起了大拇指,表示以后一定会遵守交通法律法规。

邹永波工作在路面,解答来往群众的各类问询是"必修课",为了更好地服务群众,他跑遍了路口周边每一寸土地,途经公交线路、附近企事业单位、商场写字楼位置等,对路况信手拈来的他,成了外地旅客的"活地图"。搀扶老人过马路、护送迷路幼童回家更是家常便饭,几年来邹永波为群众办好事、办实事逾千宗。

在广州,邹永波还有一个"打假第一高手"的美誉,且这个"打假"上了百度百科。在长期的基层工作中,邹永波发现假牌、套牌机动车的横行不仅给事主造成严重的困扰,更是屡屡成为交通肇事逃逸案件的元凶,其社会危害性很大,于是一丝不苟的他跟这个交通管理的"疑难重症"较上了劲。他对着电脑屏幕反复比对真假号牌技术特征,有时一坐就是几个小时;在他的休假计划中,首先安排的行程就是前往外省与当地交警同行交流机动车辆牌证识别问题;在公安内部网络的论坛上,他是这方面的"大侠",收获了不少"粉丝",同事们查获疑似假牌车时都会打电话叫他过去"现场鉴定"。他累计查处此类违法车辆700多辆,为群众挽回经济损失数百万元。

作为一名人民警察,邹永波热爱自己的本职工作,面对道路上出现的新情况和新问题,他始终发挥一警多能的作用,在做好交通管理工作的同时,积极维护社会治安,为过往群众办好事、实事。用他自己的话说就是,"在每天的工作中,只要是我视线范围内所能看到的事情,我都会主动去管"。于是,在邹永波的岗位周围,路边那些卖劣质笔记本电脑坑害群众的人被他管住了,那些用"猜硬币"等方式进行街头诈骗的人被他管住了,甚至连那些四处散发小广告、乱贴"牛皮癣"的人也被他管住了⋯⋯

2007年11月8日上午,邹永波在接到电台警情指令后,前往天河路—石牌西路口处理一宗交通事故。当他驾驶的摩托车行驶到太平洋电脑城对面路段时,突然发现人行道上一名穿白衬衣的中年男子毫无征兆地用左手拉住一名过路的妇女，右手握着的菜刀猛地向其面部砍去，无辜群众顿时鲜血直流，周围的路人也被这起突发事件吓得惊慌失措！邹永波见状，立刻紧急停车，用对讲机向大队报告联系"110"和"120"的同时，奋勇上前夺刀。此刻，该男子仍挥着菜刀再次向中年妇女砍来，情急之下邹永波在路边捡起一根1米长的水管，大声警告行凶者放下手中的凶器！行凶男子的注意力随即转向邹永波，挥舞着菜刀向他砍来，邹永波机智侧身躲过，来了一个反击夺刀的擒敌动作，谁知毫不示弱的对方一个后空翻躲过，见此，邹永波又一个箭步上前来了一个接腿涮摔，狡猾的对手见邹永波是个专业的练家子转头逃跑。逃跑，没那么容易，邹永波大喝一声："站住！"紧接着一个直拳横踢将对方死死挡住。由于人行道上围观的人越来越多，邹永波担心该凶徒再次攻击无辜群众，便与赶来支援的一名治安员一起将行凶者逼退至机动车道上，并利用与其对峙的时机，纵身上前用水管猛击其手腕，将菜刀打落在地，然后一个箭步冲上去，用一招别臂擒拿将行凶者制服，随后移交给巡警处理，围观群众高声叫好！事后，《南方都市报》《新快报》等广州多家新闻媒体均对此事进行了报道。这样的格斗场面对邹永波来说不过是寻常一例。

在众人眼中，交警是靓丽的，有谁知道在这靓丽的背后是汗水与尘土相伴。记得那是刚参加工作的第一天，邹永波下班后一身泥浆。邹永波的母亲见此，心痛地说："我在电视看到的交警身上都是干干净净的，你当这个交警咋就像个泥人似的，是跟别人打架了？"

面对母亲的质疑，邹永波哭笑不得，他不知道该怎样回答母亲，更不知道自己的这一身泥浆是怎样上身的，只知道工作之中顾不上那些。

他继而想了想，说："妈妈，这泥浆不算什么，还有比泥浆更可怕的汽车尾气。"

沉默——无语，无语——沉默……

自那天以后，平时不善言语的母亲再也没有问及他的工作，但她明白的是，儿子不易，公安交警这个群体不易。夏天她恨日头毒，冬天她叹江风凉。也就是从那天开始,每天下班后,母亲总是将一碗百合汤,或是藕汤放在饭桌上:"孩子,喝了吧,这百合汤、藕汤是清肺的……"

2004年3月,邹永波参加公安工作,作为"85后",他有着当宇航员遨游太空的理想,有过当影视演员走上银屏的愿望。然而,当命运的罗盘将青春的一叶小舟指向不足1平方米的岗台时,他并不觉得这份工作辛苦,而是用达观的性格屏蔽所有的漠视,用执着、坚毅书写责任、担当。

你后悔吗?有同学问。

不!如果你把工作当作工作,你就会觉得交警的工作是那样的苦涩。如果你把它当作事业,所有的苦涩就会改写,就会充满生命的激情,就会有诗意和远方。

诗意和远方,构成了邹永波的无限向往,无论是在东西南北的黄金时段,还是在车流人潮的聚焦点,抑或是在闪烁的红、黄、绿灯的瞬间,都有他庄严屹立的身影!掌心一推,秩序井然。手臂一挥,气象万千。小小岗亭,像一个360度的圆,而他就是这个圆的圆心,一边连接万里征程,一边维系人民安全!可见,交警的工作同样诠释诗意的乐章。

春天,你是一枝绽放的木棉花,芬芳岗台抒发着你的青春理想。披星月,沐寒流,千万桃李竞怒放。夏天,你是一把无畏的巨伞,撑在岗台枝繁叶茂。遮烈日,顶雷电,换得羊城尽安然。秋天,你是一把燃烧的火炬,照亮岗台绘美景。伴雁鸣,傲霜露,笑送欢乐进家园。冬天,你是一抹红红的霞光,挂在岗台金灿灿。抵北风,迎飞雪,播撒温暖入心田。你平凡得像块砖,铺就和谐的幸福家园。你普通得像把土,凝聚小康的万顷良田。你是大海中的灯塔闪闪,引领千帆竞发抵达胜利的彼岸。你是高山上的旌旗猎猎,挺直的躯干支撑起广州的蓝天!

或许这就是人们对你的真实评价,或许这就是你心中那个由苦涩演化的浪漫。

二 阡陌诗行

"我漫步在有你的诗行,走着走着,一滴泪,掉了下来,落在英模的诗行里。短短的诗行,在不知不觉中,已经走了很久,很久。破碎的泪珠,洒落基层的庭院,洒满了办案的一线。慢慢,蔓延开来。湿润在这里,静静地沉浸在这方土地。"

这是一名检察官所写的诗句,虽说没有完全概括出新时代检察官的风貌,但却道出了长年奋战在一线的检察官们的辛酸。

基层,各种组织中最低的一层,它跟群众的联系最直接、最密切。用曾任广州市人民检察院政治部主任聂才的话说就是:"基层典型人物最具正能量。"

学养铸就 梅品检魂

"只有加强学习,才能增强工作的科学性、预见性、主动性,才能使领导和决策体现时代性、把握规律性、富于创造性,避免陷入少知而迷、不知而盲、无知而乱的困境,才能克服本领不足、本领恐慌、本领落后的问题。否则,'盲人骑瞎马,夜半临深池',虽勇气可嘉,却是鲁莽和不可取的,不仅不能在工作中打开新局面,而且有迷失方向、落后于时代的危险。"

将上面这段话工工整整地写在读书笔记扉页上的王树茂，牢记习近平总书记对广大党员干部在学习问题上寄予的厚望，内化于心外践于行。

2009年，王树茂从部队正团职位置上转业到地方工作，脱下军装绿，换上检察蓝，新的角色，新的征程。换一身制服容易，可角色转换并没那么容易。为了在短时间内从军官转变为检察官，他向书本学习，向实践学习，向人民群众学习，向专家、学者学习，创造性地开展检察工作，屡办大要案，多次立功，并获得"全国模范退役军人"等多项荣誉。从转业军人到专家型检察官，从专家型检察官再逐步走上领导岗位，可谓十年磨一剑。

向书本学习，因书籍是人类智慧的结晶，是我们了解过去、理解现在、洞察未来的阶梯。读书能让人保持思想活力、得到智慧启发、滋养浩然正气。

那是2009年的一天，在快要从部队转业的时候，王树茂在一场学术会议上结识了一位检察出版社的编辑。两人一见如故，分别后没有多久，王树茂就收到了一份大礼——整整20多本检察业务书籍。为了尽早适应地方检察工作的方方面面，他利用转业安置的这段时间，先后读完了《中国检察业务教程》《中华人民共和国检察制度研究》《检察官的智慧》等20余部检察业务书籍，对不懂的、疑惑的问题他还在书上做了详细的标注，并在读书过程中写了近30万字的读书笔记、心得体会，为自己日后从检工作打下了坚实的理论基础。

学有所思，习有所得。这是王树茂参军时就养成的习惯，早在武汉大学法学院攻读法学博士期间，在钻研刑法理论的同时，他还喜欢研读中外刑事诉讼法著作，旨在强化自己刑事一体化的法学思维。

作为检察官独立办案后，每接手一宗案件，王树茂在认真梳理案件原因的同时，总要探寻法律条文背后的法理，继而提出独立的思考意见。或许是军人的果敢、执着，或许是检察官追求正义、不畏艰辛的优良品质使他养成了遇事多问的思维习惯。

随着我国经济社会增速发展，司法领域的制度性变革也在快马扬鞭——一时间羁押必要性审查、非法证据排除、以审判为中心的诉讼制度改革叠加，令人目不暇接。然而王树茂的目光往返于理论与实践之间，凭借厚实的法学功底开展诸多专题研究，先后发表了《"羁押必要性审查"的理解与适用》《未决羁押异化论》《审判中心主义视野中的侦诉诉辩、诉审关系重构》数十篇论文和调研报告。独立完成中国博士后科学基金课题《羁押必要性审查制度研究》，执笔完成最高人民检察院重点课题《新型诈骗犯罪案件法律适用问题研究》，先后发表了数十篇学术论文、调研报告等，还参与编著大学法学教材一部，被评为首批全国检察机关调研骨干人才。

2016年11月，广州作为认罪认罚从宽制度试点的18个地区之一，开始了为期2年的试点探索。王树茂全程参与认罪认罚从宽制度试点探索，发挥理论、实践双重优势，既认真指导全市检察机关积极稳妥试点，又及时总结提炼试点工作经验，主动做好"下篇文章"，形成了系统的"1+4（白皮书、办案规程、类案指引、专题经验、典型案例）"制度性成果，为该项制度的"正式立法"和"全面适用"贡献了广州检察智慧。

向实践学习。源于实践出真知，实践育人才。只有在实践中学真知、悟真谛，才能加强磨炼、增长本领。

走上检察工作岗位后，他立志做一个客观公正的"法律守护人"。他深知，纸上得来终觉浅，绝知此事要躬行。司法为民不是空话，司法为民是一件件案件兑现的承诺。

2018年，他受理了一起重大网络电信诈骗案件——犯罪嫌疑人多达55人。这个犯罪团伙以提供网店代运营为名，通过互联网等电信手段实施新型网络犯罪，被害人多达7700多人。

为实现精准起诉，王树茂带领一名检察官从浩如烟海的电子数据中抽丝剥茧，将起诉意见书认定的诈骗犯罪数额1400余万元，核实查证为5400余万元，并按照组织犯、积极参加者（细分为部门负责人、小组负责人）、一般参加者，区分为三级主犯、从犯，合理确定了各个层级被告人的刑事责任范围。

29名被告人在严密的有罪证据体系面前，自愿签署了认罪认罚具结书。然而仍有部分被告人心存侥幸，辩称自己只是正常经营，顶多算是民事违约，不构成犯罪。王树茂重点阐述了本案犯罪集团的组织架构，环环相扣的诈骗手法，各个层级被告人的主观故意和客观行为、地位作用，当庭指出："涉案公司缺乏运营网上店铺的必需设备、专业人员、物流仓储等条件，根本不具备电商代运营的技术力量和设施，这显然不是所谓的正常经营，而是自始至终实施的都是以网店代运营为幌子的诈骗！"精彩的指控论辩，让旁听人员频频点头。最终法院完全采纳了公诉意见，诈骗犯罪分子得到了应有惩罚。

为大局服务，为人民司法，是人民检察官的政治责任。2018年，广州市天河区人民检察院对一起骗取贷款案提请抗诉。案件到了王树茂手里。经细致的核查后，王树茂以事实为依据、以法律为准绳，实事求是地认为仅其中一单犯罪事实可以支持抗诉。在多次走访双方当事人、听取他们的意见和诉求后，依法引导促成双方达成还款协议。在出席二审法庭发表抗诉意见时，他从有利于促使原审被告人履行还款义务的角度，建议法院判处缓刑，既对原审被告人实现了罪、责、刑相适应的惩罚，又确保被害单位的损失得以顺利偿还。

这两起案件之所以办成典型案例受到各级的好评，是王树茂在实践中不断学习探索的结果。为了查证诈骗犯罪数额，他不仅学习了与银行相关的业务知识，还走访了原告当事人，在取得证据、证言的基础上，他多次与公安侦查部门、案件经办人一起讨论证据的真伪。用他自己的话就是："不唯书、不唯上、只唯实，向实践求知；从实践中学习的知识是还原案件真相的最好方法。"

随着社会科技的发展，犯罪分子作案手段也越来越专业化，专家学者是破案这个领域的行家里手。他们最善于发现问题、分析问题,最能提出解决问题的思路,最能为检察业务提供智力支撑。

2014年,王树茂牵头办理了一起特大走私牛皮案,案值高达40多亿元,卷宗材料多达2200册,装满了整整一大卡车。因此案涉及海关、牧业、质检、出入境检验检疫等多个部门及行业,他带领专案组提前介入,在办案点一待两个多月。为了坚持证据裁判原则,严格审查过滤,他先后走访了国际商务专家、国际商贸专家等相关专家学者。在得到各行业专家指点的同时,反复与侦查机关协商、核实偷逃应缴税额,补充完善报关单证,剔除证据不足的事实,将偷逃税额从4.5亿减为2.3亿元。确保起诉的犯罪事实确凿,确保案件经得起法律和历史的检验。

对此,王树茂的博士生导师、武汉大学法学院莫洪宪教授曾这样评价:"好学、坚毅、勤奋是王树茂军旅生涯铸就的特质,这也决定了他无论走到哪个岗位都能轻松胜任。孜孜不倦的求学精神,对法律的精深理解,对公平正义的不懈追求注定了他必然会成为一名优秀的人民检察官。"

2014年,王树茂又多了一个让他特别有满足感的身份——王教授。按照"双千计划"工作的统一部署要求,广州市检察院启动了与广州地区高校为期一年的互聘工作,王树茂以其扎实的理论功底和丰富的实践经验,被选派到广州大学法学院参与法学教学实践工作。在这一年时间里,王树茂为该校刑法学专业、刑事诉讼法专业硕士研究生和律师班本科生开设了刑事司法实务系列讲座。由于讲课深入浅出、妙趣横生,2015年他又担任了广州律师学院的兼职教师,先后为30多期律师岗前培训班授课。截至2020年12月,先后6000多名律师接受过他的面授。最让他感到欣慰和自豪的是,薪火相传,能将自己数十年的"内功"传授给年轻一代法律人。他坚信,让法科学生和年轻律师多接触、多了解具体的刑事司法实务,对于他们未来的职业道路,甚至是对国家法治建设的进步都有很大帮助。

2020年,王树茂担任广州市人民检察院第三检察部主任、检察委员会委员，他组织制定了《捕诉一体机制下认罪认罚从宽制度适用流程》《广州市检察机关涉众型互联网金融犯罪办案指引》《走私冻品犯罪案件证据收集审查指引》等制度性、规范性文件。面对繁重的司法办案任务，他组织、团结和带领同事们依法履职尽责，全面推进检察改革，继续在检察事业的征途上一步一个脚印阔步前行，力求创造出无愧于这个伟大时代的工作业绩！

情系民生 司法温情

"不管案件结果怎么样，我都要感谢小张检察官，好人有好报！"在广州市人民检察院的大门前，一位失独老人拉着张宇筠的手感激地说道。

张宇筠，一位"80后"法硕海归，2008年，她怀着对法治的敬仰，从英国学成回国后，自愿放弃涉外律所的优厚待遇，成为广州市检察机关的一名普通检察官。在这个多次被评为全国检察先进单位的光荣集体里，一直奋斗在办案第一线，用开拓、创新、担当的精神赢得了广大人民群众的信任和赞誉。先后荣获"全国模范检察官""全国巾帼建功标兵""广东省人民满意的公务员""广东省五一劳动奖章""广州市三八红旗手"等，荣立个人二等功一次，获评"广东省民事行政检察业务标兵"和首批"广东省检察业务尖子"等。

金杯银杯，不如老百姓的口碑；金奖银奖，不如老百姓的夸奖。从检以来，最让张宇筠感到舒心的是人民群众的一句"知心检察官"。多年来，她本着司法为民的理念，通过自己热情、周到的服务，维护公平正义、化解矛盾纠纷；先后办理民事诉讼、监督案件1000余件，涉案金额累计约3.8亿多元，每年的办案数、检察建议采纳率、法院再审改判率均居前列，无一错案，无一越级上访，达到了案结、事了、人和的相关要求。

"利民之事，丝发必兴"，这是张宇筠对司法为民的深刻理解，简单的话语蕴含着一名人民检察官的笃定信仰。在她看来，一名合格的检察官应该从让人民群众满意的事情做起，从人民群众不满意的问题改起，让公平正义渗透到人民群众工作生活的各个方面，让每个公民都能感受到公平的护佑、正义的阳光。

那是2010年，一场突如其来的车祸，把无辜受伤致残的陈先生送进了医院。案件审理期间，陈先生因其他疾病撒手人寰。其家人最终获得的残疾赔偿金及被抚养人生活费仅计算至陈先生去世之日，111天共计1425元。

陈先生与妻子梁女士都是进城务工人员，膝下有3个未成年子女，一家人的生活都靠陈先生每月2000元的工资勉强维持。他的离世让家人的生活陷入极度困顿中，低额的赔偿更让梁女士一度丧失生活的勇气，抱着一线希望，她来到广州市人民检察院申请监督。

"她来的时候，表情是麻木的，但眼神里透露出了一丝期盼。"回想起当年第一次看见梁女士的情景，张宇筠仍然印象深刻。

张宇筠一边安抚梁女士，一边对案卷进行认真审查。她在翻阅了大量法律书籍、各种司法案例后，逐一研琢法条的正确理解与适用，继而从立法本意进行考究，最终以适用法律错误为由提请抗诉：

"确定残疾赔偿金的基准时间点是确定残疾等级之时，定残之后发生的不以受害人意志转移的事件对残疾赔偿金的计算不产生溯及力。"

溯及力，也称法律溯及既往的效力，是指法律对其生效以前的事件和行为是否适用。

"如果以诉讼期间受害人的实际生存期间来决定残疾赔偿金，则诉讼期间的长短可能决定受害人获得赔偿的多少，这种情况不符合立法原意与立法精神。"

案件经广东省人民检察院向省高级人民法院提起抗诉。最终，法院通过再审采纳了检察院的抗诉意见，改判认定残疾赔偿金及被抚养人生活费的计算年限为20年，由保险公司向梁某等家属赔偿87762.69元。

梁女士收到终审赔偿的费用后,致信张宇筠说,是检察官的同情心使我获得了87762.69元的赔偿。张宇筠在回信中给予梁女士以鼓励,并写道:我们检察官所做的是在百姓目光所及的"衣食住行"中监督法律正确运行与适用。

"检察官一年会办很多的案子,但老百姓一辈子可能就只打这一次官司,判决结果公正与否可能会影响他们的一生。"时任广州市检察院民事行政检查处处长陈宏的话经常在张宇筠耳边响起。

这是一名检察官最质朴的心声,也是广州市检察院民行队伍一以贯之的工作理念,张宇筠时刻铭记于心。她深知,人民安居乐业,国家才能安定有序。一切为了人民,作为中国共产党建设法治中国的出发点和落脚点,体现了人民在全面推进依法治国中的主体地位。

令张宇筠难忘的还有一宗赔偿案,原告是一对残疾老夫妻,伤残等级均为三级肢残,夫妻俩没有工作单位,无社保养老金,无儿无女,两人赖以生存的是一间临街的商铺。开发商征用拆迁该地段时,由于老人与开发商签订合同时没有详细约定回迁的具体朝向和要求,老人被安排回迁至面向内街的房屋,客流量大幅减少,老人不得不要求赔偿。夫妻俩从60岁那年开始为赔偿不公起诉、信访到73岁。在长达13年的漫漫申诉路上老人走得艰难。

案件分配到张宇筠手上,张宇筠拍案而起,一改女性的柔情:老人家太难了!2014年1月7日,习近平总书记在中央政法工作会议上强调:涉及群众的问题,要准确把握社会心态和群众情绪,充分考虑执法对象的切身感受,规范执法言行,推行人性化执法、柔性执法、阳光执法……

习总书记的讲话直抵心灵,老人孤苦无依的窘况再上眉头。放下卷宗,张宇筠就逐一联系开发商、街道办等单位,约定时间共商解决方案。在她日日夜夜的努力下,终于促成双方达成一致意见。两位老人也得到了适当的补偿,感动不已。

"让每一个走进检察机关的人受到公正对待,让他们的合法权益得到维护,就能使他们增加一份对法治的信仰、对社会的信心。"2014年10月,党的十八届四中全会通过的决定中,鲜明地提出"坚持人民司法为人民,依靠人民推进公正司法,通过公正司法维护人民权益"。面对群众殷切的企盼与守望,她从不轻易辜负,体现出人民检察官的执法勇气、能力和贴近民心的道义。

如果说,部分人受骗源于知识不足,那么高级知识分子受骗则基于多种复杂因素。一位广东高校的老教师接到诈骗电话后,前往银行办理网上托管账户业务,银行给出了风险提示,但老教师仍执意办理。张宇筠回忆,这名老教师陆续向账户存入90余万元,存入当天巨款就被其授权的管理人通过网上银行转走。尽管老教师报警并向法院提起诉讼索赔,但损失已难追回。

"说实话,当时看见'网上托管账户业务'几个字,我也觉得陌生,算不上没听说过,但真的不熟悉。"诚然,检察官也不是万能的智库。张宇筠在办案中广泛搜集银行管理制度,仔细研读金融方面的法律法规、部门规范及司法文件。经过详尽梳理后并没有找到银行须承担损失赔偿责任的法律依据。虽无法支持老教师的索赔申请,但她并没有为案件画上句号。"网上托管账户业务本来是为了方便行动不便的老年人,无须账户持有人本人出示管理人身份证件便可办理相关手续,这个漏洞却被犯罪分子利用了。"为了避免更多老人受骗,张宇筠查阅大量资料后向涉案银行的广东省分行及其主管部门发出了检察建议。

这份检察建议得到了该银行总行的高度认可,并决定在全国范围内推行新业务版本,从源头堵住了"网上托管账户业务"电信诈骗的漏洞。

"不能'就案办案''案结了事',还要关注案件背后存在的问题,这恰恰是民事行政检察工作有趣也最有意义的地方。"张宇筠说。通过"办理一案"达到"监督一片"的效果,这是民事行政检察官工作的意义所在。

在同事的印象里,张宇筠不仅态度认真,而且能力突出,善于办理大案、要案。那是广州市检察机关查办的一宗虚假诉讼第一大案——标的达1.3

亿元，9起案件均获法院改判，4名造假人被定罪判刑并处83万元罚款，为案件利害关系人挽回损失近1亿元。此外，她还成功办理过标的8000余万元的广州某公司申请监督案等一批疑难复杂和新型案件。

2011年，孙某为规避限购措施与他人恶意串通，虚构房屋买卖关系，欺骗法院做出调解，获得47套房屋产权，损害了广州某公司的利益。投诉无门的某公司总经理何某从报纸上看到广州市检察院有位被称作"办案明星"的女检察官办理了亿元虚假诉讼大案，拿着报纸就来找张宇筠请求维权。案件背后关系复杂且作案手段恶劣，各方利益交织，监督难度极大。张宇筠仔细排查案件所涉楼盘20多年来的3000多份交易凭证，深入开展5次补充调查，走访业主并制作询问笔录100多份，从复杂的法律关系中察微析疑，排除干扰，查清案情，以扎实的证据提出抗诉监督。

法院撤销调解书、发回重审，最终判决驳回孙某的全部诉求。对于这个结果，何某连用了几个"没想到"，并评价张宇筠："这就是我心目中检察官的样子。"该系列案被评为全国检察机关民事检察优秀案件，入选最高人民检察院《2012—2014年全国民事虚假诉讼监督典型案例》。

民事行政检察工作的桩桩件件均关系到人民群众的切身利益。依法公正对待人民群众的诉求，努力让人民群众在每一个司法案件中都能感受到公平正义，这是张宇筠始终如一的追求。

在领导的信任里，她努力践行司法为民的信念，以人民满意作为工作的出发点和落脚点。在办案中传递司法温情，总是以最耐心、谦和的态度公正地对待每一个当事人；总能够在法律的框架之内，真心实意地为当事人着想，最大限度地维护法律尊严、保护当事人的合法权益，用真情和奉献演绎司法的温馨与关怀。张宇筠曾据理力争，为因交通事故受伤后身故的农民工家属取得合理赔偿，重燃生活希望；曾将心比心，为耕种了一辈子、对土地饱含深情的失地农民讨回土地承包经营权；曾耐心疏导，使怨气深重的买卖双方握手言和……她通过圆满办结一件件看似细小的民行案件，以实实在在的行动保障民生、民利，树立了检察官为民司法的良好形象，提升了人民群众的安全感、获得感、幸福感。

思维敏捷　护法无憾

"当一种语言触动了我们的思维，那就是法律条款。当一种颜色映入了我们的眼帘，那就是检察蓝。当一种音声激荡着我们的心灵，那就是拯救。当一种传奇或故事感染了我们，那就是庭审！当一种情感触动了我们，那就是爱；当这种爱提升了我们的情感，那就是慈悲。"

这是花都区人民检察院副检察长杜华，在广东省检察机关新录用干警培训班上与学员交流检察经验时的开场白。长年奋斗在基层检察一线的杜华，体型微胖，常年戴着一副黑框眼镜，看似腼腆憨厚的他却有着广州市检察机关"名嘴"之称，先后获得第六届全国检察机关公诉业务竞赛、"全国优秀公诉人"和"优秀论辩奖"等多达14项的各类荣誉、奖项，指导、参与、协助办理的重大疑难复杂案件达630多宗，先后两次荣立三等功，入选第二批"广东省检察专门型人才"。

"有理想，才能书写人生华章"是他的信念；怀揣理想，带着信念与勤奋，成就平凡的人生是他的追求。在他看来，任何一种理想信念都必须通过工作实践去实现。

有一起团伙作案犯罪案，仅骨干人员就有16人之多，这16人纠集200多人先后两次到某沐足城闹事，在公安人员到达现场时，团伙成员掀砸警车，冲击警戒线，打砸过往车辆，造成辖区两条主干道被堵长达4小时，包括公安干警在内21人受伤，社会影响极为恶劣。

该案审理过程中，全案卷宗100余册，证人近百人。针对大部分被告人不认罪或翻供的严峻现实，杜华列出了30多个关键问题引导补充侦查，完善固定证据。通过连续4天的审讯，其中13名被告人自愿认罪，但仍有3名被告矢口否认。为夯实证据，杜华通过辨认、指证、补充后的指证证据，查明了犯罪事实。最终，以聚众扰乱社会秩序罪将该案起诉至法院。在法庭上，面对纷繁复杂的假象，他以翔实的证据、明晰的法理条文驳倒了两名主犯的无理辩解。最终，法院对16名被告人均做出有罪判决。这是一起彰显杜华扎实的法律功底、敏锐的洞察力、缜密的逻辑能力、强大的庭审能力的案件，在一定程度上印证了他"真相只有一个"的信念。

作为副检察长，杜华德才兼备、护法无憾；作为检察官，他英姿飒爽、身形矫健，在办理案件中思维灵敏，时而铮铮铁骨，时而柔情似水。

2017年，王某因涉嫌组织卖淫罪，被广州市公安局花都区分局立案侦查，移送花都区检察院审查起诉。其间，王某父亲在英德市人民医院被检查出患晚期恶性脑肿瘤宣告不治，希望在临终前见儿子一面。王某母亲向检察院请求批准王某通过网络视频方式与其父亲见面。杜华向主管检察长汇报后，立即与刑事执行检察科、花都区看守所沟通协调，安排犯罪嫌疑人王某通过手机微信，与远在英德市人民医院病床上的重病父亲通上了视频。看着病床上老父亲憔悴的面容，王某眼泪夺眶而出，表示一定要积极配合检察院调查，争取宽大处理。

大道而行　向阳而歌

打击犯罪、保障人权是我们共同的追求，需要我们的目光不断往返于抽象的规范和鲜活的事实之间。我们都是法治的参与者和享有者。法治中国，有你有我，大道而行，向阳而歌。

这是国家检察官学院广东分院的一名学生听完刘莺莺的课后分享的感受。

现任广州市白云区人民检察院党组成员、政治部主任的刘莺莺，先后在反贪污贿赂局侦查科、公诉科、办公室下设的机关服务中心及侦查监督科等部门历练，是一名地地道道的基层干部。在公诉、侦查监督等检察工作岗位上，先后办理了广东省首宗销售含瘦肉精生猪危害食品安全的犯罪案件、最高人民检察院督办的被告人谢某某等11人涉嫌故意伤害致死案、广东省某5A级风景区故意杀人案等一批重大疑难复杂案件。

2017年，与办案团队一起办理了"8·23"特大电信诈骗案，该案被害人遍布全国多达1万余人，涉案金额2000余万元，卷宗300多册。在审查逮捕涉印度尼西亚特大毒品案的过程中，与办案团队成功引导侦查取证，该案入选"2016—2017年度国际执法安全合作最有影响力案例"。

天地大小，取舍于心；道途远近，择善于行。刘莺莺有着总结、调研的良好习惯。对于多发、新型的类案，她会主动进行全方位、多层次梳理，分析犯罪成因，提出预防犯罪的建议，增强精准打击犯罪的合力。

位于广州市老城区北部的白云区一度成为毒品案件高发地区，为提高毒品案件的办案质量，刘莺莺梳理了近年来该区发生毒品交易等涉毒案例，撰写出《提升毒品案件办案质量的思考——以某区检察院三年毒品案件为样》的调研报告。该调研报告全面总结了新时期以来毒品犯罪的四个主要特点。一是未成年人毒品犯罪有增多趋势。二是制毒活动方式呈现作坊式、阶段性的特点。犯罪分子分段实施、流窜作案，以逃避司法打击。三是利用网络和物流进行毒品犯罪成为新常态。大量毒贩不再随身携带毒品，而是利用网络购买、销售或者利用虚假的身份信息邮寄毒品，还有的利用第三方支付平台匿名转账支付毒资，打击难度加大。四是新型合成毒品增长迅速。毒品花样不断翻新，并在一定地域内呈现滥用趋势。该调研报告被评为2017年白云区禁毒征文比赛一等奖，被省级刊物《当代检察官》登载。

铲除毒品问题滋生蔓延的土壤，调动全社会的力量参与禁毒综合治理，坚持关口前移、预防为先，打赢新时代禁毒的人民战争，是司法工作者的责任。针对白云区毒品案件多发的实际情况，刘莺莺还结合大量案例给白云区100多名负责禁毒的公安干警以及广东省内的数百名检察官授课。她用耐心细致的工作，为毒品案件的办理和预防贡献了自己的力量。

在办理国家某5A级景区故意杀人案的过程中，刘莺莺总结出该景区在电瓶车收费和保管工作当中的漏洞引发犯罪的诱因等十多条整改意见并有针对性地提出"检察建议书"，较好地弥补了漏洞，受到了案发单位高度的重视。

总结是一种智慧，也是一门学问。历览前贤俊杰，凡事业有成者，往往都善于总结。秦国蜀郡太守李冰潜心钻研水文，设计建造了"独奇千古"的都江堰水利工程，总结出"深淘滩，低作堰"的治水六字诀、"遇湾截角，逢正抽心"的八字真言，泽被后世。楚霸王项羽自矜其功，直到四面楚歌时仍执迷不悟，发出"天亡我，非用兵之罪也"的喟叹；而汉高祖刘邦清醒自知，将"所以取天下"的原因归结为"三者皆人杰，吾能用之"。回溯历史，一个人总结能力的高下，映照着认识水平、为人境界，在某种程度上影响着人生走向与事业成败。

中国共产党自诞生以来，不断从胜利走向胜利，其中一个重要原因，就是善于总结经验。正如毛泽东同志在1965年与程思远谈话时所言，"我是靠总结经验吃饭的"。事实证明，从革命年代、建设时期到改革岁月，打完一场仗、建完一项工程、推进一项改革，我们党都会及时总结反思，认真发扬优点、纠正失误。正是在不断地总结归纳中，我们走出了一条符合国情的中国特色社会主义道路，筑牢了事业发展的坚实基础。

近两年，刘莺莺敢于直面问题的关键环节，结合工作实际，知兴替、明得失，用理性之光的笔触，先后撰写了《盗抢案件证据陷阱及识别方法》等多篇文章，入选《中国检察官》《检察调研与指导》《当代检察官》等国家级、省级刊物。

2018年6月，刘莺莺应邀参加了在上海举行的第十四届国家高级检察官论坛，撰写的《重大监督事项案件化办理模式探究》一文入选了《深化依法治国实践背景下的检察权运行——第十四届国家高级检察官论坛论文集》。她撰写的《检察机关对公安派出所刑事侦查监督工作的价值、困难及建议》一文，获得广东省法学会检察学研究会第十二届年会论文二等奖。2020年，刘莺莺应邀参加了在江苏举行的第十六届国家高级检察官论坛，撰写的《网络犯罪的新样态、原因和对策》一文入选了论坛文集。

善于总结、乐于分享自己思考成果的刘莺莺，先后应国家检察官学院广东分院、广西分院、河北分院的邀请讲授检察实务课程，其中证据分析方法课程，入选了国家检察官学院的微课程，供全国检察干警学习参考。

她设计的《侦查监督检察业务介绍》《重大监督事项案件化办理的程序探索》《毒品案件侦查存在的问题及对策》《盗抢案证据审查与分析实训》被检察系统作为实训课教材。2018年，刘莺莺讲授的"毒品案件侦查存在的问题及应对"被国家检察官学院广东分院评为精品课程。2018年9月，她被评为广东检察教育优秀教师。

正是基于在本职岗位上认真工作，善于总结，她先后取得了"全国优秀公诉人""广州市劳动模范""广州市三八红旗手""广州市百名人民满意基层政法干警"等称号，获得广东省检察机关先进个人、广东省五一劳动奖章等荣誉，2016年当选中国共产党广州市第十一次代表大会代表。

善身锋芒　直达远方

并不是每一寸阳光，都能穿透云层，她以法为器，让良善身披锋芒！并不是每一次正义，都能直达远方，她毕力躬行，辟一片乾坤朗朗！做人，一步一脚印。执法，一言一铿锵。那一桩桩铁案，化作文明的印记，写进了盛世的华章！

这是一位律师给海珠区人民检察院未成年人检察工作办公室负责人周敏的留言。曾创造连续8天庭审，1名检察官舌战34名律师纪录的女检察官周敏，并没有引起律师不悦，反而获得他们的一致好评、点赞。

从检十几年来，她先后承办了广州市第一例串通投标案、海珠区第一例环境污染案、新中国大厦黑社会性质组织案、广州125路公交车爆炸案、"8·25"消防站坍塌重大责任事故案、好又多超市投毒案、广医二院袭医案等各类刑事案件1500余件，无一件错案，无一件被法院判处无罪的案件。

其姓名也伴随着一宗宗大案、要案出现在媒体的字里行间。先后被评为广州市优秀公诉人，两次荣立个人三等功，2018年荣获广东省五一劳动奖章。

那是2014年10月21日，在广州医科大学附属第二医院ICU病房，发生一起医患冲突。79岁的老人龚某抢救无效死亡，家属随后与院方产生纠纷，老人的孙子罗某动手殴打医生熊某，致其眼角受伤，脾包膜下出血。该事件最先在互联网发酵，死者家属发微博称其奶奶在ICU重症病房去世，主治医生不通知家属见老人最后一面，家属向医生询问原因时，医生还出手打人。一时舆论甚嚣尘上，然而，最终因寻衅滋事罪被起诉的却是一直在微博喊冤的罗某。

该案开庭时，旁听席上坐满了记者、群众、医护人员，公诉席上的周敏沉着冷静，将心中预演过无数遍的庭审预案又再梳理了一遍。在讯问阶段，罗某态度仍然跋扈，叫嚣着是因为医生没有及时通知他，他和家属才与医生争执的。周敏敏感地抓住其中关键点，立即发问道：

"你是怎么知道你奶奶去世的？"

"医生说的。"罗某回答。

"医生从ICU出来到离你奶奶去世有多久时间？"周敏质问。

"一分钟。"罗某回答。

"一分钟,你觉得这一分钟不合理吗?"周敏质问。

……

罗某突然哑口无言,沉默了近半分钟,才支吾道:"我觉得是没及时通知。"随后,经过周敏后续逻辑严密的举证和驳斥,罗某越来越沮丧,慢慢减少了辩解,最后认罪,请求法庭对其从轻处罚。

庭审结束后,各大纸媒、网络、电视反复播放和报道的都是周敏的那些话:"晚通知一分钟引发伤医案""一分钟都嫌晚,就要殴打医生",案件水落石出后,不少医生纷纷点赞:"公诉人水平真高。"

对此,周敏在接受媒体采访时说:"这是个对法治和公平无限渴求的年代,强大的网络舆情会给司法造成有形或者无形的压力,我清楚在这样的舆论环境中,办案需要承受何等的压力,但是我不会退缩。"

不会退缩,既是一种境界,一种意志,更是一种迎难而上、勇往直前的力量。在周敏的记忆里,最艰难的是她在8天的庭审中, 1人面对34名律师的舌战。

位于广州市荔湾区十三行路1号的新中国大厦是广州服装批发行业的核心商业圈,从20年前被卷入案值超过110亿元的广州史上最大非法集资案,到2011年涉黑团伙组织的百人械斗,以宋某等人为首的犯罪组织,以攫取巨额经济利益为目的,非法控制新中国大厦有关经营场所,称霸一方,欺压、残害当地群众,该区域商户长期信访,形成广州市一大治安维稳隐患。

该案案情复杂,案发时间跨度大,卷宗多达200多卷,"保护伞"多,犯罪嫌疑人反侦查能力极强,涉案团伙骨干成员全部否认犯罪事实。当时公诉科案多人少,周敏硬是将本是一个专案组的活承担下来,花了4个多月的时间,独自一人完成大量的审查材料,还多次前往侦查人员驻地主持召开侦诉联席会议,指导侦查人员转变侦查方向、补强证据,最终成功起诉。

该案庭审长达8天,1名公诉人对阵被告34名律师,在法庭上展开激烈交锋,周敏凭借自己扎实的理论水平和业务水准,在法庭抗辩中展现出惊人的爆发力，以法服人，成功掌握主动权。

庭审结束后，参加辩护的律师纷纷对公诉人竖起大拇指。最终，法院采纳了周敏的公诉意见，20多名嫌疑人得到应有惩罚。该案庭审过程引发粤港两地媒体的广泛关注和报道，取得了良好的法律效果和社会效果。此后，新中国大厦再未出现集体上访事件，彻底解决了广州市治安隐患。

尘世安详　礼赞乐章

铁肩担大义，眼中藏着星芒。风骨不畏寒，身后是山河月光。无论闹市，还是远方。你奔忙的脚印里，雕刻着信念的形状。不要问一切是否值得，不要问征程是否寂寞，大河流淌，尘世安详。那是为你演奏的礼赞乐章！——这是一位失足未成年人大学毕业后写给广州市增城区人民检察院未成年人刑事检察科（下称未检科）科长朱文彬的寄语。

从检近20年来，他秉公执法，恪尽职守，始终奋斗在办案一线。先后获得"广州市优秀公诉人""广东省优秀公诉人""广州市检察机关未成年人检察业务竞赛能手""广东省检察机关未成年人检察业务竞赛能手"及广东省五一劳动奖章等荣誉，荣立个人三等功两次。

2013年3月，朱文彬调任未检科科长，上任后，他潜心探索，结合未检工作实践，确立了以案件办理为中心、社会多个部门联动的未成年人检察工作机制，形成了以青少年犯罪预防、教育帮教、司法救助、社会化保护为工作内容的多维立体司法保护和预防体系，并形成了增城区院"同在蓝天下、关爱未成人"的工作模式，这一工作模式被增城区委、政法委评为创新项目。

初涉未检，对于朱文彬来讲有过太多的第一次：第一次开展社会调查；第一次试行法定代理人（合适成年人）到场；第一次探索办理附条件不起诉案件；第一次开展回访帮教；第一次开展司法救助；第一次和增城区电视台合作通过《看法·说法》栏目剧的形式开展预防和维权教育宣传工作；第一次以家长会的形式对青少年家长进行法治宣传教育；与广州大学松田学院、广东财经大学华商学院建立起共建关系；设立广东省首个关爱异地务工人员子女之家，是广东省较早地探索将异地涉罪未成年人送入观护基地观护、帮教……因工作突出，朱文彬带领的未检科2014年度获评"增城区青年文明号"，2015年度获评"广州市青年文明号"，2016年度获评"广东省青少年维权岗标兵"，2016年度荣立集体三等功一次，2018年度获评"广州市青年文明号标兵"，科室干警多次荣获市、区级荣誉。

春风化雨，引领迷途孩子归航是朱文彬办案的理念。在他看来，未成年人刑事案件的办理有着远不同于成年人案件办理的规律和特点。

那是2014年，流浪少年刘某某入室盗窃案由其所在科室承办。在审查中发现，刘某某因与母亲发生争执而离家出走，流浪40多天，来到增城，因饥饿难忍，晚上翻墙进入事主家里找吃的，除了食物，并未拿走任何其他财物。按照刑法规定，这种行为属于盗窃罪中入户盗窃的情形。朱文彬反复翻阅案件卷宗后，第一感觉就是应当考量个案中行为人行为的社会危害性程度，特别是未成年人刑事案件，更应考虑未成年人的身心特点。因此，在案件讨论中，朱文彬提出刘某某的行为属于犯罪情节显著轻微，不构成犯罪的意见得到科室同事的一致认可。于是，准备按程序做出不批准逮捕决定。

一个负责任的检察官，一个茫然中的孩子，一堂接地气的教育课，演绎了一个关于爱心、责任、呵护的故事。朱文彬对科室的人员说，如果只是简单释放犯罪嫌疑人，容易让他误以为自己的行为没有社会危害性。这个孩子的情况是长期流浪在外，没有生活来源，极有可能再次实施违法行为，而且任其流浪也不能保障其自身安全。于是他和科室的同志加班再次提审刘某某，耐心帮助他回忆父亲工作的地方。在朱文彬的耐心引导下，刘某某终于回想起来自己的父亲是在东莞一家纸箱厂工作，但无法说出具体的地方和厂名。

纸箱厂类的企业和作坊，在东莞得有上千家之多。朱文彬不得不和科室同事通过网络查找所有东莞纸箱厂的名称、电话等，然后一家又一家地打电话查找刘父。功夫不负有心人，果真在一家纸箱厂找到了这个孩子的父亲。经询问得知，孩子的父亲也曾寻找孩子长达一个多月，误以为自己的儿子已经"死亡"，当朱文彬通知他说找到他儿子，他还以为是来给自己的儿子"收尸"的。

父子团圆后，朱文彬说："你打工不易、常常加班，但这不是理由，不能因工作繁忙推卸关心、教育孩子的责任。"同时告诫刘某某不能再采取这种离家出走的极端方式，要多体谅父母，有事多和父母沟通，今后引以为戒，再也不能做违反法律的事情。

朱文彬还建议刘父让刘某某继续读书，刘某某的父亲非常感动。曾一度迷茫的刘某某不负众望，重新进入学校习得一技之长，并成功找到了一份满意的工作。该案也因办案效果突出，被广东省电视台《法案追踪》栏目拍摄为栏目剧，并被《检察日报》跟踪报道。

一腔忠诚　一心呵护

从军14年，她把最好的青春奉献给了军营。2004年，她脱下军装，投身检察事业，完成了从军人到检察官的转身。17年刻苦钻研、锐意进取，她被最高人民检察院评选为全国检察机关首批重罪检察人才，并连续两年受最高人民检察院指派赴甘肃、四川等西部检察机关巡讲，受到首席大检察官的亲切接见。

很多人说，她是幸运的。但或许只有她知道，今天的一切，离不开初心和信仰的支撑；每一次成功的背后，都是沉甸甸的使命与责任。

她，就是广州首届"最美禁毒人"、羊城第二届"最美退役军人"，广州市人民检察院三级高级检察官，鄢静。

出身军营的鄢静本是个法律"门外汉",她与检察官之间,隔着一条巨大的法律知识鸿沟,但她硬凭着一股狭路相逢勇者胜的勇气,以及多年军旅生涯铸就的锲而不舍、吃苦耐劳的精神刻苦学习法律专业知识,转业次年即以高分通过国家司法考试,并考取法律硕士学位。

从一名合格的军人到一名合格的检察官,仅有一纸文凭还远远不够。鄢静始终认为,法律是博大精深的,有无数复杂的社会现象和社会问题浓缩在一个个案件当中,怎样在办案时做到政治效果、社会效果、法律效果三效合一,是一名合格检察人的担当。检察官只有成为一部"百科全书",具备合理的知识结构和良好的法律素养,才能办好案件。为此,鄢静一直在不断挑战自我。为了充实自己,她利用业余时间自修了经济管理学、医学、法学、心理学等专业,先后取得了多个本科学历,以及学士、硕士等学位。

在鄢静心目中,案件无关大小,每一个细节都关系到当事人的命运,每一个证据都会影响事实的判断,每一个定性都关乎着法律的尊严。一直奋战在检察办案一线的鄢静,仅办理、审核过的重大、疑难、复杂案件,就多达上百宗,且多次成功追诉漏罪漏犯,业务水平得到了公检法等业务往来单位高度评价,用实际行动树立了人民检察官的良好形象。

曾有一宗刑事案件,因证据不足被撤回起诉做不起诉处理,交给鄢静接手承办。她经过对证据抽丝剥茧,终于在细微处查获蛛丝马迹,并据此成功调取到新的证据,重新搭建起扎实、全面的证据体系,使法院最终对被告人做出有罪判决,此案被最高人民检察院、广东省人民检察院、广州市委政法委作为精品案例推广。作为广州市人民检察院暴恐案件专责小组负责人,鄢静还先后牵头办理了一大批暴恐案件,制定了相关办案指引,所带团队被广东省人民检察院荣记集体二等功。在没有先例可循的情况下,她带头攻坚克难,成功办理了广州首例打击电信诈骗后台技术支持人员的"5·26"专案,广东首宗技侦证据当庭举证、质证的贩卖毒品案,指导了广东唯一入选全国首届百场优秀庭审的全国首例"三项规程"观摩庭。

"不投机取巧,不敷衍应付,尽心尽力做好每一项工作,使自己办理的每一宗案件,都能经受住时间的检验",是鄢静对自己工作的基本要求。鄢静办案,扎实细致,跟她共事过的人,都对她那种锲而不舍、不放过任何细节的钻劲印象深刻。在办理一宗诈骗案时,为了能找到证实犯罪嫌疑人主观故意的证据,她曾在满是灰尘的银行仓库中一个麻袋、一个麻袋地翻找有犯罪嫌疑人字迹的存单;为使心存顾虑不愿配合的关键证人协助调查,她数次前往证人所开店铺,以买东西的名义,逐渐拉近与证人的心理距离;在办理一宗14年前的故意杀人案时,她约谈了当年参与办案的所有公安民警,引导他们回忆起关键证据线索;为查明被告人自称正当防卫的辩解是否属实,她与法医、技术勘验人员前往杀人现场,比对着尸体检验报告及现场勘验笔录,了解每一处血迹、每一个伤痕的形成原因,实地还原案发经过,用客观证据有力地排除了被告人的辩解,终让他为自己的行为付出了应付的代价。

对法律负责、对事实负责、对当事人负责、对人民群众负责,是鄢静一贯的追求。曾有一宗故意伤害案,陈某因劝告导致塞车的车主挪车未果欲拍照上网举报,被车主拉住,在摆脱控制时致车主摔倒致轻伤,基层法院判其有罪。鄢静在二审审核把关时提出,陈某对车主受伤的主观心态是过失,过失致人轻伤不构成犯罪,且如因其过失行为受到刑事追究,不利于倡导公民碰到类似情况再有监督举动。据此支持经办人主动建议法院改判无罪,得到法院判决支持。该案改判无罪后,陈某与80余岁双亲坚持来检察院赠送锦旗表示感谢。在办理一宗故意杀人案时,鄢静得知被害人去世后,其年幼的孩子和年迈的父母因断绝经济来源而生活窘迫,主动联系身处边远山村的被害人父亲,协助其申请司法救助,并以双向邮寄的方式为从未出过远门的老人办理申请手续,以实际行动彰显了司法人文关怀。

这,就是鄢静,十几年如一日坚守在办案一线,以青春信念守护公平正义,以爱岗敬业诠释对党忠诚。她用17年检察生涯书写的答卷,铿锵有力地诉说了这位女检察官对检察事业的热爱与担当。

三　法理人情

2020年5月25日,最高人民法院院长周强在第十三届全国人大三次会议上做最高人民法院工作报告。

"坚决防止谁能闹谁有理、谁横谁有理、谁受伤谁有理等'和稀泥'做法,让司法有力量、有是非、有温度。"

"不论国企民企、内资外资、大中小微企业,一视同仁、依法保护。"

"坚持全错全纠,部分错部分纠,错到哪里纠到哪里。"

"用法治力量引导人民向上向善。"

"让群众有温暖、有遵循、有保障。"

"让公平正义经得起围观。"……

这是从北京人民大会堂内传递出的法治"强音",是最高人民法院对全国人民的庄严承诺。它集中体现出新时代人民法院的公正担当,人民法院的司法温度,饱含着人民法官的为民情怀。

洗尽铅华　冰为骨骼

从基层法院书记员干起,现任广州市中级人民法院刑事审判第二庭副庭长、三级高级法官的崔小军,出生于一个军人家庭,早在学生时代就光荣加入了中国共产党这个工人阶级的先锋队组织，从学校毕业步入法庭至今，已在基层法院和中级法院审判岗位上工作了33年。从恰同学少年、风华正茂到步入暮年，党龄比工龄还长的他，始终以一个共产党员的标准要求自己，紧握法槌、爱岗敬业，以连年超出全年办案任务数的130%~300%的工作量面对党旗、国徽。33年来，他亲手经办和参与审理的案件总数超过4000件，审判罪犯超过5000人，没有一件冤假错案，没有一起案件引起当事人不服上访。

在崔小军的记忆里最为深刻的是他审理的第一件重大职务犯罪案件，那是2015年至2016年审理的谭力受贿案。这是党的十八大以后，党中央查处的重大贪腐案件中的一件，是中央交办的重大职务犯罪案件，也是广东法院近30年来审理的第一起省部级领导贪腐案件。中央和省市各方都高度关注，社会舆论的焦点也都集中在广州中院，更有甚者对广州能否审好这个案件提出质疑。

谭力，原是中共海南省委常委、海南省常务副省长。经法庭审理查明，在2001年至2014年，被告人谭力利用曾担任中共成都市委常委、宣传部部长，中共广安市委书记，中共绵阳市委书记，中共海南省委常委、宣传部部长，海南省人民政府常务副省长，海南国际旅游岛先行试验区党工委书记等职务上的便利，先后为成都市路桥工程股份有限公司、三亚海韵集团有限公司等10个单位在企业发展、项目建设、仲裁裁决执行等事项上提供帮助，直接或者通过其朋友及特定关系人非法收受成都路桥公司法定代表人郑某、海韵集团法定代表人陈某等人给予的财物，共计折合人民币8625.4056万元。

为了审理好该案，崔小军先后到广西桂林中院、福建厦门中院观摩重大职务犯罪案件的审理经过，汲取这些法院在审理重大职务贪腐的成功经验。回到广州后，他认真审查每一宗事实，不放过任何一个细节、任何一份证据，并将这些反复审查过的证据制作出500多页的阅卷笔录。为了确保在审判中万无一失，他主动与检察机关、辩护人联系，听取检察机关、辩护人的意见，还将在审判过程中可能发生的各种情形做了详细的预案，并为辩护律师阅卷、复制证据材料、会见被告人提供方便。所有这些用心血打磨出来的细节，为庭前会议、开庭庭审成功打下了良好的基础。

宣判的那天，一审宣判被告人谭力判处无期徒刑。面对检察官的指控，面对法官的判决，面对前来旁听的人大代表、社会各界人士及庞大的新闻媒体，谭力当庭表示服从判决，不上诉，同时对法官耐心的教导和细致的人文关怀表示衷心的感谢。

"对法官耐心的教导和细致的人文关怀表示衷心的感谢！"既发自被告人谭力的肺腑，也来自他的家人。

在被告人谭力及其家人的清晰记忆里，崔小军针对谭力年龄较大、体弱多病等特点，向监管机构提出合理合法的监管意见，为被告人提供必要的医疗监护，较好地保障了被告人的合法权利。在院领导的重视和支持下，关心其日常的生活、家人精神状况，并多次前往看守所与被告人谈心，告知其诉讼权利和案件审判程序，使案件审理从一开始就做到公开、公平、公正。

在崔小军斑驳的记忆中，出身寒门的谭力17岁即在长宁县桃坪公社一队当知青，与当地村民同呼吸、共命运，对农民的疾苦可谓是感同身受；在2008年5月12日的四川汶川地震中，为了人民群众的生命财产安全也曾夜以继日深入抗震救灾第一线，被党中央、国务院和中央军委表彰为全国抗震救灾模范；在不同的岗位、职务上也曾为当地的经济社会发展做出过突出贡献……

在认真研判被告人的履历，掌握对其指控的事实、证据及起诉的意见后，崔小军制作了高质量的审理报告，经多层法定程序后与合议庭形成了相应适度的量刑标准。

或许是崔小军在谭力重大受贿罪案件审理中做到了审判程序完善、时限严格、庭审规范、适法准确，或许是广州中院在审理谭力重大受贿案件中建立了强有力的机制，抑或是有着多年审判经验的崔小军厚积而薄发，在接下来的日子里，他先后参与审理了2017年华润集团有限公司原董事长宋林贪污受贿重大职务犯罪案，2019年中共陕西省委原常委、秘书长钱引安受贿重大职务犯罪案，2020年中共海南省委原常委、海口市委书记张琦受贿重大职务犯罪案，以及广东省侨办原党组书记曾庆荣受贿案、惠州市检察院原检察长张思忠受贿案、深圳市人大常委会原秘书长张士明受贿案、深圳市龙岗区原区委书记冯现学受贿案、越秀企业集团原总经理尚玉英受贿案、广东省移动公司原董事长徐龙受贿案、广州移动公司原总经理李欣泽受贿案、佛山移动公司原总经理梁春火受贿案、广州市越秀区委原常委齐小平受贿案、广州市天河区原常委唐锡汉受贿案等许多在全省、地市有较大影响的职务犯罪案件。

在这些案件审理前，崔小军无一不是让自己心灵贴近他们的心灵，无一不是让他们客观面对自己的犯罪行为，无一不是让他们从内心深处解剖自己，深挖违法犯罪的根源。

用崔小军自己的话说就是"案不结、夜难眠，案一结、心肺裂"。法槌落下，公平回荡、正义伸张。可他们……他们……谭力、宋林、钱引安、张琦、曾庆荣、张思忠、张士明、冯现学、尚玉英、徐龙、李欣泽、梁春火、齐小平、唐锡汉等无一不是唱着"我在马路边捡到一分钱，把它交到警察叔叔手里边"的儿歌长大的孩子。人们不禁要问，金钱的魔力真的有那么大吗？乃至我党的高中级干部为之铤而走险，这些党政干部可都是在我国经济社会发展中有过突出贡献之人呀。

做过贡献的，也不允许有超越法律的特权。保障和促进社会公平正义需要法律支撑，而执法需要有一批批像崔小军这样遵循法官职业道德，有担当，有勇气，严格司法，公正裁判的人民法官；需要有像崔小军这样不忘初心，用手中的法槌捍卫共和国宪法尊严，体现党和人民意志的党员法官。

失之毫厘　差之千里

"孩子，对于你犯下的错误，我会用'放大镜'看证据，用'游标卡尺'来量刑，一定要精确到分毫不差。同时，不管你掉进的深渊有多深有多黑暗，我们依旧对你不抛弃不放弃，帮助你拨开雾霾、走向新生。"广州中院少年家事审判庭庭长陈海仪回忆起十年前她经办过的这一棘手案件，依旧感慨颇深。

在这宗案件里，被告人小胡涉嫌劫杀出租车司机，且在涉嫌劫杀出租车司机案之前，他有多次盗窃前科。在法庭上，小胡辩称自己的年龄与公诉机关指控不符，在家乡农村，出生日期申报的都是农历，身份证上记载的却是公历。翻开万年历，核对小胡出生的那个年月，公历与农历相差也就是那么一个月，虽然杀人抢劫时他已年满18岁，但盗窃时却不到18岁。如果对过往的盗窃罪不计，单纯就涉嫌劫杀出租车司机一案宣判而言，这个公历与农历之差在法庭上没有意义。然而，过往小胡的小偷小摸已构成犯罪，并不能因追究了杀人抢劫，而不做出罪责刑相适应的判决，须在此次宣判中执行数罪并罚。

从实施不危及别人生命安全的盗窃行为到害人性命的抢劫，从少年盗窃到成年劫杀，小胡的胆子是越来越大，其作案手段也越来越凶狠，无论是从心理到生理，从盗窃到抢劫杀人，就犯罪而言是逐渐升级。

数罪并罚、让悔恨伴着泪水飞、公正判决无可厚非。留他一条生命，或是让他多享受一天阳光、多呼吸一天新鲜空气是司法的温情，是人性的光辉。可是，证据、理由？

作为中山大学的高才生，有着多年审判经验的陈海仪深知证据是"诉讼之王"。如果小胡在法庭辩称自己的年龄与公诉机关指控不符，且取得这一证据后法庭予以认定，那么小胡虽然刚刚成年，比起其他同案犯，罪不至死，在量刑时可以判处死缓。休庭后，陈海仪对书记员说，你回家做个出差的准备,我们去一趟小胡的家乡。"

"去小胡的家乡?是寻找小胡供述的年龄证据吗?"

"是的。"

"可是,即使取得了年龄证据,公诉人、陪审员、辩护人、附带民事诉讼原告他们怎么看待这一证据?"

"如果小胡所言属实,刑法规定应当对其所犯盗窃罪从轻或减轻处罚。刑罚关乎自由,1%的误差对被告人就是100%的不公。即便是这一点点的不公正,也会给被告人种下司法不公的种子……"

然而,当陈海仪和书记员来到小胡户口所在的派出所时,民警告诉她们20世纪90年代户籍管理还不是很完善,还没有联网,具体情况要到小胡所在的村里去了解。

天无三日晴、地无三尺平、人无三分银的贵州山寨,给陈海仪印象最深的莫过于山路的崎岖,当她俩步履蹒跚地来到寨子找到村主任时,村主任听说来意后不解:啊!你们这么远来我这就是为了保这种人的命,出了人命案就得抵命,就得往死里整,你们咋还保呢!我可告诉你们,这人你们说什么也得整了,如果不整了(让他去死),一旦改造不好回我们寨子可怎么办?又杀人怎么办?

听完村主任的一叙话,爱较真的陈海仪说:"法院判刑就是要以事实为依据,以法律为准绳,对查明的事实容不得一丝一毫含糊!怎么判刑,法律说了算。我们会尽全力将他改造好,争取让他重新做人。"

见村主任与陈海仪两人差点要争执起来,驻村大学生干部便主动带着陈海仪和书记员找到了小胡的奶奶。年迈的奶奶对小胡出生的日子只记得一个大概,但她知道,小胡与邻居的一个孩子是同年同月同日出生,并说,只要等到那个孩子的爸爸从山上砍柴回来就能确定。

功夫不负有心人,当天色渐黑时,那个上山砍树的邻居不断回忆起自己儿子与小胡出生的准确时间,而且撕开香烟盒在烟盒纸上写下了情况说明,并送陈海仪他们到村委会办理了加盖公章的证明材料。

这一关于小胡出生的准确年龄证明，在法庭上被认定为有效证据，就连附带民事诉讼原告的律师也觉得将过去的盗窃行为与此案的劫杀连在一起判处死刑欠妥。最终，小胡因抢劫罪被判死缓，因犯盗窃罪时不满18周岁被从轻判处有期徒刑一年，两罪并罚决定执行死缓。当小胡听说陈海仪法官去自己家乡核查了自己的年龄，还带回了爷爷奶奶的挂念时眼圈湿润了，当庭表示服判不上诉。

与小胡类似的案件，对陈海仪来说只是成百上千宗案件中的一个缩影，24年的职业操守使她养成了对证据审查做到毫厘不差的准则。

在审理、悉心帮教过的上千名少年犯罪人员中，出狱后没有一人重新走上犯罪道路，其中30多人考上了各类大学，300多人顺利完成初高中学业。24年来，上演了太多、太多的从"一失足成千古恨"到"浪子回头金不换"的蜕变故事。在她看来，对少年刑事案件的办理，一纸判决既是法律程序上的终点，又是让这些失足未成年人重获新生的起点。

少年审判是刑事审判工作的一个特殊领域，它看似简单却是情、理、法碰撞最为激烈和最为直接的地方，帮教一个孩子、温暖一个家、改变一个社会是陈海仪的审判帮教初衷。用她自己的话说就是，新时期的法官妈妈，既要有铁面判官的刚正无私、严格执法，让违法犯罪的行为得到惩处，彰显法治的神圣和威严；也要有母亲般的细致温柔、春风化雨，在精准量刑的基础上劝返迷途，让折翼的雏鸟重新展翅飞翔、拥抱光明。

在广州一所名校就读高中二年级的小豪，因两次参与抢劫，一审被判处有期徒刑三年六个月，上诉后由陈海仪负责二审。陈海仪在对犯罪情节进行认真研究后，认为其情形可以改判适用缓刑。可未成年人要判缓刑必须有监管措施：一是要学校接纳，二是要家庭支持。可这所名校担心影响声誉不愿接纳小豪。就家庭情况而言，原本就不健全的原生家庭更不待见没出息的孩子。为了获得学校、家庭的支持，她先是约见了小豪的父亲，跟他谈孩子的现在、未来,当孩子的父亲觉得自己过去的所作所为愧对孩子时,流着眼泪说:"虽是我的孩子,但你比我更加爱护他,我理应担起这个监护人的责任。"

见家庭的问题解决了,陈海仪又马不停蹄地去了学校。谁知,在做通学校校长、班主任、老师的工作后,五六个学生家长找到了学校校长表达不同意见,原因是担心小豪的行为会带坏他们的孩子。在校长的帮助下,陈海仪一个电话、一个电话地恳请家长们与她见面商谈。每次与这些家长商谈时,陈海仪都会苦口婆心地向他们讲,失足少年之所以失足,大都是家庭和社会造成的,少年一旦失足又因为社会不接纳,就会重新走上犯罪道路,就会危害社会,就会毁掉他们的一生。请家长们设身处地想一想,如果是自己的孩子,作为一个母亲,会有什么感受?见家长们默不作声,陈海仪向他们郑重承诺"三个一定":一定跟踪监管小豪到高中毕业,一定不让他再做坏事,一定不让他带坏其他孩子。精诚所至,金石为开。家长们被陈海仪的精神所感动不再反对,但却留下了狠话:"如果小豪再做坏事,影响了我们的孩子,我们就联合起来去法院告你。"

开庭改判缓刑的那天,是法官陈海仪和被告人小豪一辈子的记忆,当小豪走进法庭时泣不成声:一审时没有一个亲人到场,今天外婆、父亲、班主任都来了。在庭审前班主任微笑着说:"小豪,我代表学校通知你返校,代表全班同学接你回校继续你的学业。为了你,陈法官先后找了5次校领导,还对校长和同学家长担了保,保证你会变好!"班主任的一席话在小豪心中激起了层层涟漪。那一刻,全场的人都流下了热泪。不负陈海仪的小豪在高中期间发奋苦读,后被一所重点大学录取。

初心如磐,使命在肩。自陈海仪担任少年审判法官以来,她常劝慰自己心中要有大爱,这种爱是法官对法律的敬畏之爱,是法官对党、国家和人民的深沉之爱。她常用"全国模范法官"邹碧华一句名言自勉:"将来判断自己人生成功的标志,是看我帮助过多少人走向幸福!"

党和人民没有忘记陈海仪在中国法治进程中的杰出贡献，继两次荣立三等功、一次荣立二等功、一次荣立一等功后，她先后被广东省授予"先进工作者""劳动模范""三八红旗手"，被全国政法系统授予优秀党员干警，荣获由最高人民法院、中央电视台举办的"我最喜爱的好法官"等多项荣誉。2015年4月被广东省总工会评为"广东省先进工作者"。2016年3月被中宣部授予"全国岗位学雷锋标兵"荣誉称号。2017年11月被最高人民法院和人力资源社会保障部评为"全国模范法官"。2018年3月，被全国妇联授予"全国三八红旗手"荣誉称号。2018年，光荣当选为第十三届全国人民代表大会代表、中国妇女第十二次全国代表大会代表。2020年"两会"期间，陈海仪帮助失足少年的事迹被最高人民法院工作报告点名表扬。2020年11月，被中共中央和国务院授予"全国先进工作者"荣誉称号。

法无定法　情有悲悯

"一位优秀的法官，应当有一颗悲悯而勇敢的心。坚守司法良知、无惧猜疑毁谤，以客观的目光论事，以慈悲的心态看人，让人民群众感受到法律对人格、对情感、对事实的尊重，这才是法律真正强大的力量。"

这是广州市中级人民法院金融审判庭副庭长陈舒舒在一次会议上的发言。自2005年进入法院工作，从商事审判庭到涉外审判庭再到金融审判庭，她已经在商事审判领域深耕了十多年。尽管在商事审判一线有着十多年工作经验，但她在中院仍属"小字辈"。正是这个"小字辈"用骨子里与生俱来的胆识挑战了法律适用的局限性，乃至广州中院决定以她大胆启用"自由心证"的案例，推进"示范性判决"试点，探索成文法和判例法之间的融合。

那是一个例行加班的夜晚，法官助理将一个新收的买卖合同纠纷的二审案卷放到了陈舒舒的面前。卷宗显示，上诉人阿曾（化名）是生鲜食品供货商，与一家餐馆老板陈某保持长期的合作关系，出于对陈某的信任，双方并没有签订正式供货合同。

从2012年开始，陈某屡欠货款，可他却赖账不还。而阿曾手中仅有的证据只是送货凭证，而这些送货签收凭证又没有陈某的签名，签收验货的只是该餐馆的员工，这些打零工的员工被陈某辞退后，阿曾再也无法证明签收货物的人与陈某有关联性。也就是说，阿曾给陈某供货一事在"法律事实"层面不存在。

一审法院以证据不足驳回了阿曾的诉请。阿曾上诉后，作为二审法官的陈舒舒认为，此类案件买方市场处于绝对强势地位，原告的举证能力非常有限，10万余元的货款对于大公司来说或许是个极小的数目，但对于一个普通劳动者来说就是一家人维持生计的钱。如果只是机械地适用证据规则和法律规定，很有可能导致实体判决不公，无法实现法律效果和社会效果的统一。

于是，陈舒舒进行了关联案件检索，发现在一个月的时间内，另有8名供货商起诉了陈某，他们的共同特点都是手中只有送货单，再无其他依据。随后，陈舒舒不拘泥于原有举证责任的分配，要求陈某必须到场参与庭审，对日常进货情况进行陈述。同时，她通知所有案件的原告到庭与陈某当庭对质。经庭审，并听取各方意见和比对所有送货单后，陈舒舒结合9宗案件的证据情况，大胆运用自由心证，撤销一审判决，改判陈某向阿曾清偿欠款。

自由心证，在我国又被称为内心确信制度，是指法官依据法律规定，针对具体案情，根据经验法则、逻辑规则，通过内心的良知、理性等对证据的取舍和证明力进行判断，并最终形成确信的制度。

在我国自由心证能否作为法官判断证据的标准目前尚有争议，但有一点可以定论的是，法官所持的立场、观点、方法决定着法官的内心确信，更需要法官的胆识、悲悯情怀。否则，不仅难以得出符合客观事实的正确结论，而且会导致当事人的不满。

阿曾10万余元货款的案件，与陈舒舒过往审理的标的动辄几百万上千万的案子相比，有点儿不足挂齿。但在她看来，"案子虽小，却让我感到法官不应当是冰冷的法律适用机器，而应该是一个充满人文关怀的司法者。只有把人民的根本利益放在心中，坚持以庭审为中心，为争议各方提供一个公开协商、对话、辩论的机会，才能更好地实现社会的公平正义，才能增强当事人乃至全社会对法院、法官、判决的认同感"。

法律，可以在社会变迁中不断变革，而悲悯之心则不能因世事变幻而改变。正是法官这种作为法律人的职业良知和作为常人的本性良知构成了法官的健全品格，而这种法官品格决定着中国司法的未来。

2017年，一件玉石买卖合同二审纠纷案由陈舒舒负责审理。原告所持收条上写的是翡翠原石，切开后却没有翡翠，遂要求卖家全额退款。卖家则称，赌石交易全凭经验判断，须自承风险。买卖双方各持己见，卖家说什么也不肯退款。对此，陈舒舒没有机械适用合同法，而是利用周末的时间深入玉石经营商铺，调查、走访、了解神仙难断寸玉的赌石交易法则，在听取玉石市场办公室相关人员、品鉴专家等多方意见和建议后，陈舒舒判决被告退还原告一半的货款。既为买卖双方做出了公正裁决，又维护玉石行业的交易惯例。该案例被《人民法院报》《人民法院案例选》刊载，并获评第四届全国青年法官优秀案例评选活动三等奖。

这两起分别作为广州中院、最高人民法院认可的优秀案例，与其说是陈舒舒胆识所致，倒不如说是她悲悯情愫、为人品德使然。"我们共产党人要有一颗世界上最悲天悯人的心。"这是电视剧《苍天》中马专员在纠正赵柱子抢婚一案的生效判决时与刘推事的一句对白。悲天悯人的心是善心，是仁爱之心。它像一条红线，贯串人类社会生息繁衍的始终，像一片甘露，洒满人间世界的每一个角落。作为社会公平正义化身的人民法官，更应胸怀一颗善心，保留一份怜悯。这是一种使命，一种责任，更是一份崇高。英国法学家麦克莱说过，善良的心是最好的法律。无论是西方的自由心证还是我国古代的春秋决狱，无不对司法工作者的悲天悯人之心，提出更高的要求并寄予无尽的期望。

公正、廉洁、为民是人民法官职业道德的核心。司法为民之心一旦缺失，裁判就会偏离，公正无法保障，正义必遭泯灭。由此可见，法官的为民之心是实现司法公正的生命之光。

让人民群众在点滴中感受司法的公平正义，用悲悯与担当，诠释司法为民、公正司法的宗旨是陈舒舒的审判理念。担任法官十多年来，由于工作成绩突出，她先后荣获广东省五一劳动奖章、"南粤建功立业女能手"、广东省女法官业务能手、"广州市三八红旗手"、"广东省三八红旗手"、广东省"人民满意的公务员"等称号；荣立个人一等功一次、个人二等功一次、个人三等功两次，荣获广州法院系统"办案能手"两次、"办案标兵"四次；连续6年获评考核优秀；连续6年获个人嘉奖。这是她在法庭上的成绩，也是人民满意的最佳见证。

知识赋能　使命如磐

法庭上，他是手执法槌断黑白的法官；法庭下，他是妙笔生花著华章的司法探索者——早在2015年就获评"全国法院办案标兵"的花都区人民法院民事审判二庭庭长刘靖，2019年又获"全国优秀法官"荣誉称号。

扎根基层法院十余年的刘靖，有一个用知识武装起来的大脑，熟知他办案方式的人都知道，他对案情的分析是丝丝入扣，对当事人的心理透视如同抽丝剥茧，对案件的事实顺藤摸瓜，对证据的采集是不放过任何的蛛丝马迹，乃至时案件审理都是以心思缜密的司法逻辑。

知识赋予他办案的神奇力量，理想赋予他对当代法学的叩问、思考，有着中国人民大学研究生学历的他，每经办一宗案件总要对这一案件进行系统梳理，对其人性、法性、证据、证言进行全方位、多层次剖析，进而提出自己独特的见解。

近年来,我国经济发展的内外环境发生深刻变化。从国际看,世界经济处在危机后的深度调整期,国际金融市场波动加剧,地缘政治等非经济因素影响加大。从国内看,我国进入上中等收入国家的行列,过去支撑经济高速增长的要素条件和市场环境发生明显改变,经济潜在增长率趋于下行,与此同时,趋势性、阶段性、周期性矛盾相互交织,"三期叠加"的阵痛持续显现。正是这一"三期叠加"的经济现象,直接反映在企业的劳动关系争议上,在一定程度上加大了基层劳动争议案件的审判难度。

一方面,由于劳动者法律意识和维权意识不断增强,日益增多的劳动争议案件,成为构建和谐社会中的不和谐因素。另一方面,新的《中华人民共和国劳动合同法》实施以来,劳动争议案件出现了新一轮的增长高峰,主要表现在《中华人民共和国劳动合同法》赋予劳动者的权益在社会实践中难以实现。

作为法官,在审理此类案件时发现,如何实现法律赋予劳动者的权益,劳动者在权益受到损害时又应如何去维护,以及如何取得相应的证据来证实劳动者的权益受损,成为摆在劳动者面前的一大难题。

劳动争议案件在并不成熟的市场经济发展中并不特殊,其司法解释对其举证也做了特殊规定,但在审判实践中,劳动者在劳动过程中能够取得证据的仍然是少之又少。如何改变证人出庭难、平衡司法审判中劳动争议双方对证人证言这类特殊举证方式的运用,是法官自由裁量权的一个重要组成部分。

针对这一问题,刘靖结合他曾审理的5247件劳动争议案件中的证人出庭作证状况,提出采用实证分析的方法断案。这一大胆的设想与长期从事劳动争议案审理的同事卢永良不谋而合。于是,两人从对劳动争议案件中证人出庭难、证言采信难的现状进行成因分析,合作撰写了《对劳动争议诉讼中证人证言的理性思考》的论文。该论文在全国法院系统第二十三届学术讨论会获奖后在全国法学界引起了强烈的反响。有专家指出，该论文提出的弱势与无奈的观点是现实出庭难的真实状况。

何止是现实，有的案件中证人、证言、证据即使确凿无疑，对方也会狡辩三分。2020年新年伊始，一场新冠肺炎在中国大地迅速蔓延，来势汹汹，让人措手不及。早在疫情之前，与广州某汽车销售有限公司签订车辆租赁合同，用于"滴滴"网约车辆服务的何师傅，由于疫情影响未能及时给某汽车销售有限公司支付租金。于是，某汽车销售有限公司向花都法院提起诉讼，要求解除与何师傅的合同，并要求何师傅支付租金、车辆维修费、拖车费、违章处理费及提前退车违约金等费用。

何师傅应诉后，承认只是在疫情期间欠付租金，表示有意还款并自愿履行其他义务。当刘靖问何师傅为何不按合同约定按时交付租金时，何师傅辩解称受新冠肺炎疫情影响，在春节期间自己因封村在家无法出行，加之本人无其他收入，故不能及时付租、处理违章及完成修理。

案件受理后，刘靖从共渡难关、互谅互助的角度，通过庭前多次调解基本达成共识，开庭当天促成双方达成调解：何师傅补交1月份租金并取回车辆继续从事"滴滴"网约车服务，免交2020年2月至4月租金，从5月开始继续交付租金。

这是一个看似极为普通的案件，可原告在诉讼中，以何师傅口头陈述不能作为证据为由进行反驳，原因是没有证据表明何师傅春节期间因疫情被封闭在家没有出车。何师傅辩解，既然是网约车，我每出一次车就会有网约记录，网络平台可以证明。原告仍称，即使是有充足的证据也应在法庭上展示，不能展示的证据，法庭应视其为无效证据。

刘靖在庭后调解时对原告说，根据《最高人民法院关于民事诉讼证据的若干规定》第十条规定，对于众所周知的事实，或根据法律规定或者已知事实和日常生活经验法则推定出的另一事实，当事人无须举证证明，当事人有相反证据足以推翻的除外。疫情期间，何师傅所在的当地政府确实有发布关于封村的公告，这是大家都知道的事实，那么这就可以推断出何师傅当时是封村在家、无法出车。所以，被告何师傅所述的事实可以作为本案证据，予以采信。

经刘靖引用法律法规依据后，原告某公司虽与被告何师傅达成调解协议，但仍对此案件持怀疑态度。庭后，刘靖找到公司领导做工作说，新冠肺炎疫情期间，小微民营企业及个体工商户的经营都受到较大影响，你们作为实体经济企业是有困难，但作为个体的何师傅的困难比你们大得多，此案如此调解，我觉得对双方来说都比较公平。原告公司的负责人见刘靖态度诚恳，想了想也是这么一个理，便同意按双方达成的调解协议执行。

在一次院内举行的例行案件讨论会上，刘靖向与会者介绍这个案子时说，民事案件不确定的因素不比刑事少，就证据而言，被告往往处于劣势地位，特别是遇到不可抗力的因素，诸如这次新冠肺炎疫情，我们就应对证人证言做理性思考。在某公司诉何师傅这一案件中，证言是何师傅自述在家，事实上无证据，也可以说他有证据，这个证据就是政府发布的关于疫情期间封村的公告，这个公告大家都熟知。就案情而言，原被告双方均陷入困境，如何妥善平衡双方的利益冲突，找到合适的调解方案，对促进双方当事人在疫情期间尽快复工复产有着重要的意义。我通过调解方式化解纠纷，让双方握手言和、同舟共济，较好地开创了企业快速运转、从业者继续工作、社会秩序保持和谐稳定的"三赢"局面。

使命如磐，公正在心。努力让人民群众在每一个司法案件中感受到公平正义，是每一个法官的理想追求。工作中，刘靖多思多学，对每一宗案件，都尽力寻求最优解决方案，在保障各方当事人合法权益的同时，化解矛盾，维护公平正义。社会发展日新月异，法律条文更新迭代，在学习的路上，刘靖毫不松懈。

酷爱学习的刘靖，熟知法律，也曾有过1名法官舌战3名律师的历史。用他自己的话说就是，法官的能力水平和文明程度在很大程度上决定着法律实施的效果，作为新时期的法官，就要按照习近平总书记要求：好学才能上进，好学才有本领。中国共产党人依靠学习走到今天，也必然要依靠学习走向未来。各级领导干部要勤于学、敏于思，坚持博学之、审问之、慎思之、明辨之、笃行之，以学益智，以学修身，以学增才。要努力学习各方面知识，努力在实践中增加才干，加快知识更新，优化知识结构，拓宽眼界和视野，着力避免陷入少知而迷、不知而盲、无知而乱的困境，着力克服本领不足、本领恐慌、本领落后的问题。

结合工作需要学习，不断提高自己的知识化、专业化水平；坚持干什么学什么、缺什么补什么，是广州法院人对自己的严格要求；努力使自己真正成为行家里手，以学益智、以学修身是刘靖对自己的要求。近年来，刘靖学以致用，结合工作实际撰写和与他人合作撰写了《回归本真：从全国模范法官评选看法官角色定位与合理转型——基于312位全国模范法官的考察》《乐不思"属"的希冀：论我国司法管辖区制度重构的进路选择》《繁简分流背景下的口头裁定的帕累托改进》《制度的司法完善》等多篇论文，这些论文为推动我国立法的完善、司法体制改革的深化、法律问题的研究等起到极为重要的作用。

四　群英镜像

2018年9月27日，中央政法委秘书长陈一新在出席"致敬政法英模——唱响新时代政法战线的英雄赞歌"活动中讲话指出，政法英模始终牵挂的是人民群众的安危冷暖，悉心守护的是千家万户的平安幸福，他们的先进事迹揭示了政法机关与人民群众同呼吸、共命运、心连心的血肉关系。他们为社会公正、人民安康，兢兢业业、无私奉献，付出了常人难以想象的辛劳、汗水和鲜血。

在世人眼中，律师是光鲜的。殊不知这光鲜的背后他们有着险象环生、如履薄冰的舌战处境。在世人眼中，管教干警和那些为罪犯提供医疗保障的医护人员是靓丽的，可谁知他们靓丽的背后有着常人难以忍受的痛苦。在众人眼中，那些社区矫正人员的工作是轻松的，又有谁知道他们工作轻松的背后是沉甸甸的责任。

仗义执言　扶弱扬善

党的十八届四中全会决定，强化诉讼过程中当事人和其他诉讼参与人的知情权、陈述权、辩护辩论权、申请权、申诉权的制度保障。

律师是中国特色社会主义法律工作者，在服务经济社会发展、保障公民和法人的合法权益、维护社会公平正义、化解社会矛盾纠纷、促进社会和谐稳定方面发挥着重要作用。他们同立法、执法、司法工作者一样，都是全面推进依法治国、建设社会主义法治国家的重要力量。

律师执业权利水平保障，关系到当事人的合法权益能否得到有效的维护，关系到律师的作用能否得到有效的发挥，更关系到国家法律能否得到准确实施，律师队伍建设的好与坏是一个国家民主法治的重要标志。

近年来，广州市司法局以服务中国特色社会主义法治建设为宗旨，全面落实新时期党对法律工作者的要求，加强律师队伍的思想政治素质、业务工作能力、职业道德水准建设，采取切实有效措施教育引导广大律师把拥护中国特色社会主义法学理论和法治体系作为执业的基本要求，坚决抵制违反我国宪法原则及不符合我国国情的政治制度、法律制度、法治理念，坚决抵制、拒绝参与由境内外敌对势力插手挑起的所谓"维权"活动，不断增强走中国特色社会主义法治道路的自觉性和坚定性；为建设中国特色社会主义法治体系、建设社会主义法治国家贡献律师力量。

据悉，目前广州市执业律师规模在全国省会城市中排名第一，每万人拥有律师数为10.38人。先后有4家律师所、9名律师被司法部评为全国优秀律师（所），3家律师所10名律师荣获"全国公共法律服务先进个人""全国'七五'普法中期先进个人""全国律师行业先进党组织优秀党员""全国维护妇女儿童权益先进个人"。

在保障律师行使权利，为律师提供服务方面，广州市先后建成全国首个律师大厦，成立全国首家涉外律师学院、全省首家公职律师试点单位（广州市公职律师事务所），并率先在全国推行律师调查令制度。在推进刑事案件律师辩护方面，广州市制定了全国首个《刑事案件律师辩护全覆盖实施细则》。自2017年11月试点以来，全市为刑事全覆盖案件被告人提供律师辩护1.2万件，提供法律帮助1.7万人次。

2019年7月，中共中央办公厅、国务院办公厅印发《关于加快推进公共法律服务体系建设的意见》（以下简称《意见》）并要求各地区各部门结合实际认真贯彻落实。《意见》第十条强调，积极为国家重大经贸活动和全方位对外开放提供法律服务。

广州不仅是千年商都、中国海上丝绸之路的重要港口，也是近现代中国最早出现律师和涉外法律服务的城市。从首位涉外律师钟惠华到2019年境外律师分支机构17家之多；从越秀山上的历史文物，到"老广"们熟知的花园酒店，再到"双十一"的跨境购物商品……无一不说明涉外法律服务与广州这座开放城市相伴而生，随法共兴。

伴随着新中国成长而成长的广州涉外律师队伍，以一言一行维护共和国法律尊严，一举一动体现民族气节的精神风貌，在无数次的唇枪舌剑中创造了一个又一个的骄人业绩。

继在美国洛杉矶设立第一家中国律所办事处后，广州金鹏律师事务所于2019年下半年在加拿大、澳大利亚以及缅甸设立了4家境外办事处。其引人注目的典型案件是一宗由美国加州联邦地区法院受理的广东某服装企业的版权侵权案，该所律师成功地化解了中国企业在美国受到的版权侵权指控，避免了重大经济损失和可能面临的行政执法风险，被业界称为打破了原告不败的"神话"。

诸如此类，对广州涉外律师来说屡见不鲜。2017年10月11日，一宗以广州白云国际机场股份有限公司为原告，以泰国暹罗航空有限公司为被告的航空服务合同纠纷案，在广州市中级人民法院"一带一路"建设案件专业合议庭审理，这是该合议庭成立后审理的全国首件涉"一带一路"建设案件。由于案情复杂、政策性强，案件备受国际社会舆论关注。担任这一案件原告代理律师的广信君达律师事务所律师慕亚平、周莲，针对法庭提出的焦点、疑点问题进行了准确、有效的应答、辩护。最终，该案全面支持了原告广州白云国际机场股份有限公司的诉讼请求，判令被告泰国暹罗航空有限公司向原告支付航空服务费以及由此而产生的滞纳金。

港珠澳大桥是一座连接香港、珠海和澳门的桥隧工程。自2009年12月15日动工建设，到2018年10月24日开通运营历时9年。作为粤港澳大湾区重要跨境交通基础设施之一，有着一桥跨三地、通三区之称，该项目从策划准备到实施完工创下多项世界之最。人们在惊叹这座备受瞩目的世界超级工程时，也为在建设过程中同样攻克法律难题的广东君信律师所曾亦军团队叫绝。

一个国家，两种制度，三个法域，三个平行地方政府，三种货币，三个技术标准，三个独立关税区是粤港澳三地的真实写照。作为大湾区建设的先导工程和"试验田"，从策划准备到实施建设，再到建成、营运，整个过程遇到的法律问题是人类法制史上最多且最不常见的问题。

如何将不同的三个法域融合在一起，巧妙适用法律，科学处理争议，为全球大型跨境基建项目的法律问题提供"中国方案"？既需要理论上的积极探索，又要从实践中出真知。2004年3月，广东君信律师事务所接受了港珠澳大桥前期工作协调小组办公室的聘请，签约成为港珠澳大桥项目的法律顾问。

"港珠澳大桥在建设中攻克了诸多世界级技术难题，同时也攻克了许多世界级法律难题，在世界法律史上同样创造了奇迹。"广州市司法局相关工作人员在接受媒体采访时说，"这是广州律师业强化责任担当、发挥职能作用，全力服务国家重大建设项目的缩影、写照，是广州律师在粤港澳大湾区法律服务实践探索中的典范。"

在港珠澳大桥的建设中，不负众望的曾亦军团队被评为"2018年度中国律师行业十大最受关注人物"，主办方曾这样评价："法律是一座无形的桥，律师法律服务与国家重大工程建设同呼吸。"

随着海上贸易的不断增长和跨境电商等新业态的兴起，涉外法律服务的需求越来越大，其案件向新、特、奇等方面转化。

"你的快递包裹在印度洋随船沉没中灭失了……"下水不到6年的日本

某大型集装箱船在印度洋发生船体完全断裂沉没事故，全船4382个中国集装箱全部灭失。船东及保险人委托广东敬海律师事务所全面处理全国各地多个货主和货物保险人对承运人提起的货损索赔，并配合在日本设立的海事责任限制赔偿基金诉讼以及针对造船厂的产品质量诉讼。

在海事审判实践中尚未有成功案例的不利条件下，广东敬海律师事务所律师陈向勇带领律师专家团队，成功证明了船舶存在潜在缺陷是造成货物灭失的原因，承运人依法不负赔偿责任（由保险解决），得到了法院的支持。该系列案是我国法院首次适用《中华人民共和国海商法》第五十一条第十一款的规定判决承运人免责的案件，引起了国际航运和海事司法界的关注，并入选当年最高人民法院"十大典型海事案例"。值得一提的是，该律师代理的另外一宗海上污染损害责任纠纷案也同时入选当年十大案例。

爱心接力　帮教回归

"感谢你们这7个多月里帮我寻找儿子、照顾儿子、抚养儿子、教育儿子，你们不是亲人，却胜似亲人……"2020年6月9日，广州女子监狱孙某刑满释放，在写给广州女子监狱的感谢信中说，"我身在高墙内，不能尽一位母亲的责任照顾、抚养孩子，而监狱的警察们像妈妈一样在孩子无助、孤独、彷徨的时候，帮助孩子、安慰孩子，修复受伤的心灵。儿子遇上我这样的母亲是不幸的，但是遇上你们这样的警官又是幸运的，柳副监狱长和警官们用爱心感化我们，用智慧启迪我们，用美德陶冶我们，用真情感染我们……"

孙某自入监后，情绪很不稳定，经常偷偷哭泣，监区民警发现后，与她谈话了解到，孙被捕前已离婚，孩子的父亲因病无行为能力，不能履行监护儿子的职责，她被捕后就与自己12岁的儿子失去联系，非常担心其现状。了解到这一情况后，监狱民警特意邀请岭南心学研究会的志愿者们帮助孙某寻子。

在岭南心学研究会志愿者的努力下，终于找到了这个因母亲收监、父亲无力监管的孩子。然而，超出志愿者们意料的是，这个已辍学在外游荡多年的孩子，不但文身，而且为了填饱肚子还染上了小偷小摸的不良行为。为防止孙某的孩子也走上犯罪道路，2020年1月21日，带着孙某写给儿子的亲笔信和录制的视频，广州女子监狱副监狱长柳维一行驱车3个多小时前往孙某家乡广东河源探访。孙某的儿子看到妈妈的视频和信件之后泣不成声……

为了安排好孙某儿子的生活，监狱还与当地民政部门、镇政府和派出所多方积极沟通联系，根据民政部等12部委联合发文的《关于进一步加强事实无人抚养儿童保障工作的意见》，共同制订了后续的帮扶方案。并通过监地联动等机制说服了孩子同父异母的姐姐作为监护人，并协助申请教育资助经费每月1200元，保障其基本生活和正常上学。

孙某了解到儿子在监区领导的帮助协调下，温饱、入学有了着落后，不仅心存感激，而且积极改造。特别是新冠肺炎疫情暴发后，她用实际行动回报民警的关爱，主动报名参加监区各项义务工作。管教民警见她每天都是汗流浃背，有时一天下来衣服都可以拧出水来，劝她注意休息，但孙某觉得要用自己的言行影响更多的监区姐妹，带动大家一起参加义务劳动。当孙某出监后，她所在的小组传承了孙某天天参加义务劳动的信心、决心，使整个监区形成了人人爱劳动，在劳动中改造自己的良好风气。

对刑释人员未成年子女的成功帮扶，是广州女子监狱帮教工作向社会延伸的一次有益尝试。

近年来，广州女子监狱建立服刑人员未成年子女社会帮扶长效机制，变单一监狱为联动监狱，主动联系地方司法部门、民政部门及社会组织，形成家庭申请扶助—志愿者实地评估—签订合作计划—委托帮扶未成年子女—形成多对一、一对一助养—心理、法律援助等系列帮扶体系。这种帮扶体系的建立，对监狱而言，不仅能促进监管稳定，使服刑人员重塑认识罪错、改过自新的人生，更能关照服刑人员的家庭；对社会而言，通过救助因家人犯罪服刑而失去监护的未成年人，解决教育、生活问题，能极大限度地避免罪犯子女再犯罪问题，减少产生新的问题少年，有利于社会安定。

管教的目的是帮教，作为基层的一名"老管教"，广州花都监狱三级警长汤伟军，不仅连续多年年终考核成绩优秀，获评全国监狱系统先进个人，而且有着优秀侦察员等多种荣誉。曾先后创下监狱管理多个第一：监区无花名册背靠背点名通过率100%，背后5米无花名册点名255人；创立监狱第一个打板中心；拿下监狱第一届罪犯会操比赛冠军。2018年，他所在监区以监狱管理第一名的总成绩通过广东省规范化监区的验收。

在日常管理中，汤伟军带头做好"七摸清""八必谈"。2018年9月，四监区一名新收押的罪犯霍某引起了汤伟军的注意。霍某二十出头，正值青春韶华，但表现呆滞、反应迟缓。民警找他谈话，他很少回答，更不与其他罪犯交流。经过多方打听，汤伟军了解到该犯原犯盗窃罪，被捕后因为心理压力过大出现了精神崩溃，在看守所绝食半年之多，靠医护人员输送营养液维持生命，直至送到花都监狱前一个星期才恢复自主进食。巨大的精神压力和长期的营养不良导致霍某精神恍惚。得知此情况后，汤伟军多次联系监狱心矫部门对霍某进行心理疏导。同时，在获得监狱有关部门同意之后积极联系该犯家属对该犯进行亲情帮教。在汤伟军和同事们的努力下，霍某从不说话到能够和汤伟军正常沟通并慢慢地参加文明监区建设、罪犯队列训练。这一身体机能和心理健康的恢复，使霍某家属十分感激，赠予锦旗以表示对监区及汤伟军本人的感谢。

警医协同　爱心满满

在广州有这样一个医院，有这样一群特殊的白衣天使，他们服务的对象特殊，工作风险不可预见，但他们依旧在这种特殊的工作环境中日复一日、年复一年，用争当时代先锋的奋斗精神，保障病残吸毒人员的生命健康，用不悔的青春谱写着广州城的平安和谐，他们就是广州市司法行政系统的戒毒医疗人。

在医院刚成立不久，工作条件艰苦、执业风险极高、待遇条件差、医疗工作特殊、救治对象特殊……第一批前来工作的医护人员大部分远离市区。这是因为特殊监管条件下的戒毒医疗工作需要有更大的决心，更多的耐心，更好的爱心。

身患艾滋病、肺结核、丙肝等疾病的吸毒患者买买提，是较早送到这个医院的吸毒人员。入院后戒断症状异常明显，与医护人员恶言相向，完全不配合治疗。面对既是违法吸毒者又是病患者，且有暴力倾向的买买提，医护人员没有胆怯、退缩，始终践行医务工作者的职责与使命，用耐心爱心感化他、用最好的药物给他治疗。在医护人员长达180多天的治疗感化下，买买提重塑信心，积极配合治疗，终于有大幅好转。

戒毒医疗工作危险、琐碎，大部分病残吸毒者因长期静脉注射毒品，手上、脚上的血管硬化坏死，给护士采血、注射带来极大的困难。肺结核合并肝炎患者王某，全身浅表静脉血管基本报废。护士给他进行静脉穿刺抽血化验时，不得不找来婴儿使用的头皮针，在他手掌上寻找基本能用的静脉，由于肢端静脉血液不够，护士又不得不在颈部动脉中抽取足够的血液。

与医护人员相伴的还有一支戒毒警察队伍，他们担负着广州市强制隔离戒毒场所中身患重症戒毒人员的收治、管理教育和医疗安全监管任务，帮助那些因吸食毒品而身患重症的"特殊病人"早日摆脱毒害的病痛。为此，民警们常年身处高危环境，不怕脏、不怕累，陪伴着病患戒毒人员战胜病魔。在守护患病戒毒人员的日日夜夜，值勤民警永远都绷着"一分钟"的神经，因这类人群随时都面临着生命危险。

一个清新的早上，广州籍戒毒病人阿荣（化名）起床洗漱，突然倒地，口吐白沫，脸色铁青，肌肉紧绷，身体抽搐发抖，牙齿咬得咯嘣咯嘣作响。

值班民警立即赶到现场,快速将病人的嘴巴掰开,找来毛巾,检查口舌,排除异物,民警一连串娴熟的动作为医护人员抢救赢得了时间,维系了病人的生命。

与普通戒毒场所不同的是,在广州还有这样一个特类人员强制隔离戒毒所。之所以称之为"特类人员",是因为在这里工作的医护人员和帮教民警在正常工作中都必须戴好防护用具。

2019年2月12日,一支由优秀民警组成的监管大队正式入驻某医院。负责在该院住院的戒毒人员的医疗秩序维护、戒毒执法、安全护卫等工作。荣获全国司法行政戒毒工作先进个人称号的警戒护卫大队教导员郭宝平是最早进驻这家医院的民警之一。

在郭宝平看来,这些吸毒人员的生命、健康权都值得保护、尊重。那是一个雨后的黄昏,戒毒人员黄某因毒瘾发作企图自残,接到报警后的郭宝平第一时间冲进病房,在采取有力措施制止黄某的自残行为后,郭宝平和其他民警一起对黄某耐心劝导,黄某听后渐渐地放弃了轻生念头。

2020年2月7日,郭宝平同志期盼已久的儿子出生,再为人父的他真的想多陪伴一下妻儿,但"疫情就是命令",曾为军人的他深知,只有全面打赢疫情防控阻击战,才能无愧这身警服。带着对妻儿的思念和工作的执着,他认真履行工作职责,每当有工作任务时总是冲在前面,发挥党员模范带头作用。

为切实实现场所"零输入、零感染"的目标,保障所部民警职工生命安全和身体健康,他积极协助大队长进一步完善所部门岗管理措施,制定应急预案,认真做好《警戒护卫大队体温登记表》《疫情防控个人信息申报表》等表册的填报检查工作,把好所部防疫工作第一道关卡……

在广州,像这样的监狱、戒毒所总共有12个,超过3000名监狱戒毒所民警工作在一线。他们长期坚守基层,履行着改造罪犯、教育矫治戒毒人员的"特殊园丁"职责,感化人心、治病救人的感人故事几乎每天都在场所发生着。2020年的疫情防控阻击战中，监所民警全体执行轮班封闭执勤工作，有的民警甚至半年没回过家。他们以青春和奉献精神，为保护人民群众生命财产、维护城市长治久安默默无闻地工作着、贡献着。

若非挚爱　何以使然

社区矫正是指将符合条件的罪犯置于社区内，由专门的国家机关在相关的社会团体和民间组织以及社会志愿者的协助下，在判决、裁定或决定确定的期限内，矫正其犯罪心理和行为恶习，使其顺利回归社会的非监禁刑法执行活动。

广州市司法局自2006年启动社区矫正试点，2010年全面试行以来，把大力加强社区矫正机构队伍建设、促进执法工作规范化、提升科技监管水平、推进社会管理创新、提高教育矫治效能作为抓手，使在矫正期间再犯罪率长期维持在较低水平。

为确保监管秩序持续安全稳定，2017年5月，广州市司法局、广州市公安局联合出台文件，在广东省首创社区矫正对象法定不批准出境"双报备"防范机制，有力破解社区矫正对象违法出境出国监管难题。此项举措获得省司法厅高度评价，作为2017年度广东省司法行政系统创新类示范培养项目，并在广东省内推广。

为推进社会管理创新先行先试，2009年指导建立了全省首个非营利性司法社工组织——广州市尚善社会服务中心；2015年广州市政府制定出台全省首个司法社会工作发展的政策性文件《广州市司法社会工作项目体系建设实施方案》，为社区矫正工作引入司法社工专业力量构建了长效保障机制；2016年指导成立广东省首个司法社工行业协会——广州市司法矫治协会。目前，市、区两级共购买21个司法社工项目，15家社工机构284名司法社工参与社区矫正。

在全省率先采用电子手环定位监管社区矫正对象，《中华人民共和国社区矫正法》实施后改用"智慧矫正"微信小程序进行日常监管；建成全国首个市一级"社区矫正在线教育学习平台"，全省率先完成市区两级社区矫正（指挥）中心建设，远程视频督察系统建设实现部—省—市—区—街（镇）五级平台互联互通，建成"微＋"社区矫正小程序投入应用，全市建成了监管定位、远程督查、应急处置、实时监控、网上教育、立体防控的"智慧矫正"信息化监管体系。2020年1月，广州市司法局社区矫正执法处作为广东省唯一入选社区矫正机构先进集体获得司法部表彰。

获得司法部表彰的不仅是广州市司法局社区矫正执法处，还有广州市天河区司法局社区矫正管理科科长胡丽雅。

"每一个镌刻着爱与善意的灵魂，都会成为我们生命中的摆渡人"，这是作家克莱儿·麦克福尔的《摆渡人》中的一句话，也是胡丽雅在社区矫正工作中的理念。16年来，在社区矫正工作岗位上，她凭借敢拼敢冲的韧性和执着，有效地遏制了社区矫正对象的重新犯罪率，成为社会平安有序、百姓安居乐业的守护神。

广州市天河区有着近500名社区矫正对象，在任务重、人手不足的情况下胡丽雅另辟蹊径，通过政府购买社会服务的方式，建立天河区自强社工服务中心，连续7年为矫正对象提供司法社工服务，很好地缓解了人手不足的压力。

为了使矫正对象监管到位，她又率先引入电子手环替代定位手机，2015年为省内社区矫正对象首次佩戴上电子手环，实现对社区矫正对象行踪的实时监控与约束。

2015年12月4日，在面对"一无直接证据、二无证人证言、三是年代久远"的艰难取证情况下，胡丽雅抽丝剥茧，在历经材料"三退三送"和为时80天的调查取证后，终于为98岁高龄的香港籍老人陈某顺利办理特赦报请工作。

那是2015年9月11日，胡丽雅所在的社区矫正科收到矫正对象陈某的特赦申请。经胡丽雅确认，陈某曾参加由中国共产党香港地下组织举办的抗日救亡活动，符合相关部门关于特赦人员的申报条件。对此，胡丽雅一方面告知陈某及其家属提交相关证明材料，另一方面就陈某参加抗日救亡团体的情况开展详细调查。

在收集到广东省中联办出具的证明和陈某个人自述等证据材料后，胡丽雅专程到广州市中级人民法院审监庭就陈某个案进行协调，寻求指引。法院建议围绕陈某参加的抗日组织的性质、加入中国共产党情况、证人证言三个方向开展第二轮补充调查。

胡丽雅翻查大量历史文献资料，通过互联网以及各大图书馆等渠道开始寻找，终于在《青春进行曲：回忆香港虹虹歌咏团》一书中找到相关线索。该书对陈某提及的虹虹歌咏团进行了详细记述，可初步认定这个团体是中国共产党直接领导的青年进步团体。虽然找到了关键性的线索，但仍然无法直接证明陈某曾参加过抗日组织，故特赦评议未被通过。

考虑到陈某已是98岁高龄，身体健康状况较差，生活起居有着许多不便，胡丽雅决定就相关证据开展第三次调查，并在中共广东省委党史研究室编写的《广东党史》杂志上找到了关于虹虹歌咏团的介绍，与之前找到的书刊相互印证，确定虹虹歌咏团系中共南方临时工作委员会领导的进步爱国抗日青年团体。同时，找到了一名认识陈某且也参加过虹虹歌咏团的93岁证人陈阿姨。据陈阿姨介绍，陈某确是参加过虹虹歌咏团并提供了有力的证人证言。

2015年12月4日，经广州市中级人民法院裁定，陈某被予以特赦。被特赦的当天，陈某难掩心中的激动，紧紧握住胡丽雅的手感叹道："感谢党！感谢政府！感谢您！如果不是您不辞劳苦、不言放弃，我这件事就办不下来！"

第六章

循法而行　依法而治

一 服务湾区

粤港澳大湾区，由香港、澳门两个特别行政区和广东省广州、深圳、珠海、佛山、惠州、东莞、中山、江门、肇庆9个珠三角城市组成，与美国纽约湾区、旧金山湾区，日本东京湾区并称为世界四大湾区。是中国开放程度最高、经济活力最强的区域之一，在国家发展大局中具有重要的战略地位。

推进粤港澳大湾区建设，是以习近平同志为核心的党中央作出的重大决策，是习近平总书记亲自谋划、亲自部署、亲自推动的国家战略，是新时代推动形成全面开放新格局的新举措，也是推动"一国两制"事业发展的新实践。

推进建设粤港澳大湾区，有利于深化内地和港澳交流合作，对港澳参与国家发展战略，提升竞争力，保持长期繁荣稳定具有重要意义。2017年7月1日，习近平出席《深化粤港澳合作，推进大湾区建设框架协议》签署仪式。2019年2月18日，中共中央、国务院印发《粤港澳大湾区发展规划纲要》。按照规划纲要，粤港澳大湾区不仅要建成充满活力的世界级城市群、国际科技创新中心、"一带一路"建设的重要支撑、内地与港澳深度合作示范区，还要建设成宜居、宜业、宜游的优质生活圈，成为高质量发展的典范。

从学术界的讨论到地方政策的考量，再到国家战略的提出，粤港澳大湾区建设经历了20余年的"纸上谈兵"过程，其立法程序也面临着"一二三四"（即一个国家、两个制度、三个关税区、四个核心城市）的实际困难，存在三种不同的法律制度，涉及两种法系。由于众多的历史原因，珠三角九市是内地法域的组成部分，属于大陆法系，香港为英美法系，澳门则秉承葡萄牙法律传统，亦属于大陆法系。法域、立法主体多且行政级别不一，直接导致市场在立法资源配置中的作用薄弱，在一定程度上制约了大湾区立法协调机制的构筑。

基于法律冲突是湾区区域经济一体化面临的重要问题，2018年7月23日至27日，最高人民法院院长周强在广东调研法院工作时强调，要充分发挥司法职能作用，营造良好法治环境，为粤港澳大湾区建设提供有力司法服务和保障。并要求，加强对粤港澳大湾区建设中法律问题的研究，深化司法体制和机制改革，加强司法应对和区际司法协助。

汲取营养　择善而用

古往今来，无论是东方还是西方，人们在社会治理的探索和运用中，都不约而同地使用了法律手段。

从"天下之事，一断于法"的法律思想，到"王子犯法，与庶民同罪"的司法理念；从春秋时子产铸刑鼎首次公布法律，到汉唐以降历代相沿的成文法典……古老中国漫长的法制演进，蕴含着丰富的法律智慧。习近平总书记指出，要注意研究我国古代法制传统和成败得失，挖掘和传承中华法律文化精华，汲取营养、择善而用。

法治环境建设是粤港澳大湾区营商环境建设中的重要一环；推进国家治理体系和治理能力的现代化，同样需要发挥法治体系的引领、规范和保障作用。

建设粤港澳大湾区，有利于深化内地和港澳交流合作，对港澳参与国家发展战略，提升竞争力，保持长期繁荣稳定具有重要意义。如何保证满足往来广州、往来粤港澳大湾区的世界各国客商的司法需求，是摆在广州司法队伍面前的一道时代课题。

2020年9月22日，在广州市第十五届人民代表大会常务委员会第四十一次会议上，广州市司法局领导向大会报告粤港澳大湾区法律服务集聚区的工作情况。据介绍："广州现已初步建成天河、白云和南沙三个法律服务集聚区，为大湾区发展提供高端、集约、多元的法律服务。"

为给粤港澳大湾区提供坚实的法治保障，广州市人大常委会出台关于加强法律服务工作促进粤港澳大湾区建设的决定，提出建设国际民商事争议解决之都，打造粤港澳大湾区商事纠纷解决中心、广州国际商贸商事调解中心、亚太地区国际仲裁中心"三大中心"。其目标是进一步深化广州的法律服务业建设，加快整合法律服务资源，将广州建设为法治中国标杆城市。

天河、白云和南沙三个法律服务集聚区，汇聚着具有行业标杆的法律服务机构和关联公司，在这里人们可享受到高标准的法律咨询、法律援助、律师管理、司法公证、诉讼服务、司法鉴定等多种法律服务。目前广州已形成"一个阵地"（涉外律师学院）、"两个平台"（法律服务交易会、广州国际商贸商事调解中心）、"六大支柱"（广州国际商贸法律服务中心、涉外、"一带一路"、粤港澳大湾区及自贸区、海事海商、公平贸易专业委）的涉外法律服务格局，建立了近650人"涉外律师库"和22人"涉外调解律师专家库"，为护航民营企业走出去，为民企参与"一带一路"、粤港澳大湾区建设，赴境外投资贸易等提供法律保障，广州律师"走出去"步伐明显加快。

在知识产权法律服务方面，2019年广州成立了全省第一家知识产权公证处，组成专业团队进驻中新广州知识城；设立全省首家粤港澳大湾区知识产权调解中心，为粤港澳大湾区内市场主体提供快速、高效、便民的知识产权纠纷调解服务。同时推动市、区两级法院包括广州知识产权法院、广州海事法院设立律师调解工作室。近期通过已成立的广州国际商贸商事调解中心，不断建立健全多元化的矛盾纠纷解决机制，以提高涉外商事和知识产权领域的司法效率。

经济飞速发展的广州，其司法机构也十分发达。有数据显示，截至2020年6月，广州共有各类法律服务机构4000多个，法律服务人员3万余人；涉外律师事务所167家，涉外律师648人。广州律师服务中小微企业57421家，免费提供"法治体检"企业55131家。

为更好地深化法律服务集聚区建设，完善公共法律服务体系，促进在涉外法律服务业发展拓展海外法律服务市场，打造具有国际竞争力、影响力的涉外法律服务机构，并加强粤港澳三地法律服务机构和法律界人士多元交流，从而探索常态化的三地合作协同机制，广州市司法局先后制定了《广州市公共法律服务促进办法》《广州市公共法律服务体系建设发展规划（2021—2025）》等规范文件。

"这些文件大都是针对大湾区深度融合过程中产生的新情况、新问题而制定的，目的也很明确，那就是为粤港澳大湾区建设营造稳定、公平、透明、可预期的法治化营商环境。"广州市司法局公共法律服务管理处处长姚自斌介绍说，"既解决法律服务工作面临的现实和紧迫问题，又充分发挥广州法律服务业的优势和特色。"

如果从司法局的层面审视涉港澳法律服务，可以用无微不至来形容。继在硬件方面建成天河、白云和南沙三个法律服务集聚区，为大湾区发展提供高端、集约、多元的法律服务的同时，目前已完善港澳籍陪审员、特邀调解员制度，建立特邀调解员、专家咨询委员共享花名册。选任港澳籍人士担任的人民陪审员、特邀调解员，已参与涉港澳案件的审理和调解工作，较好推动了不同法系之间审判方式的学习与交流。

此外，广州司法机构还为湾区建设提供了无障碍法律服务，并探索建立粤港澳三地调解员资质互认机制；支持设立粤港澳联营律师事务所，推动港澳律师参照内地律师的险种和标准在内地购买律师执业保险制度，开展香港法律执业者和澳门执业律师取得内地执业资质和从事律师职业试点工作。

这些具体的司法举措无不说明，荣获"法治政府建设典范城市"称号的广州，近年来在打造粤港澳大湾区建设法律服务高地，提升粤港澳大湾区法治保障的行动中业已超越梦想。

立己达人　兼济天下

推进建设粤港澳大湾区，有利于深化内地和港澳交流合作，对港澳参与国家发展战略，提升竞争力，保持长期繁荣稳定具有重要意义。如何深化区域创新体制机制改革，促进粤港澳大湾区出入境、工作、居住、物流等更为便利是广州市公安局出入境管理部门的时代课题。

2019年以来，广州市公安局出入境管理部门坚持"以人民为中心"的服务理念，进一步深化"放管服"改革，紧紧把握"智慧新警务"的发展契机，在历年取得6项国家级荣誉的基础上，再获全国"人民满意的公务员集体"称号，"出入境智慧小屋"项目荣获广州法治服务智慧化创新奖，广州市建成12个出入境智慧办证大厅，206个自助办证点覆盖80%以上的派出所辖区，"科技＋人工"模式得到国家移民管理局的高度肯定，引领行业发展潮流，为企业、群众提供更加便捷、智慧化的出入境管理服务。

为深入应用"智慧新警务"的建设成果，让群众充分享受"放管服"的改革红利，2019年，广州市出入境管理部门按照"采用更多科技元素，拥有更多智能服务"的思路，在广州市范围全力打造新型办证大厅，实现预约、导服、查询、照相、受理、签注、缴费、发证等业务的全流程自助办理。目前，广州市各区均已建成智慧办证大厅，其中黄埔区智慧大厅周一至周五对外服务时间延长至21时30分。

智慧排队轮候。通过智能派号，把互联网、微信等多种网上预约业务与办证大厅叫号系统整合,并在"广州公安"微信公众号推出出入境办证微信智能引导服务,主动推送办证提醒信息。群众预约后在微信点击预约报到,即可在到达办证大厅附近(约200米)提前取号并实时查询排队情况。按预约时间到达的申请人都能在约定时间内进行办理,办证更加便捷、更加舒适。

智慧自助申请。研发推出全国首创"出入境智慧小屋"自助申请设备,提供证照拍摄、申请信息提交、指纹和电子签名采集、现场人像拍摄、缴费和回执打印的全流程自助申请,可办理护照、港澳台通行证及港澳台签注等多项业务,使用过程无须人工干预。其中,换补发证件申请大约用时5~8分钟,比传统前台人工受理效率提高5~10倍。2名工作人员可以同时处理10台设备的现场受理数据,相当于5倍警力提升。至此,广州市共投放50台"出入境智慧小屋",群众使用"智慧小屋"首次办理和换发出入境证件占比15%,高峰期日均受理量110件,服务群众20万人次。2019年12月,《南方都市报》智库在广州隆重举办"广州基层法治服务力研讨发布会",广州公安"出入境智慧小屋"项目荣获广州法治服务智慧化创新奖。

智慧前台办理。研发出入境综合受理系统和"一体式前台受理器",通过整合网上预约、电子化申请和无纸化审批系统,实现人工受理前台"一站式"关联预约数据叫号、无纸化受理、信息采集、电子签名、服务评价及电子缴费、票据打印,避免申请人在指纹信息采集、受理、缴费等各个环节排队办理,提高前台受理效率,与"出入境智慧小屋"共同构建出入境智慧受理全覆盖网络。

智慧自助查询。研发推出出入境记录自助查询打印设备,放置于广州市各出入境接待大厅和自助办证点,为群众提供具有法律效力的出入境记录自助查询打印服务。申请人持本人有效身份证件,经现场人像与系统人像比对成功后,即可自行查询办证进度、签注剩余次数和出入境记录,并打印本人出入境记录。办证时限由原来的5个工作日缩短为30秒,立等可取。

构建自助办证网络。不断提升自助办证点的布点密度和速度，推进广州市出入境自助办证网络向纵深发展。2019年广州市出入境自助办证点增至206个，24小时自助办证点达163个，与2016年比分别增长690%和1154%；80%的派出所安放了自助办证设备，覆盖广州市重点街镇、社区、交通枢纽、高校和港口，让群众在"家门口"享受赴港澳台签注立等可取的便利，随时随地拥有"一证在手，说走就走"的旅行。2019年，群众使用自助办证机办理签注达356万件，占持证申请再次签注总量的95%以上。

推广证件便利化应用。开展出入境证件便利化应用，为港澳居民和华侨办理政务服务和民生事务提供与内地居民同等便利，包括：在政务服务中心和入驻服务机构进行实名认证登记、办理业务，在酒店、宾馆等单位实名登记办理住宿手续；在机场、火车站、长途汽车站、码头等网上购票平台订票并自助打印登机牌、火车票、汽车票等。

推进"放管服"改革。进一步放宽商务备案条件限制，不再设置纳税额门槛；备案人员社保缴纳期限由6个月缩短至3个月；人员备案配额无限制，实行按需申请；推行港澳商务签注"即备即办"，对亟须办理商务签注或暂时无法网上备案登记的，允许其在前台窗口进行备案登记和商务签注即时申办，"只跑一次"。推行国家移民管理局"全国通办"政策，优化、细化各项服务措施，拓宽服务广度和深度。开展行政许可事项认领及事项标准化梳理，精简申请材料，优化事项审批流程，单点登录和网办率达100%。结合全国文明城市创建和网上政务服务能力建设工作，对出入境窗口进行全方位、全过程监督管理，开展4大类43项、涉及2000人次的业务培训，不断提升政务服务水平。

创新科技信息化应用。在百度APP上开发"度小境"出入境办证服务小程序，实现出入境办证咨询、预约、受理、查询等，进一步拓宽出入境办证服务渠道，为群众办理出入境业务提供更多的服务选择。自主研发并在广州市推广应用"境外人员住宿登记自助申报平台"，拓展外国人住宿登记信息采集渠道，方便外国人自助办理住宿登记，提升服务管理效能。

下放签证受理权限。将外国人签证受理权限下放到南沙、黄埔、花都、海珠、天河、白云、番禺7个区公安出入境管理机构，方便外国人就近申请签证，节省申请人的排队时间和出行成本。2019年共受理24952件，占广州市总量的40%，与2016年比增加6.6倍。

压缩签证办理时限。全面启用外国人在穗办理出入境证件网上预约服务，减少排队时间，方便外国人办证。外国人签证延期、换发的法定办结时限由原来的20个工作日压缩至5个工作日；外国人居留许可申请、延期、换发及补发的法定办结时限由原来的20个工作日压缩至5个工作日；外籍高层次人才签证证件申请压缩至3个工作日；3个月一次有效台湾居民来往大陆通行证的办理时限由7个工作日压缩至2个工作日；外国人出入境证件的办理时限由30个工作日压缩至2个工作日；外国人普通签证补发的办理时限由20个工作日压缩至2个工作日；外国人停留证件的补发办理时限由20个工作日压缩至2个工作日。

争取"144小时"过境免签。主动对接市商务、旅游、空港委员会等部门，了解实际需求，形成专题报告，向上级业务部门争取白云机场"144小时"过境免签政策。2017年底国务院批准上述政策，将广东省白云机场口岸现行72小时过境免签范围进一步扩大，停留时限从72小时延长至144小时。2019年5月1日，经公安部验收，白云机场"144小时"过境免签政策正式实施，为湾区发展插上腾飞的翅膀。

开展高层次人才服务。联合市科技局率先设立外国高端人才"一窗式"服务窗口，推行外籍人才办理工作许可证、工作类居留许可"一窗受理，并行办理"，实现申请人"只跑一次"，服务大湾区建设。为符合条件的高层次人才签发2~5年居留许可，2019年签发1815件，与2016年比增加11%，让人才安心在穗工作；设立绿色通道，设置VIP专窗，为外籍高层次人才办理出入境业务提供便利，缩短办证时限，符合条件的3个工作日办结；通过上门走访、电话回访等方式向高层次人才做政策推介和解读，目前共受理高层次人才申请永久居留身份证共计91件；组织座谈会，广泛听取外籍专家意见，创新服务举措，为外籍高层次人才在穗安居乐业、创业发展创造良好的政务服务环境。

出入有境，服务无境。不论你是外商，还是来大湾区的留学人员，在广州这个包容并蓄的城市，在粤港澳大湾区这个温馨的湾区能享受到更多、更好的各项服务。

平出于公　公出于道

2020年8月10日，财富中文网发布2020年《财富》世界500强榜单。中国共有133家企业上榜，上榜数排名第一，超过美国上榜的121家。广东上榜的企业有14家，加上香港的7家，粤港澳大湾区共有21家企业进榜，总数比上年增加1家。2019年，广东GDP已突破10万亿元大关。十万亿级地区生产总值的背后，是产业集群锻造的"钢铁脊梁"。华为、腾讯、广汽、美的、格力……这些博弈全球市场的世界500强，成为广东融入世界产业链最亮眼的"明珠"，也成为抵抗新冠肺炎疫情助推经济回暖的强大引擎。而10年前的2011年，广东GDP刚刚突破5万亿元，彼时粤港澳大湾区企业上榜数量只有7家。

"粤港澳大湾区上榜企业的亮点在于上榜企业平衡性更显著，互联网、房地产、制造业、金融等企业竞相发展，反映了大湾区自身作为综合性经济区域的全面性。"经济学家李稻葵认为，粤港澳大湾区国际化进程全国领先，成为其新晋企业新秀频出、传统优势企业地位不断得到巩固的重要原因。

这一切，以打造国际科技创新中心为目标的粤港澳大湾区更需要法制保障。对此，时任全国人大代表，广东省委常委、常务副省长林少春在代表通道介绍粤港澳大湾区建设情况时表示，广东省正在推动《粤港澳大湾区发展规划纲要》的落实，重点推进规则的衔接等，致力于打造大湾区建设的法治化发展环境。

众多历史原因，导致粤港澳大湾区法治建设涉及港、澳不同的司法体系，广州市检察机关将如何加强与港澳地区司法部门的交流合作？如何创新工作机制、推进规则的衔接？检察院工作人员在接受《南方日报》记者采访时表示：围绕依法治市全局做优、做实、做强粤港澳大湾区的法律监督是服务粤港澳大湾区的力量所在。在司法实践中，要不断健全与港澳地区司法部门的交流合作机制。围绕粤港澳大湾区"一国两制三法域"的特点，加强对粤港澳大湾区不同法律地区内部协调以及涉外新类型案件的研究，促进解决三个不同法域间的法治认同差异问题，积极将法治建设融入粤港澳大湾区建设中。此外，积极开展广州市检察机关与港澳地区司法部门的交流合作，在协作办案、法律法规政策通报与咨询、联合开展法治宣传、联合培训等方面加强协作，探索在知识产权保护与服务、中小企业支援和监管、企业信用体系搭建和事中事后评价、涉外法律服务人才培养交流等方面进行交流，提升大湾区法治建设的协同性和一致性，增强打击犯罪、保障创新、促进改革的效果。强化对粤港澳经济深度合作的服务保障，加强与驻南沙自贸区港澳商会组织、内地与港澳联营律师事务所的联系，强化对涉港澳辩护人及当事人合法权益的保护。

为了较好地服务粤港澳大湾区，南沙自贸区检察院在聘请港澳法律界、工商界人士以及高校学者等担任特约检察员或人民监督员的同时，还制定发布了服务保障自贸区建设的19条实施意见，提出法治先行、司法衡平、宽容谦抑、平等保护等司法理念。

服务粤港澳大湾区，需要为企业营造一个良好的经营环境，对于企业来说，法治的公平正义是营商环境构建中不可或缺的组成部分，良好的营商环境是建设现代化经济体系，促进中国经济高质量发展的重要基础。粤港澳大湾区企业的健康成长离不开优良的法治营商环境，营商环境的提升改善离不开法治的保护。这不仅是南沙区人民检察院检察长赵剑的理论认识，更是他以国家公诉人身份出庭支持公诉刘某侵犯商业秘密一案的实践体悟。

2015年4月，被告人刘某入职广州市联柔机械设备有限公司（以下简称"联柔公司"）担任销售总监。自2015年12月开始，刘某违反公司保密制度及其签署的劳动合同，在公司内部计算机系统超越职权查看并下载BOX弹簧垫生产机的部分设计制造图纸和核心技术参数，并与他人合谋成立A公司。2017年5月离职后，刘某以获取的设计制造图纸和核心技术参数为基础，生产制造出同类产品"610"弹簧垫生产机。之后，刘某利用在联柔公司掌握的客户信息向联柔公司原两家客户销售共计10台"610"弹簧垫生产机，取得货款共计人民币835万元。2018年7月，联柔公司发现被侵犯商业秘密后到公安机关报案。同年12月27日，被告人刘某被公安机关抓获归案。

经鉴定，联柔公司的BOX弹簧垫生产机与A公司的"610"弹簧垫生产机6个核心部件的图纸技术信息总体对比结果为实质相似。经审计，认定被告人刘某的上述行为造成联柔公司销售利润损失为人民币400余万元。

在审查起诉期间，该案主办检察官检察长赵剑针对被告人先供后翻及现有侦查取证存在的不足，赴市公安局预审大队展开专题检侦工作会议，就该案涉及的机器原理、工程结构等问题，当面听取鉴定专家的意见。结合侵犯商业秘密罪证据标准，精准提出退回补充侦查建议书，详细列明需要补充侦查的具体内容和补充原因，及时引导侦查人员全面规范取证。另一方面，对存在明显程序瑕疵而导致侦辩争议的鉴定事项，重新委托鉴定；针对本案中缺少损失数额认定基础，要求侦查机关对本案进行司法审计，并对部分事项自行补充鉴定；针对被告人刘某以"正常翻阅、反向设计"的多重辩解，检察机关则通过科技手段，还原其违规登录窃密轨迹，并对鉴定意见展开论证，收集充分理据予以驳斥，进一步夯实证据链条。

如何认定商业秘密案件的损失，是司法实务难题。本案的损失认定不仅涉及被告人的法定刑，也涉及对被害单位利益的保护。办案组认真对照已有法律法规、司法解释，将A公司销售10台侵权产品作为被害单位减少的销售量，结合鉴定意见计算出被害单位平均利润率，对损失进行量化认定。另一方面，办案组对全国范围内已公布、已生效的商业秘密刑事案例进行案例检索，确定相关损失认定的原则。最终，检察机关提出的损失量化认定方式及精准量刑建议，得到了法院、被告人和被告单位的一致认可，获法庭全盘采纳。

在审查起诉阶段，为促使侦、诉、辩三方对焦点问题进行沟通，减少各方分歧，赵剑先行主持召开诉前会议，控辩双方就是否启动排非程序、如何认定损失、启动认罪认罚程序等问题展开讨论，就部分问题达成共识。在案件提起公诉后，办案组根据案件实际情况，与区法院进行庭前会议，公诉人阐释控辩双方争议，对举证提纲、鉴定人员和证人出庭等程序问题发表意见，听取被告人及辩护律师意见。同时对被告人耐心释法说理，促使其在证据面前放弃无罪辩解，主动悔罪、认罪认罚，也促使被害单位放弃高额赔偿及不当诉求，督促被告人家属积极履行赔偿协议，最终获得被害单位谅解，进一步修复社会关系。

该案是南沙区首例侵犯商业秘密案，检察机关针对故意泄露商业秘密的犯罪行为对诚信营商环境所造成的恶劣影响，为更有针对性保障民营企业合法权益，践行涉民营企业靶向服务理念，决定对被告人提出"禁止自刑罚执行完毕之日或者假释之日起从事弹簧垫生产机的设计、生产、制造职业，期限为三年"的从业禁止建议，这也是南沙区首份知识产权类犯罪从业禁止建议，获区法院采纳，给以后此类案件的办理提供了有益的示范。另外，针对该企业暴露的刑事风险和实际性普法诉求，办案组主动到企业开展座谈会，了解企业知识产权保护环节薄弱点，现场送达企业刑事风险预警告知书、检察建议，督促企业进行整改，堵塞监管漏洞。同时，以案说法进行宣传教育，有效消除该案产生的不良影响，帮助员工筑牢思想防线，取得良好办案效果。

国之重器　崇法善治

2020年11月16日召开的中央全面依法治国会议提出，对世界百年未有之大变局，必须统筹推进国内法治发展和涉外法治建设，积极参与全球治理体系改革和建设，加强涉外法治体系建设，加强国际法运用，维护以联合国为核心的国际体系和以国际法为基础的国际秩序，共同应对全球性挑战。中国走向世界，以负责任大国形象参与国际事务，必须善于运用法治，加强国际法治合作，推动全球治理体系变革，构建人类命运共同体。

在大湾区系统立法协调机制尚须完善的情况下，广州中级人民法院提出，积极回应涉港澳案件当事人多元司法需求，推进工作机制创新，探索集约高效纠纷化解新举措，切实提升港澳人士对内地司法的参与度和认同感。

对此，人大代表白鹤祥呼吁："粤港澳大湾区长期发展必须法治先行。"法治先行，如何行？如何从新时代全面开放新格局的战略高度，深刻认识建设粤港澳大湾区的深远意义；如何紧抓粤港澳大湾区发展机遇，为粤港澳大湾区的经济发展提供更好的司法服务和保障；如何解放思想、积极探索、大胆尝试，勇于解决与经济社会发展不相适应的体制机制障碍和法规制度束缚等，是摆在广州中院党组班子面前的时代课题。

为了充分发挥司法职能作用，不断探索先进模式，本着铺路、搭桥、因案施策的方针，给粤港澳大湾区的经济发展提供更好的司法服务和保障，广州中院经报请最高人民法院、广东省高级人民法院审批同意，自2019年1月1日起，将原来各基层法院管辖的涉外涉港澳台一审民商事案件，调整为由越秀法院和南沙法院集中审理，实现了涉外涉港澳台民商事审判由分散到集中的管辖转变。

随着市场经济深入发展和全面对外开放新格局的形成，粤港澳大湾区经济增速加快，涉外涉港澳台民商事案件将越来越多，涉案金额也将越来越大，境外当事人难免会从地方保护主义的角度考虑，担心诉讼中存在主客场现象。实行集中管辖将会打破行政区划的限制，从制度层面打消境外当事人的疑虑，从而平等保护中外当事人的合法权益，营造公平公正的营商环境，为推进"一带一路"和粤港澳大湾区建设、实行高水平贸易和投资自由化便利化政策、推动建设开放型世界经济提供更加有力的司法服务和保障。

知是行之始，行是知之成。具备丰富涉外审判经验的广州中院涉外商事审判庭庭长徐琳，有着自己独特的感悟：粤港澳大湾区是"一国两制"的制度红利，也是特别行政区、经济特区、自由贸易试验区和单独关税区的叠加。粤港澳大湾区投资合作需构建在一定的国内法和国际法的基础之上，既包含宪法性法律文件、区域政府合作协议，又包含WTO规则和区域性的CEPA补充协议及《CEPA投资协议》。随着《深化粤港澳合作 推进大湾区建设框架协议》的出台，大湾区投资合作的法律基础、法律性质、适宪性等问题尤显突出。破除这些问题的途径是，敦促粤港澳三地制定实现区域经济一体化的区域政府合作协议，形成平等、自愿和协商的软法法律机制。此外，还须通过完善《CEPA投资协议》等法律文件明确大湾区投资合作的法律性质、法律授权等法律基础，细化投资"负面清单"的内容和实施机构，以及健全多元化区域政府合作投资纠纷解决机制。

为了更好地拓展交流互动渠道，深化湾区三地区际司法协作，完善涉港澳民商事司法协助体系，推动建立粤港澳司法交流协作中心，实施涉港澳法官培养计划，探索可持续发展的粤港澳司法智库发展路径，2019年9月，广州市中级人民法院印发了《广州市中级人民法院关于服务保障粤港澳大湾区建设营造良好法治环境的实施意见》（以下简称《意见》）。

《意见》从5个方面提出23条具体举措，对广州中院深入贯彻《粤港澳大湾区发展规划纲要》，服务保障粤港澳大湾区建设营造良好法治环境提出了"坚持共建共治共享，推动构建湾区纠纷多元化解新机制，依托广州智慧法院建设成果，在仲裁联盟、广州互联网法院在线纠纷多元化解平台、南沙自贸区法院商事调解APP等网络软硬件基础上，建设多元化纠纷解决机制和一站式平台。支持发挥粤港澳行业协会、商会调解作用。健全港澳籍陪审员、调解员管理机制，进一步提升港澳人士对内地司法的参与度和认同感。探索完善撤销、不予执行涉港澳仲裁裁决的司法审查工作机制，统一司法尺度，促进仲裁在粤港澳大湾区建设中发挥重要作用"等具体措施。

为了引导和鼓励各方当事人在庭审前将自己掌握的证据材料充分展示给对方，及时固定争议焦点，防止证据突袭，提高庭审效率，南沙法院首创了《民商事案件证据开示指引》。为倡导诚信诉讼，南沙法院还率先出台了《涉港商事案件属实申述规则适用规程》，进一步强化当事人陈述和证人证言的真实性，有利于增强港人对内地司法的认同感，也有益于提升广州法院司法国际公信力、影响力。自该规则在涉港澳案件中启用后，已有830余件案件的当事人签署属实申述承诺书。这仅仅是截至2020年12月31日的数据。

为了保障律师执业权利，破解律师取证难的问题，广州中院创建了律师调查令制度，在一定程度上提高了律师的工作效率。此外，南沙法院还制定了《试行交叉询问规则》，允许诉辩双方在重大复杂案件的审理过程中对证人进行交叉式询问，充分保障当事人诉辩权利，贯彻正当程序原则。

"凡善怕者，必身有所正，言有所规，行有所止，偶有逾矩，亦不出大格。"于境外当事人而言，他们在敬畏规则的同时，关心的莫过于审判机制的效率。2019年7月10日，一场跨越粤港澳三地的调解在广州互联网法院在线纠纷多元化解平台进行。这是一宗某新加坡籍歌手诉某餐厅网络侵权责任纠纷案，原告代理人在北京，被告餐厅的经营者在澳门，特邀调解员在香港的办公室，通过高清网络传输，案件隔空完成调解和庭审。这是由大湾区首个在线纠纷多元化解平台审理的案件，也是在全国首次实现粤港澳三地在线跨域解纷。该案从立案到审理完毕仅耗时2天,其中审理时长不足50分钟。

为进一步便利港澳当事人委托诉讼代理人,降低诉讼成本,广州中院依托智慧法院建设成果,开发了全国首个涉港澳案件在线授权见证平台——"AOL授权见证通"小程序。南沙法院上线的全国首个商事多元调解平台APP可实现在线调解、在线司法确认等全部事项。

于外审判组织而言,困扰他们的不仅是法系、法域,更要突破当事人的传统观念,营造适合境外当事人的语言、文字环境需求,南沙法院构建了港澳特色诉讼服务示范窗口,建设中英文网站,制作中英双语、繁简汉字双体诉讼指引,在涉港澳案件中,使用港人、港企熟悉的语言文字进行庭审,试行繁、简体中文法律文书一并送达。并在诉讼服务大厅实行多语种导诉服务,实现多国语言无障碍接待,打造全国特色的"多语接待岗示范窗口"。

二　客乡温情

政府全面依法履职，就是要认真践行执法为民理念，寓执法、管理于服务之中，为老百姓和企业提供更好的服务。

随着广州经济社会的飞速发展，前往广州圆梦的人越来越多，如何保证打工一族的公平正义？这就既需要司法保障，更需要包容精神。在广州市政府举办的2019年第22场新闻发布会上，广州市来穗人员服务管理局发言人透露，目前广州市来穗人员呈现六大特点。一是数量呈逐年增长趋势。二是流动性强，居住地、就业地变换频繁。三是从过去的"单身进城"向"家庭式""家族式"进城转变，"候鸟式迁移"向"长期居住"转变。四是青壮年居多，文化结构呈橄榄形。"80后""90后"成为来穗人员的主体。五是以出租屋居住为主，占七成多。六是利益诉求多元，渴望在子女教育、就业培训、承租公租房等公共服务方面与户籍人口享受同等待遇，参与公共事务意识以及合法利益诉求、依法维权意识不断增强。

可见，管理和服务好这样一批人，这样一队伍并非易事。

木棉竞放　梦圆广州

简政放权、放管结合、优化服务，既是政府转变职能的重要方式，更是推进建设法治政府的重要抓手。

历届市委、市政府一直高度重视对来穗人员的服务管理工作，先后推出并不断完善医疗卫生、就业指导、技能培训、积分制入户和随迁子女入学等基本公共服务，逐步扩大公共服务覆盖面，促进来穗人员在共建共享发展中有更多获得感，得到社会各界点赞。2016年1月，出台实施的《广州市来穗人员融合行动计划（2016—2020年）》，在全国超大城市中率先全面系统有序地推动外来人员社会融合、探索破解农民工进城后城市融入和市民化难题，明确提出用5年时间，有效促进来穗人员"个人融入企业、子女融入学校、家庭融入社区、群体融入社会"。

在如何更进一步做好来穗人员户口的"准入"问题上，广州市来穗人员服务管理局会同广州市公安局印发《广州市流动人口居住登记和居住证办理指引（试行）》，进一步为全市来穗人员服务管理工作提供制度支撑。

于来穗人员来说，一纸广州市户口是他们梦寐以求的向往。从市政府的层面来说，广州的经济活力一方面得益于创新和包容，另一方面得益于外来人口的贡献。人流、物流、资金流、信息流在今日广州演绎，共同构建这个城市的繁荣。

也许有人会说，全国那么多城市，何求广州的户口？有专家指出"产业猛、交通好、房价低、底蕴深"的城市才是打工人的天堂，也展示出广州开放包容的城市文化特质。

在广州创业多年，自主研发新型环保弹性颗粒的广东川奥高新科技有限公司董事长赵克勒，创业之初，险些血本无归，出于对广州市来穗人员服务管理局的热情服务的感激，他选择了坚守。在体育地面材料实业领域打拼近17年后，广东川奥高新科技有限公司先后获得"运动场弹性地面结构""多功能弹性橡胶垫"等8项橡胶产品国家发明专利授权。自2002年在增城区建厂投产至今，已成为广州天河体育中心、广州大学城、深圳大运会场地、江门体育中心、肇庆省运会场地等运动场地的主要材料供应商，产品出口东南亚、欧美等地区。

用赵克勤自己的话就是:"对打工者而言,一座城市是好是坏,要看它能否为城市的创新铆足后劲和积聚动能,是否让实体企业和外来创业人员感受实惠,是否给年轻人职业发展和人生带来希望。"他坚信,"随着大湾区的进一步发展,其自主研发的产品在国际市场上会有更强的竞争实力。"

翻开每年的城市竞争力报告,编者们无不把焦点放在综合经济竞争力上,毋庸置疑的是,深圳、香港、上海、北京,长期以来都是霸榜选手;广州虽居前列但都位于其次。然而,衡量一座城市竞争力的标准,不在于高楼有多少,GDP有多强,有多少上市公司,城市的房价有多高,而在于这座城市的产业是否有抗击不确定风险的韧性,是否拥有包容善良、平等自由的精神,是否更多地关注到生活在这座城市的外来人员的需求,是否为扎根在城市中的企业提供更为宽松的营商环境,是否让外来人员能够在这座城市享受同等的公平、正义。对照这个标准,广州,无可限量。

广州拥有开放包容岭南文化基因、雄厚的商贸业和制造业基础、运作高效的开放政府。

就政府对外来人员的重视程度而言,早在广州市委第十届第32次常委会上,研究决定并报省政府批准在全国省会城市中率先设立"来穗人员服务管理局"。从宏观上来说,这是大力推进新型城市化发展,加强社会建设、社会服务、社会管理所做出的一项重大举措。从微观上来说,这是深化内在改革,提升服务管理模式,完善社会工作机制、体制性创新的需要,也是适应新型城市化战略,率先转型升级,促进社会和谐,建设幸福广州的需要。无疑,这一机构的设置,必将对广州市深化社会管理体制改革和建设服务型政府产生深远影响。

2014年1月28日,广州市来穗人员服务管理局揭牌仪式在市政府礼堂举行。时任广州市市长陈建华出席市来穗人员服务管理局挂牌仪式,对该局在前期筹建、依法行政和机关建设等方面取得的成绩表示肯定,对来穗人员服务管理工作提出"融合、为民、公正、廉洁"的要求。他强调：做好来穗人员的服务和管理，"融合"是工作理念和方向；"认同感、归属感"是工作目标；"开放、包容"是智慧；"为民"是服务工作的首要宗旨；"公正"是依法行政的基本要求，将积分制入户等惠及来穗人员的政策措施公开、公平、公正地落到实处；"廉洁"是做人、做事的根本底线。作为市来穗局的工作人员，必须严格遵纪守法，切实按照市委、市政府的要求，使来穗人员基本公共服务均等化稳步推进，并结合即将实施的网格化管理的部署，要求广大来穗人员为建设法治广州、平安广州，积极配合基层管理员做好各项服务保障工作。

红烛点燃　给心安家

就外来人员管理而言，来穗人员服务管理局网格化服务管理工作已实现"一个组织架构、一张基础网格、一支网格队伍、一套信息系统、一套管理制度"运行模式。目前，全市在"数字广州基础应用平台"标注上图的基础网格共1.95万个。全市在"数字广州基础应用平台"运行的入格事项共109项。

就外来人员的入户工作而言，广州市自2011年起实施积分制入户，入户指标逐年递增，从最初的3000个增加至2020年度1万个。且在办理过程中，不用跑路就可以利用"一网通"政务服务平台实现积分指标数据采集、审核线上完成，审核时间也由原来的50个工作日缩短到22个工作日。如果说用3个词来形容就是简捷、高效、便宜。无论是线下的行政服务大厅还是线上的在线办理，只要您有需求就可以把政府行政服务的所有项目全部一站式搞定。

就住房保障而言，广州有着低廉的房价优势。2019年，广州房价均价3.4

万元/米^2，与深圳、北京、上海足足差了将近1倍。广州房价与三亚、杭州、南京等城市相当，可谓是一线城市的高度、二三线城市的价格。

广州低廉的房价得益于土地储备充足。广州人均用地是深圳的3.2倍，深圳在最近"三区"叠加，扩权赋能的政策中可以看出其用地紧张的情况。而广州行政区域范围大，可用土地多，因此并没有这等顾虑。

再多的土地，也是别人的都市，对外来打工者来说只是望梅止渴，他们需要的不是别墅，也不是什么高楼大厦，只是下班后有一个栖息之地就可以了。为了解决外来打工者们的栖息之地，来穗人员服务管理局可以说想尽了办法，他们会同市住房保障部门创新了公共租赁住房分配制，会同市住保办统筹协调公共租赁房屋，较好地解决了打工一族的居住问题，这是一个了不起的做法，说明广州市政府对外来打工族是非常关心的。

除了政府关心外，还有热心的广州市民。来自重庆的宋先生，他的感悟是真切的。十多年前他一家三口来广州谋生，在白云区的长岗村租住着两间平房，夫妻俩在一家民营企业正常上班，日子过得踏实、稳健。令夫妻俩没有想到的是，2018年2月初，正在上初中的女儿突然高烧不退，去医院检查之后，被告知是白血病。宋先生夫妻从此就带着女儿在广州到处求医，很快就花光了家里的积蓄。

房东卢子南知道后马上找到宋先生，先鼓励宋先生一家调整好心态，努力战胜病魔。同时，免去他们在这里租住的租金，让其专心带着女儿去看病。

安居，不受干扰、房屋安全，是打工一族关注的又一个问题，多年来，来穗人员服务管理局十分注重外来人员的居住安全，多次开展出租屋专项治理。并加强出租屋服务管理体系基础建设，确保"人屋"信息数据鲜活、准确。据不完全统计，截至2020年12月底，全市登记在册的出租屋有530多万套。并积极探索服务管理新模式，全力参与、深化平安有序规范城市管理专项行动和深化"城中村"社会治理行动，对复杂区域内的出租屋安全隐患排查整治有力。

此外,来穗人员服务管理局还在具备条件的地区推广来穗人员特大镇(街)和户籍人口与来穗人员比例倒挂村试点工作经验。探索分级、分类管理模式,采取出租房屋楼长制、出租平房片长制等创新措施,构建来穗人员共建共治共享的社会治理格局,其中海珠区创新出租屋协同共治第三方代管模式,纳入2019年广州市改革创新经验复制推广清单(第一批)。

为了更好地抓好来穗人员的服务与管理,该局还建立起网格化服务管理格局,推进健全"市级统筹、区为主体、镇街负责、村居落实"的网格化服务管理体系,基本实现发现上报、流转分派、受理处置、跟踪督办、评价结案的"闭环管理"工作机制。按照"一格一员"或"一格多员"的标准配备2万多名基础网格员,这些基础网格员持证上岗后为来穗人员提供了更好的安全保障和服务。

2020年6月3日上午,华洲街来穗中心土华服务站56岁的出租屋网格员谭智勇和驻街民警黄勇一起到社区内巡逻,当他俩来到土华山北岗一巷时,一名来穗妇女神情焦急,寻求帮忙。谭智勇主动上前细问情况,原来该名妇女为取物品短暂离开了出租屋,回来时发现自己两岁的女儿反锁了出租屋外院子的大门,女儿由于年纪小,不懂得如何开锁,只会看着门外的妈妈大哭。

听着小女孩越来越大的哭声,女孩妈妈也急得一筹莫展,院子围墙却有近3米的高度,围墙上还布满玻璃碎片。谭智勇急中生智,看到围墙外有一扇旧门板,他就拿着一块砖头踏着门板小心翼翼地往围墙上爬。但当他跨过围墙时,围墙上的玻璃还是把他的鞋底刺穿了,手臂也划出了两道血口子。翻过围墙后,他顾不上自己的伤口,急忙跑向了出租屋,确认小女孩的安全后马上打开了院子大门。

作为出租屋网格员,谭智勇日常工作除负责个人出租屋综合税征管,还须上门核实广东省居住证申办人的居住信息,协助管理组开展日常消防安全隐患巡查,开具整改通知书及人员信息登记工作。

土华村外来人口众多,辖区内有土华综合市场、华泰市场、合高时代广场等商业综合体。作为一个毗邻广州新中轴线的自然村,土华村人气旺盛,集聚了大量外来人口务工和居住,如工作做不到位,其出租屋内必现消防安全隐患,有的租房务工人员将电动车违规在室内停放或充电,导致出租屋安全出口不畅通,有的房屋电线老化破损或私搭乱接。每当发现这些问题他都会站在对方角度,三番五次提醒租客整改,其目的是消除安全隐患,确保来穗人员居住安全。

自2006年来穗中心成立之初就担任网格员的谭智勇,是无数个为来穗人员服务的缩影,在外来人员为美丽广州建设奉献青春、热血的同时,广州本土也活跃着一批为外来人员服务的身影。这些身影中既有这座城市的党政机关、法律服务机构工作人员,也有普通的热心市民,他们是广州持续高速发展的一股力量。

政府有关怀、民间有大爱,是吸引众多外来人员的主因,如今这座历经千年而不衰的"老城市",正以"千年商都"的风范碰撞风云变幻的国际环境,在高新科技和高端人才竞相涌入的大好形势下,共同构建广州新时代的城市竞争力,共同迸发引领时代、未来的新活力。

如果说,广州是一个善于诞生奇迹的地方,坚韧的经济产业则是她永远的活力。后疫情时代,一连串的经济数据显示,广州多项指标强势领跑。在全球经济受新冠肺炎疫情影响几乎停滞、倒退之际,广州再一次展现出它的经济韧性、活力。

2020年1月至4月,广州全市35个行业中仍有15个产值正增长,三大支柱产业产值增速由负转正。其中,新能源汽车产量增长1.9倍,智能手机产量增长4.9倍。

从经济复苏指数来看,广州的经济恢复能力远远超过了同为一线城市的北京、上海、深圳。广州作为一线城市中经济复苏最为迅速的城市,其经济的快速复苏与她的行业复苏不无关系。

从北上广深四大一线城市的18个行业的经济复苏来看，复苏程度在50%以上的行业数量中，广州市占有绝对优势，其13个行业2月至4月的经济复苏指数都超过了50%，占比超七成。而北京、上海和深圳，其复苏程度超过50%的行业数量只有2个、10个、5个。

从微观的小店经济以及写字楼空置率来说，广州更是匹马领跑。2020年5月，全国小店交易总笔数，大幅增长5.1倍，交易金额增长近2倍，广州的复苏活跃程度高居全国第一。至于一季度甲级写字楼空置率，广州仅为5.2%，而深圳达到24.6%，上海达21%。

那么，广州为什么这么奇特？

一方面，作为千年商都，广州在城市格局、产业布局以及营商环境的改革上远见卓识，一批卓越企业，在城市建设中倾力参与，不断创新和追求极致。另一方面，比其他一线城市更为低廉的房价，更为强有力、人性化的司法保障也让在这座城市拼搏的人看到了人生的希望。

如果真的要把这座城市与其他一线城市相比的话，还有一个包容创新的文化理念。在这座包容的城市中，真的除了"吃"就没有其他的生活文化了吗？

事实上，当我们谈到一座城市的生活文化，应该囊括这里的生活方式、风俗习惯、居民特征等。在广州，尽管钢筋水泥森林拔地而起，但却毫不影响这里的东方生活方式和特有的地域魅力。

就改善外来人员文化环境而言，来穗人员服务管理局突出品牌引领，从开拓融合关爱的大视野出发，对外来人员开展多项主题服务项目。

每年4月最后一周为"来穗人员融合服务周"，仅2019年，该局发动各有关部门、社会组织开展融合服务共400多场，直接参与的来穗人员人数超过10万人；开展第三届"来穗人员朗读者大赛"，向全社会分享来穗人员在广州奋斗的共融故事，弘扬正能量；开展来穗人员"书法摄影比赛"，通过艺术形式展示来穗人员情系花城、奉献广州的精神风貌。在丰富老城市新活力的文化内涵上，大力实施"来穗人员融合大学堂"项目，面向来穗人员开展有针对性、专业化、个性化的教育培训活动，全市先后有50万人次参加培训，较好地彰显了广州开放包容的品格和城市的温度。

在关心爱护方面，他们充分持续推进品牌工程建设。发挥市来穗人员服务管理工作领导小组的统筹协调作用，发动各部门开展"春运直通车""来穗团圆"等关爱来穗务工人员活动。

如果您留在广州过年，您绝不会因为不能与家人团聚而遗憾，来穗人员服务管理局联合团市委等单位为您开展了留穗过年的系列关爱活动，据不完全统计，截至2020年，此项活动已举办1800多场次。尤其是"来穗候鸟儿童"的关爱活动，助力来穗人员住得下、留得住、融得进、过得好。

如果您下班后，有志为这座城市做一些公益类型的贡献，您还可以参加来穗人员志愿者服务队参与社会治理。目前，白云区三元里志愿服务队，番禺区义工组织，越秀区的巾帼志愿服务队、涉外志愿服务队等全市来穗人员志愿者队伍已超过50万人，来穗人员在参与社区环境改造、治安巡逻、困难帮扶、文明城市创建等活动中找到了那种不一样的主人翁感觉。

和小城镇的人情关系相比，这里对每一个人都相对公平。只要肯努力，一定会有自己的一番天地。在这个到处都是车水马龙的城市，处处洋溢着随性的人情味：买瓶水，店老板会和你聊天；过马路玩手机，街边阿伯会提醒你"睇路"；下雨天，包租婆会帮你收衣服……

更令外来人员感到平等的是，广州街坊几乎无人攀比，即使是几千万身家的大老板，都是穿T恤衫配短裤，跋着人字拖，平易近人。

开放又包容，广州中西交融，粤港澳交汇，粤语、普通话、英语夹杂。不管你来自哪里，不管您说着什么方言，不管你是什么学历出身、家庭条件，广州都会接纳你。无论您钱多钱少，都有幸福感。

民之所望　施政所向

一个城市能否吸纳高新技术人才，能否吸纳低端劳动力，与这座城市的营商环境密切相关。

毋庸置疑，一个地区营商环境的优劣直接影响着招商引资的多寡，同时也直接影响着区域内的经营企业，最终对经济发展状况、财税收入、社会就业情况等产生重要影响。

2019年12月23日，中国社科院发布的《中国营商环境与民营企业家评价调查报告》全国主要城市营商环境综合评分排名前十位的城市分别是：广州市、深圳市、上海市、北京市、南京市、杭州市、济南市、宁波市、武汉市和成都市。

广州市营商环境综合评分在全国主要城市营商环境综合评分中排名第一。广州市在营商环境方面拿到全国冠军，并不是一朝一夕的功夫，而是长期以来练就的一项硬本领。目前，广州正在推行营商环境3.0改革，这一改革的关键词之一是"快速"。

广州南沙在全国率先推行商事登记确认制，借助实名认证和全程电子化登记等技术手段，实现办理营业执照无人审批，智能确认，登记机关审批服务效能得到了极大提升。

来了就办，一次搞定。近年来，海珠区通过优化"琶洲审批模式"，加速琶洲核心片区各项目开发建设进度。以唯品会为例，企业不需要多次跑市、区两级部门，最后提前一年动工建设，走上发展快车道。

目前，广州市、区两级职能部门正在围绕世界银行和中国营商环境评价指标体系，努力打造"政府服务更优质、企业感受更美好"的营商环境。可见，一个良好的营商环境，是一个城市综合竞争力的重要体现，是提高经济软实力的重要方面。

就市场执法而言，与个别城市"罚死你"不同的是，广州通常采取"纠正"替代"处罚"的柔性执法方式,在法治化营商环境的框架下,为企业提供更加宽容的制度设计。其中,在企业中推行法律顾问制度,推广"一专业市场一法律顾问"和"一园区一法律顾问"的做法,为企业守法生产经营打下了坚实的基础。截至2020年12月,广州市民营企业公司律师试点单位增至6家,律师服务团71个,为1937家民营企业提供"法治体检",越秀区率先在全省成立的首家民营企业法治体检中心已为企业开展"订单式"普法。

给企业松绑,让企业敢于创新,勇于开拓新业态、新模式,从而有效激发市场活力是广州来穗人员服务管理工作领导小组的初衷,用来穗人员服务管理局党组书记、局长赵洪的话就是,只有把束缚外来人员手脚的绳索都解开了,才能真正发挥人员的聪明才智和创造力。广州,正着力构建市场化、法治化、国际化营商环境新高地,推动经济高质量发展,全力打造全球企业投资首选地和最佳发展地。广州来穗人员服务管理局作为一个贯彻执行国家、省、市有关流动人口服务管理方针政策和法律法规的服务管理机构,正在以创新、超越的管理服务方式,助力广州的社会经济发展。

后记　时代之问

2020年11月16日至17日，中央全面依法治国工作会议在北京召开。这次会议的一个重要成果就是首次提出习近平法治思想。

这是继习近平强军思想、习近平新时代中国特色社会主义经济思想、习近平生态文明思想、习近平外交思想之后，在全国性会议上全面阐述、明确宣示的又一重要思想。

会议强调，习近平法治思想内涵丰富、论述深刻、逻辑严密、系统完备，从历史和现实相贯通、国际和国内相关联、理论和实际相结合上深刻回答了新时代为什么实行全面依法治国、怎样实行全面依法治国等一系列重大问题。

"习近平法治思想是顺应实现中华民族伟大复兴时代要求应运而生的重大理论创新成果，是马克思主义法治理论中国化最新成果，是习近平新时代中国特色社会主义思想的重要组成部分，是全面依法治国的根本遵循和行动指南。"

改革发展稳定需要法律；内政外交国防需要法律；治党治国治军创造营商环境都需要以法治为框架，用法治作保障，由法治来贯彻执行。法律在有力推进国家治理体系和治理能力现代化的同时，为广州的经济社会发展注入新的活力。

广州政法人，以新时代中国特色社会主义思想为指导，坚持党对政法工作的绝对领导,坚持以人民为中心的发展思想,加快推进社会治理现代化,加快推进政法领域全面深化改革,加快推进政法队伍革命化、正规化、专业化、职业化建设,忠诚履职尽责,勇于担当作为,锐意改革创新,较好地履行了维护广州政治安全、确保社会大局稳定、促进社会公平正义、保障人民安居乐业的使命、职责,较好地续写了政法事业发展的新篇章。

广州政法人,始终牵挂的是人民群众的安危冷暖,悉心守护的是千家万户的平安幸福,他们的先进事迹揭示的是政法机关与人民群众同呼吸、共命运、心连心的血肉关系。

广州政法人,是粤港澳大湾区的英模群体,是一个时代的坐标,他们用坚强的肩膀擎起了一个民族的脊梁;他们用心、用血、用对党和人民的无限忠诚谱写了一曲曲感人至深的忠诚之歌、拼搏之歌、奉献之歌,集中展示了新时代政法队伍的浩然正气和崇高精神、优秀品质,是引领新时代社会新风尚的奉献的乐章。

书写广州政法队伍,是广州社会的共识,是弘扬正能量的必然要求。他们忠于党、忠于人民,牢记使命、忠诚履职,最敢担当、最善担当,有的面对艰巨任务冲锋在前、面对艰难险阻奋战在先,有的面对违法犯罪活动敢于亮剑、面对危难时刻不顾个人安危挺身而出。其英雄事迹让无数人潸然泪下。

书写广州政法队伍,是人民的心声,是深入推进扫黑除恶专项斗争的现实需要。他们是广州人民完全信赖的忠诚卫士,正是他们的公正无私、浴血奋战,才有了社会安宁和人民幸福,才有了扫黑除恶的赫赫战果。

书写政法队伍,是时代的呼唤。他们有的几十年如一日扎根基层、默默奉献,忠实践行全心全意为人民服务的宗旨;有的刚正不阿,严格执法、公正司法,坚定捍卫法律权威与尊严;有的舍小家为大家,为百姓安宁幸福不惜献出自己的鲜血乃至生命。政法队伍是和平年代奉献最多、牺牲最大的队伍,无数政法英模的事迹动人心弦、催人泪下,值得我们去讴歌、去礼赞。

文变染乎世情，兴废系乎时序。书写广州政法人为祖国安宁、社会公正、人民安康，兢兢业业，无私奉献，付出常人难以想象的辛劳、汗水和鲜血的感人事迹是作家的义务与责任。

本书在采访创作中得到了广州市政法委付予、徐小斌，广州市中级人民法院谭鹤欣，广州市人民检察院周虹、刘旭杰，广州市公安局张振贵，广州市司法局李毅等政法战线同志们的大力支持与帮助，在此表示衷心的感谢。